憐香 1

風文創 362

藍嵐 著

目錄

自序

藍嵐

《憐香》是我寫的第一本重生文，最初的構思，只有一句話：「馮憐容十四歲入宮，二十一歲卒。」最青春的年華消耗在宮裡，沒有得過榮寵，沒有孩子，沒有留下任何值得紀念的東西，煙花一樣消逝了。

令人唏噓。

這也是深宮中眾多妃嬪的縮影，只是她們都沒有馮憐容來得幸運，因為她得到了重生的機會。

重生，意味著可以彌補遺憾，也意味著，你可以選擇另外一種生活。

於是馮憐容變得有點不一樣了，不再是上輩子那個在趙佑棠面前戰戰兢兢的小姑娘，因為經歷過死，她放開了自己，展現了自己的本色。她的溫柔，她的善良，她的天真，就像那首歌〈洋蔥〉一樣，一點一點地露出來，贏得了趙佑棠的心。

而明君如趙佑棠，自小缺乏父愛、母愛，身為太子，卻在夾縫中求生存，為保住自己的地位，為更遠大的志向，他隱忍又堅強，他的內心當然也越孤獨。

於是在這時候，在這人人勾心鬥角的宮中，他遇見了馮憐容，一個如清泉般的女子，流淌過他的心田，讓他溫暖，也讓他產生了家的感覺。

他們之間，便是這樣慢慢地互相瞭解，越來越親近，直到彼此無法再分開。

總而言之，這是帝王與一個妃嬪間，小橋流水般的愛情，當然，這不是全部，兩個人要長久在一起，最終彼此要學會的仍是信任與妥協。

他們最後也做到了，所以在感情上，此生無憾。

也希望所有讀者此生無憾，遇到愛的人，可以執子之手，與子偕老。

第一章

大清早，馮憐容起來的時候，天還沒亮，寶蘭拿來漱口的熱水，以及蘸了青鹽的馬毛刷，她閉著眼睛，昏頭昏腦洗刷一通，珠蘭又用浸了溫水的手巾給她擦臉，這眼皮子才勉強睜開。

她兩手一張，讓她們把衣服穿好。

這會兒還是大冬天，雪堆得老高，馮憐容坐著吃饅頭的時候，就聽外面一陣陣鏟雪的聲音，刺耳得有些叫人牙疼，她不由嘆了口氣。

「主子，很快就到春天了，妳再熬一熬，以後去請安，也就不會冷了。」鍾嬤嬤跟哄孩子一樣地安撫著。

馮憐容心想，就算過了，明年還有冬天呢！

她低頭啃饅頭，就著一小碗赤豆粥，一碟醃筍，還有一碟臘鴨塊，也算吃得滿足。

「這就走吧。」她立在門口，看到外面一片宮牆立在陰暗裡，像是連綿的山一樣，叫人透不過氣。

寶蘭忙給她披上披風，再招來兩個小太監在前面掌燈，一路就往東宮內殿去了。

結果走到半路，後頭孫良娣孫秀趕來了。

她與馮憐容一起住在東宮的扶玉殿裡，除了她們，還住了一個阮若琳，都是剛剛冊立的良娣，其中只有阮若琳侍寢過太子。

故而孫秀一來就道：「昨兒殿下又把阮姊姊叫去了，我起夜時正巧看到她回來，斗篷上全是雪，白森森的。」

她語氣裡滿是酸意。

馮憐容對她笑。「早晚輪到妳，又羨慕什麼呀。」

孫秀小臉紅了紅，扭捏道：「要是，也是姊姊妳啊！姊姊可不比阮姊姊長得差，就是可惜還沒見著殿下。」

「見沒見著都一個樣。」馮憐容的語調很悠遠。

她上一輩子見太子見得夠多了，但到死也是無榮無寵，死得還早，她算算，現在也只有六年好活了。

這六年，她到底怎麼過呢？

自打馮憐容前段時間醒來，就一直在想這個問題。

她有點怨恨老天爺，為什麼要讓她重新來過，又為何非得入宮？假如還沒有，她定是想盡辦法不讓自己進來。

孫秀看馮憐容好似沒了魂一般，伸手在她面前晃了晃。「馮姊姊，妳怎麼了？可是病還沒有全好？」

之前馮憐容剛被冊立為良娣就得了病，躺在床上昏昏沈沈的，別說見太子，就是人都認不清，上輩子這麼一耽擱，她入宮三個月後才見到太子。

那會兒人也沒精神，在太子面前戰戰兢兢，太子都沒想與她多說兩句話，馮憐容心想，這一世倒好，病這麼早就痊癒了。

「我沒事，咱們趕緊走吧，一會兒晚了。」

東宮裡，太子妃方嫣也才剛起。

她們到的時候，阮若琳已經在了，幸好是在暖閣裡，她們等著倒也不冷，宮女給她們上了熱茶。

若是平常，孫秀定然還要與馮憐容說話，可阮若琳在，孫秀就不太愛開口。

孫秀是小家小戶出來的，有時候說話未免幼稚，阮若琳是自視清高的人，雖然她表面上沒說什麼，可臉上那股鄙夷之色，就叫孫秀受不得。

暖閣裡一片靜默。

方嫣過一會兒終於出來了，她穿著緋紅金繡牡丹襖，姿態雍容華貴，坐下後，語氣淡淡道：「現今天兒冷，難為妳們了，廚房熬了銀耳羹，一人一碗暖暖身子。」

三人連忙謝恩。

「阮良娣。」方嫣又道。「聽聞妳屋裡銀絲炭用得差不多了？」

阮若琳顯然沒想到太子妃會提這個，她向來嬌貴，一到冬天，炭是從早用到晚，沒炭的事情，身邊人前兩日才同她說，還沒來得及想法子。

「回娘娘，將就也夠用到春天。」阮若琳不蠢，宮裡不管哪個妃子，還是太子的側室，用什麼都是有定額的，別人現在還有，她用光了，便是她不對。

方嫣笑了笑，纖長手指拿起銀匙在白瓷碗裡攪動了兩下道：「咱們雖說是女子，幫不得什麼，可這幾年連著旱災，百姓們日子不好過，咱們在宮裡，能省著就省著點，父皇去年的龍袍都沒有新做一件呢。」

阮若琳聽了頭皮發麻，又有些噁心。不過是多用了炭，還把皇上扯出來，太子妃自個兒用的炭是她們的兩、三倍，怎不提？可這話打死她也不會說出口，只捏著拳頭應了聲是。

這當兒，忽聽宮人道，說太子回了。

屋裡眾人都吃了一驚，包括方嫣都站起來了。

只因太子一個月有二十來日都要去春暉閣聽課，這講課的要麼是滿腹經綸的大學士，要麼是經驗老道的朝中重臣，原本今早他是不可能回東宮內殿的。

方嫣詢問道：「殿下沒去春暉閣？」

「戶部出了點事，王大人去處理了，暫休一日。」太子趙佑樘坐下，朝下方三人看去，目光落在馮憐容的臉上時，似有些疑慮。

方嫣解釋道：「這是馮良娣，前些時間病了，現才好。」又招手讓馮憐容過來。「讓殿下看看，人都還沒見過呢。」

馮憐容今兒穿了件棗紅色折枝梅花襖，碧青平紋棉裙，也沒怎麼上妝，只在頭上插了兩支長短金簪。

她有那麼片刻的停頓，才穩當地走過去，耳邊聽他道：「聽妳提過，我說呢，記得像是有三個的。」

他聲音裡帶著少年的爽朗，又有一些低沈，不是特別悅耳，可是卻容易讓人記住，馮憐容慢慢抬起頭來。

趙佑樘瞧見一張清清爽爽的臉。

馮憐容也瞧見了太子，過去六年的時光像是忽然消失了，太子還是她原來第一次見到的那樣。她有些激動、有些心痛，又有些說不出的惘然，可是當她想到自己的結局，她又平靜下來。

「妾身見過殿下。」她問安。

那雙眼眸在燭光下幽靜又明亮，趙佑樘問她：「妳叫什麼？」

「馮憐容。」

「馮憐容。」趙佑樘唸了一遍，微笑起來。「誰憐花容悴，思君如流水，這名兒有些詩意，妳父親做什麼的？」

「妾身父親是戶部郎中。」馮憐容的聲音溫溫軟軟，不徐不疾地道。「父親平日裡便愛好吟詩作對，當日予我這名兒，是因母親名字裡有個容字。」

趙佑樘笑道：「妳父親倒是情深之人，這名兒好，女兒家，誰不盼人憐？」

他語氣裡有了一些溫柔之意，馮憐容臉兒稍紅，不答這話。

太子不再與她們說話，只跟太子妃閒說些家常。

別人再待在這裡很沒意思，偏偏太子妃又不讓她們走，還是太子回頭道：「妳們退了吧。」她們才離開。

出來後，阮若琳的臉色不大好看。

她原以為侍寢幾日，太子的態度總會不一樣，誰料到竟是一眼也沒有多看她，反倒是馮憐容剛剛病癒，引得太子與她說話。

「炭的事情，到底怎麼傳出去的？」阮若琳側頭質問紀嬤嬤。

紀嬤嬤忙道：「這事兒是該好好查查，也不知哪個多嘴的說了。」又教導阮若琳。「主子啊，奴婢早說過，要省著點用，主子偏不聽，這些炭哪能這般浪費，又是有暖閣的，便是出來走走，也不用都燃著。」

「怎麼省？」阮若琳皺眉。「就這樣，我手腳都還生凍瘡了呢，在家裡時，哪年冬天不用掉上千斤炭，不知宮裡還窮過我家了。」

紀嬤嬤差點捂她的嘴。

「我說說，怕什麼？」阮若琳一拂袖子走了。

紀嬤嬤唉聲嘆氣，回頭看看孫秀跟馮憐容，只覺得自己命苦。

怎麼就被分來伺候這個小祖宗！

那兩個多聽話啊，鍾嬤嬤跟小鍾嬤嬤常說，怎麼教怎麼聽呢，連頂嘴都沒有，紀嬤嬤嫉妒死了。

馮憐容回到屋裡，珠蘭替她將披風脫下來。

「別的也脫了。」馮憐容問。「炕上還暖著吧？」

「主子要歇息？」

馮憐容點點頭。

鍾嬤嬤一聽就忍不住。「大冬天老是睡怎麼成，一天又吃得多，以後長肉了，多難看。主子，不是奴婢說，原本今兒就該好好裝扮下，看看，見著殿下了吧？奴婢怎麼說的，主子每日都不能懈怠，主子現在後悔了吧？」

她只後悔上一輩子沒吃好睡好，最後還沒得太子的寵，那六年就是白白浪費過去了，到最後她什麼也沒有得到。

馮憐容轉身就爬到了炕上。

外頭，鍾嬤嬤很是喪氣。這一個祖宗，也開始不聽話了。

待馮憐容一覺醒來，正好是午時。

金桂從膳房拿來一碗煨羊蹄，一碗黃芽菜炒雞，一碟蝦油豆腐，一碟香乾菜和蘿蔔圓子湯，放在桌上，能佔了半邊。

寶蘭給她布菜，鍾嬤嬤怕她吃得多，在旁邊指指點點，這個少吃點，那個不能吃，馮憐容斜睨了她好幾眼。

不過到底也沒說什麼，上輩子，鍾嬤嬤伺候她六年，什麼好處沒撈著，後來，她臥病在床，鍾嬤嬤哭得眼睛都要瞎了，四處想法子，雖然沒能救得了她，可這真心她還是看在眼裡的。

鍾嬤嬤仍跟以前一樣倚老賣老。「都說不聽老人言，吃虧在眼前呢！以前也有幾個主子不管不顧的，當自己年輕，長得好看，就能討人喜歡，可下場都擺在那兒。所以這人吶，就是要謙虛些，別看著有些人那樣，自個兒也有樣學樣。」

馮憐容知曉鍾嬤嬤在說她跟阮若琳學，不免感到好笑，阮若琳的結局她知道得清清楚楚，學誰不好呢。

她揮揮手。「罷了，都撤了吧。」

鍾嬤嬤滿意，笑著叫人端水來。

馮憐容剛洗了把臉，就聽外頭傳來一聲慘叫。

她側頭又聽，那聲音卻沒了。

「是阮良娣那兒呢。」鍾嬤嬤道。「今兒被娘娘說了用炭的事情，定是不能了了，倒也不知是哪個說出去的。」

她們這扶玉殿，阮若琳住在正殿，她跟孫秀一東一西，雖說都有獨立的地方，但還是近得很，那麼大的聲音自然兩邊都聽得見。

「聽著像是喜兒。」寶蘭道。「她聲音尖，八成是她喊的。」

「喜兒那麼老實，怎麼會去告狀？」珠蘭驚訝。

鍾嬤嬤伸手一個個敲過去。「人不可貌相，說了多少遍了，越是看著老實指不定就越壞，妳們最好記著點兒，還有，阮良娣那兒的人別去惹，平日裡也別搭話。」

兩個丫頭連忙點頭。

孫秀一會兒來了，也與馮憐容說炭的事情。

她幸災樂禍地說：「阮姊姊沒炭用了，以後不知怎麼過呢，怕只能天天待在暖閣裡，幸好我省著點，倒是能用到開春，姊姊這兒還多嗎？」

「多呢，我一早病著躺炕上，炭倒是沒怎麼用。」

孫秀嘻嘻笑，打量馮憐容一眼。「姊姊，今兒殿下見到妳了，指不定要妳侍寢呢。」

馮憐容搖頭。「誰知道。」

反正上輩子太子見到她，就跟沒見到一樣，等了好久，才命她去侍寢。這一次，她也不太樂觀，當然，她的表現比以前好多了。

照常過了幾日後，這日，馮憐容跟原先那樣早早準備歇息，太子屋裡的小黃門來傳，說是太子要她過去。

這是侍寢的意思。

馮憐容吃驚，沒想到被孫秀說中了，難不成她那次露面，挺合太子的胃口？不然怎麼就叫她了？

鍾嬤嬤、寶蘭和珠蘭幾個人高興壞了，連忙給她端水洗澡。

冬日時節，她們這些良娣，也不太清洗全身的，但如今為了侍寢一事，鍾嬤嬤瞪大了眼睛，指揮幾個丫頭動手。馮憐容差點沒被她們搓哭，一層皮都險些掉下來，但鍾嬤嬤還是不放過，叫她們幾個再洗乾淨點兒，務必一手搓下去，什麼都沒有。

等到洗完，馮憐容都像隻蝦子，全身都紅通通的。

幸好不是傷，一會兒也就好了。

鍾嬤嬤又要給她精心上妝，這回馮憐容沒聽她的，說不上最好，不然碰一碰掉粉也不是好事，鍾嬤嬤權衡再三，給她上了稍許，眉毛畫了畫，嘴唇潤了潤。

至於穿衣，從內到外都是全新的，鍾嬤嬤給她挑了件梅紅金繡蓮花團紋交領小襖，裙子是藕色百褶棉裙，頭髮讓玉珠梳了個單螺，只插了一根六梅花合心長金簪。

「這就走吧。」鍾嬤嬤看著馮憐容，忽地有種送閨女出嫁的心情，不過這是大好事，她現在只擔心馮憐容到時候的表現，該教的都教了，一切都要看她的造化。

馮憐容披上狐裘就跟那兩個小黃門走了。

太子住的正殿一般太子妃都不合適去，故而侍寢的話，也是他那兒的人來迎，鍾嬤嬤跟宮女都跟不得。

馮憐容走到路上，只覺寒風刮得臉疼，她拿出帕子來，把那一點點粉也擦掉了。

到得正殿，她慢慢走進去，兩個小黃門便在後面把門一關。

本以為自己會很鎮定，但這會兒馮憐容還是能聽見自己的心跳聲，一下一下，像是在耳邊響起來似的。

她開始想，等下見到太子該說些什麼，卻發現太子竟然在用膳。

她的眼睛微微張大了一些，低頭行禮，叫了聲殿下。

趙佑樘放下筷子，抬眸看看她，眼裡有些笑意。「今兒王大人提起妳父親。」

馮憐容緊張。「妾身父親怎麼了？」

「別擔心，王大人是稱讚妳父親。」

王大人是戶部左侍郎，今兒太子聽他講課，王大人便拿上回戶部的事情為例提了一提，稱馮大人做事果斷，關鍵時候，敢下決定，沒有讓事態嚴重，但這些他不可能與馮憐容細講。

聽到父親被肯定，馮憐容高興一笑，眼睛亮閃閃，道：「父親是個好人，也是個好官。」

見她臉上滿是崇敬之色，這父女之間感情定是好的，太子想到自己，不免有些惆悵，拿起桌上酒盞喝了一口道：「妳坐下陪我吃吧。」

馮憐容一怔。她今兒是來侍寢的，現在這順序不對啊，怎麼要先陪用膳？

可她沒有拒絕，甚至連不敢都沒說，就坐下來。旁邊伺候的宮女給她拿來碗筷。

趙佑樘問：「會喝酒嗎？」

馮憐容道：「不是很會，但也可以陪殿下喝一點。」

趙佑樘笑笑，讓宮女給她倒一盞。

馮憐容看著琥珀色的酒，拿起來嚐，本以為酒勁足，會辣口，結果出乎意料竟是不難喝，她連喝了兩口。

看她左臉頰上梨渦一現一隱，趙佑樘的嘴角挑了挑。

馮憐容往桌上掃一眼，看中了道煨筍蹄花。

給太子與太子妃做飯的御廚可不比她們的，馮憐容知道，那御廚很厲害，什麼都能燒，也擅長料理豬蹄，所以她就有些饞，可伸出筷子去挾時，半途又縮了回來。

趙佑樘奇怪。「怎麼不吃？」

馮憐容老實道：「怕把臉吃花。」

見趙佑樘笑了，馮憐容的臉不禁微微發紅。

趙佑樘道：「吃吧，吃完洗個臉就是。」

可是……吃豬蹄的樣子也不好看。

馮憐容還記得自己是來侍寢的，搖搖頭道：「晚上吃這個會積食，殿下也少吃點兒。」

趙佑樘唔了一聲。

「那便不吃了。」他叫人端水洗漱。

馮憐容喝了幾口酒而已，便只漱口。

宮女叫她坐到裡間等，那是太子平常休息的地方，床、桌椅、櫃子都有，全是紫檀木、花梨木這些貴重的木料所製。

因這兒暖，馮憐容脫了外面的襖子都還有些熱，但也沒法子，她默默坐在床邊，腦子裡有些亂。

不一會兒，趙佑樘便來了，她同他一樣，也穿得少，只著一件夾袍。

馮憐容見他來了，想站起來。

趙佑樘笑道：「坐著吧。」

馮憐容便往旁邊挪過去一點。

趙佑樘坐到她身邊，往她臉上看了看，由於沒有上粉，再加上年輕，這皮膚就跟剝了殼的熟雞蛋一樣有光澤。

「妳頭暈不暈？」趙佑樘看她臉紅。「這酒後勁有些大。」

「不暈，是被熱的。」

「哦？沒想到妳還挺能喝。」趙佑樘微笑。

他長得像他祖父，眉目俊秀，一雙眼睛尤其顯眼，那眸光總是像水一般流動著，光華閃耀。

馮憐容看著，只覺自己要癡了，太子不管是前一世，還是現在，都俊美得很。

她笑著道：「母親喜歡親手釀酒，妾身幼時常會喝到一些，怕是這樣，便不容易醉。」

趙佑樘問：「都釀什麼酒？」

「杏花酒、桃花酒、梅子酒，後來咱們也種上葡萄了，我娘又試著釀葡萄酒。」在馮憐容的記憶中，與父母、哥哥在一起生活是上輩子裡最幸福的事情，所以她的聲音格外溫柔，帶著一點沈溺。「不過娘沒有做過葡萄酒，好幾次釀出來，都酸得很，娘嫌葡萄賣得貴，一狠心買下田自個兒種了葡萄，那葡萄熟了，一串串掛著，可好看了。」

「後來做出好葡萄酒了嗎？」

「後來……」馮憐容說著覺得不對，怎麼陪他用膳後又要說怎麼釀酒了呢？

她抬起頭看向太子，那樣子有些呆，好像在問，你怎麼要問這些呢？

趙佑樘噗哧笑了。

馮憐容越發覺得奇怪，她上一世來侍寢，太子可沒有那麼多話說，她也沒敢說話，她那時候一看到他，心就跳得厲害，氣也透不過來，又牢記著要謹言慎行，根本就沒法開口了。

看她有些失魂，趙佑樘的手伸過來，一下就把她摟在懷裡。

他的胸膛很寬闊，手臂也很有力，馮憐容的臉靠著他胸口，只覺自己好像在作夢。

那時候，她多久沒有再碰到他了啊，一直到死都沒有，現在他卻抱著自己。

「殿下？」她的聲音聽起來有些恍惚。「殿下是真的呀？」

「嗯？我還能是假的？」趙佑樘笑了，有點兒懷疑她醉了，不然怎麼會說胡話。

當他的手指撫到她臉頰上，馮憐容的身子像被電了似的，抖了一抖。

趙佑樘察覺，低頭看她。「害怕了？」

她記得，第一次可疼呢！

馮憐容把頭埋在他懷裡，點頭。「怕。」

樣子嬌憨嬌憨的，惹人憐惜。

趙佑樘怔了怔，以前侍寢的沒哪個會說怕啊，不過看起來，是很疼的，他摸摸她的頭。「別怕啊，我會輕點兒的。」

他伸手把她頭上的金簪拔了，烏黑的頭髮落下來，又滑又軟，帶著淡淡的香氣。

馮憐容抬起頭，杏眼含著水氣，霧濛濛的，像是黑夜裡被雲遮住的星星。

趙佑樘低頭就吻了下去。

馮憐容的腦袋裡轟地一聲，本來還亂七八糟的，一下子什麼想法都沒有了，就像外面的屋頂，下滿雪，白茫茫的一片。

直到那刺痛襲來，她才找回一點知覺。

她伸手緊緊抱著太子的後背，好像要把自己嵌入他胸膛一般，到最後也沒有放開。

這時已是夜深。

馮憐容躺在那裡，渾身一點力氣都沒有，趙佑樘俯身看著她問：「可有哪裡不適？」

馮憐容聽到他聲音，一下就把眼睛睜開來，才剛動一下，她就輕哎了一聲，人都弓了起來。

比上一次還疼好多，馮憐容都要哭了。

可這兒是太子休息的地方，像她們這種身分是不適合留下來過夜的，她對這個很清楚，雙腿一屈便想坐起。

趙佑樘皺眉道：「不是還疼嗎，急什麼，再休息一會兒。」

「可是……」馮憐容猶豫。

「妳那麼想走？」趙佑樘問。

馮憐容連忙搖頭。「不是。」

「那就別走。」

趙佑樘手臂一伸，把她攬過來。

馮憐容的頭靠在他肩膀上，哪裡還記得什麼規矩了，整個人都窩到他懷裡，手抱住他的腰，就跟抱住一個軟枕似的。

趙佑樘感到好笑。這小良娣挺自在的，一點兒不拘束，叫她幹什麼就幹什麼。

兩個人躺著一動不動，趙佑樘不說話，馮憐容也不說，她有個太子殿下抱著，正舒服呢！

就在她迷迷糊糊要睡著的時候，趙佑樘忽然道：「妳娘後來有沒有釀出好葡萄酒了？」

馮憐容還睏著，回道：「釀出了，我入宮前還喝過呢，很甜，有點兒酸，那顏色也好看，我娘本來說咱們家不富裕，爹不是會掙錢的，哥哥唸書還要花錢，便想去賣酒來著，到時候咱們家指不定就能開個酒莊，我也能幫娘賣酒……」馮憐容說著說著就哭起來。

可惜酒還沒賣呢，她就被選入宮了，再也沒見過娘親、父親和哥哥，到死都沒有，令她悲從中來。

趙佑樘嚇一跳，俯身看她。雖然是哭，卻是梨花帶雨，一點兒也不醜。

他嘆口氣，這丫頭被選入宮，估計想家人想狠了。

「別哭了，以後有機會，我讓妳見見妳家人，可好？」他安慰她。

「見我家人？」馮憐容聽到這句，一雙眼眸好似能迸出天上的光來，直勾勾地盯著他問：「殿下，您、您說的是真的？是真的嗎？」

趙佑樘下意識便道：「當然。」

馮憐容立時就跪下來，給他恭恭敬敬磕了三個頭。「妾身先謝謝殿下！」

她的眼淚還沒有止住，可嘴角卻已經逸出笑來，那模樣叫人心酸。

趙佑樘輕輕一嘆。「人之常情，妳收拾收拾回去吧。」

馮憐容這會兒也意識到自己的失態，可是她不能不抓住這次機會，她道了聲殿下恕罪，趕緊把衣服穿好。

外面兩個宮女一見她出來，就領著去外頭了。

趙佑樘看著她走，暗道，原先不過是隨口安慰一句話，如今看來，以後倒真要兌現了，不然那丫頭不知道會怎麼傷心失望。

大冬天的，越晚越冷，馮憐容到院子裡時，牙都在上下碰著了。

鍾嬤嬤倒是很高興，這待得越晚越好啊！可惜，還是回來了，不過像這種殊榮，也不是一般人能有的。在她印象裡，當今皇上還是太子那會兒，也就一個良娣在那裡過夜，但也只數次罷了，而且皇上登基後，那良娣又不受寵了，沒多久就因病逝世，所以說這伺候皇上、太子都不是好預測的事情，瞬息萬變。

「快些把熱水抬來，讓主子沐浴便睡了。」鍾嬤嬤吩咐寶蘭，又看看馮憐容，未免心疼，小姑娘第一次定是疼的，可伺候的又是太子，也不知有沒有受委屈。

她先拿溫水給馮憐容擦擦臉，又把手爐換了炭給她拿著。

馮憐容總算暖了點兒，等到泡在滿是熱水的木桶裡時，一下就睡過去了，寶蘭跟珠蘭的手腳更輕了些。

鍾嬤嬤看到她胸口上有些瘀紅，卻是眉開眼笑，馮憐容的胸很好看，不大不小剛剛好，她對寶蘭道：「看看，我這一套扭捏法還是有用的。」

寶蘭跟珠蘭都紅了臉。

鍾嬤嬤看著沈睡中的馮憐容，小聲道：「主子以前就是聽話，不然能有這麼好一對？妳們下回也試試。」

兩丫頭心想，試了，給誰看呀！

三人替馮憐容洗完後，把她輕輕喚醒，馮憐容一刻也不耽擱就爬到床上去了。

第二日，馮憐容比以前更早醒了——不過是硬被人叫醒的，讓她不禁生起悶氣。

她昨兒伺候太子，身心俱疲，晚上也沒有睡好，作了好些關乎前世的夢，這會兒真是痛苦極了，腦袋裡好像有人在拉鋸子一般。

鍾嬤嬤道：「就是因昨兒，妳更得早些。」

這句話讓馮憐容醒悟過來。誰叫她是個妾室，上頭有太子妃。

她揉著難受的眼睛，呵欠連天，拖著疲憊的身子到了太子妃那裡，頭還暈乎著。

太子妃與她們說了幾句話，就讓她們退了。

孫秀湊過來道：「姊姊，怎麼樣，被我猜中了。」

「猜中一半，好似殿下正巧聽到我父親的名字，才想到我呢。」

若不是因第一次見面，如此說來，可能她以後的命還是跟以前差不多，不過太子對她承諾了那事兒，這對馮憐容來說比什麼都重要。

孫秀笑道：「總是侍寢過了。」

馮憐容看出孫秀的難過，上一世，自己是墊底的，現在卻搶在孫秀前頭了，便安慰道：「殿下肯定會想到妳的。」

孫秀嘻嘻一笑，湊到她耳邊問：「殿下……溫柔不溫柔呀？」

平日裡見到太子看起來是很溫和，可是這溫和也只表現在他說話的時候，一旦不說話，他安靜地坐著，卻又不一樣，叫人無法逼視。

「殿下挺好的。」馮憐容回憶起來，笑著道：「還叫我陪著用膳呢，昨日不知為何，殿下吃得很晚。」

「哇，真好！」孫秀挽著馮憐容的手臂搖了搖。「殿下肯定很喜歡姊姊的。」

「只是恰好而已。」馮憐容可不相信這種話。

太子喜不喜歡誰，說實話，就算給了她那六年的時間，她仍是弄不清楚。

回到扶玉殿，馮憐容又開始打呵欠。

鍾嬤嬤這回沒說她，忙叫她去睡一會兒。

一覺醒來就到中午。

看她從炕上下來，鍾嬤嬤像從地上撿到金子一般，兩隻原本有些渾濁的老眼亮閃閃地盯著她，道：「主子，主子，妳猜怎麼著？」

「怎麼著？」馮憐容還迷迷糊糊的，也不知道鍾嬤嬤為啥興奮成這樣。

「殿下賞東西給妳了！」

「什麼？」馮憐容一下子清醒了。「賞什麼了？」

她鞋子也沒穿好，急匆匆地就往外頭走，等走到堂屋時，才看見桌上端端正正擺了一碗紅通通的煨筍蹄花，那是昨兒她想吃後來沒有吃的。

寶蘭和珠蘭都在高興地笑，馮憐容卻是百感交集，也不知自己該笑還是該哭。

曾經的那六年，她不是沒被賞過，但只有冰冷冷的金銀首飾，這熱乎乎的卻是頭一遭，馮憐容又覺得自己在夢中了。

太子為什麼會突然賞她這個？難道說昨兒自己伺候得挺好？

馮憐容回想起來，卻只想到自己傻乎乎，沒有控制住地哭泣。

男人心，也是海底針吶！

馮憐容漱一下口，就吃起來。不得不說，心情還是挺好的。

鍾嬤嬤笑道：「主子可記得了，以後要再侍寢，還跟昨兒一個樣，看來殿下喜歡呢，主子如今知道，聽奴婢的不錯吧？」

馮憐容差點嗆到。以前聽鍾嬤嬤的，便落到那個結局，如今她不想再重蹈覆轍，在有生之年，她只想做個自在些的人。

人生苦短，他見她，她歡歡喜喜；他不見，她也不想再悲傷了。

待到晚上，馮憐容又要用飯，剛坐上飯桌，赫然就見午時吃了一半的蹄花還擺著，那形狀看起來已有些慘不忍睹。

「這個怎麼還在呢？」馮憐容問，她們這些良娣雖不至於奢侈，但也不會說一道菜還吃兩頓。

鍾嬤嬤道：「這可是殿下賞的，怎麼好扔了？扶玉殿裡，哪個能吃到這些，扔了可不是遭人恨嗎？」她把蹄花端到馮憐容面前。「奴婢已經叫廚房再熱過了，主子吃光了才好。」

可午飯時，她已經吃得夠多了。

馮憐容皺眉。「又不是什麼多貴重的東西，能招什麼恨，嬤嬤把蹄花拿去廚房叫人熱才好笑，那些宮人不知道怎麼說我。」

「他們敢說？主子這是對殿下的恭敬！」

聽到這番言論，馮憐容無言。

恭敬什麼呀，她覺得跟捧人臭腳一樣，後來還是沒吃一口。

但這事兒倒是在東宮傳遍了。

這日，馮憐容去給太子妃請安。

方嫣提起來，問道：「怎麼會是蹄花呢，妳瞧著不似愛吃這個的。」

馮憐容道：「便是沒吃過這道菜，當日見到就有些饞。」

她在心裡默唸，千萬不要提晚飯的事，太丟人！

阮若琳聽了撇撇嘴，當真是小家子氣，見個豬蹄都忍不住，後來還捨不得扔，叫廚房熱了晚上再吃，真是噁心。

方嫣笑了笑，沒有再說。

孫秀面色卻有些黯然。現在就她沒有侍寢了，本來也不是很急，可小鍾嬤嬤天天說，往外探頭探腦的，倒是弄得她很緊張，好似再不侍寢，以後這日子都沒法過了，又聽到太子賞吃的給馮憐容，心裡也是免不了失落。

但是，她很快就打起精神來，下午跑去找馮憐容玩象棋。

結果馮憐容連輸了五盤，抓著她不讓人走。

孫秀又同她玩了好一會兒，馮憐容勉強贏到一盤才舒服些。

她玩這個，爭勝心有些強，即使棋藝不高，偏偏就是喜歡，總覺得能把這個玩好便是聰明的人，她也愛看別人玩，只是自己常輸，弄得有些鬱悶。

孫秀笑道：「姊姊多練練就好了，其實也不是多難的。」又揉自己的肩膀。「哎喲，真是不能再玩了，我這兒都痠了。」

「珠蘭，妳給她捏捏。」馮憐容誇珠蘭。「她手藝好呢，跟鍾嬤嬤學的。」

孫秀被捏了幾下，果然渾身舒服，扭過頭道：「讓白蓮來跟珠蘭學學，成不成？」

誰料鍾嬤嬤道：「那是我祖傳的，學什麼？我只教給這屋裡的，珠蘭，妳可不能到處亂教啊，不然看我怎麼罰妳。」

孫秀撇撇嘴。「嬤嬤還真凶呢，我跟姊姊像親姊妹一般，妳這麼見外。」

鍾嬤嬤笑了笑，雲淡風輕似的。「只是像，要真是親姊妹也就罷了。」

小鍾嬤嬤看不過眼。「咱們都姓鍾，往上數是一個祖宗呢，妳這小氣婆子，咱們還不屑學呢。主子，奴婢沒那祖傳的，一樣揉得妳舒服。」

這兩方的人，自打各自主子被選入宮就常在一塊兒，耍嘴皮子是司空見慣了，不過馮憐容不願強迫鍾嬤嬤，也就沒提這事兒。

等到孫秀幾人走了，沒多久，阮若琳跟前的宮人雪兒來了，不過她並不是來見馮憐容的，而是跟鍾嬤嬤說話，鍾嬤嬤聽了一會兒就把她趕走了。

「什麼事？」馮憐容問。

鍾嬤嬤沒好氣道：「還不是那位主兒，不是沒炭了嗎，想出錢向咱們買，說是外頭三倍的價。」她呸的一聲。「臭錢還使到宮裡來了，咱們能惦念她那點銀子？」

馮憐容也道：「當然不能賣的。」

「本來就是，娘娘都知道此事了，若賣了，不知道怎麼看主子呢，就是手裡緊，也不能貪圖她這些。」

馮憐容道。「一個月都有十幾兩呢。」說著想到什麼。「寶蘭，妳把那些銀錢都拿來。」

這屋裡，寶蘭管錢財，珠蘭管首飾，另外兩個金桂、銀桂看管屋裡貴重的器具，每日都要拿軟巾子好好擦拭一回。

寶蘭去裡間從花梨木三櫥桌的抽屜裡拿出一個青銅盒子，上頭有個黑鐵大鎖，她從袖子裡取出鑰匙，把鎖一開，讓馮憐容瞧。

四四方方的盒子裡擺了三個大銀錠，一個銀錠有十兩重，馮憐容一個個拿起來看，心裡暗暗高興，原來都有三十兩銀子了。

要是待上一年，她少說也能存六十兩，兩年的話，指不定能有一百兩，到時候，家裡一定可以改善生活的。不過那會兒，哥哥是不是要娶妻了？

當年，她記得哥哥要娶吏部郎中秦大人的三女兒，她還叫人送了銀子去家裡，可惜他們沒有要，又送回來，說她在宮裡過得不容易，自個兒留著傍身。

馮憐容長長嘆了口氣，也不知她後來早逝，父親、母親和哥哥會傷心成什麼樣。

馮憐容叮囑道：「好好收著。」

等到有一日她見到家人，一定要說服他們拿走，這樣自己也能安心些。

且說天氣現在還是冷，阮若琳的炭已經用完了，每日便只能待在暖閣，不說她，就是屋裡幾個伺候的人也受不得，常找藉口去別的主子那裡蹭點暖意，阮若琳就總發脾氣。

紀嬤嬤勸不得，又沒有法子，只能向鍾嬤嬤求助了，兩個婆子在宮裡幾十年交情，鍾嬤嬤被她磨得受不了，給出了個主意，後來紀嬤嬤就在惜薪司的一個奉御黃門那裡買到一些，算是緩了緩。

第二章

一轉眼，就到春節。

宮裡跟民間一樣，也是要大大操辦，殿門貼春聯，還放炮仗，屋裡也多了好些年貨，唯有一件事不同——家人沒得團聚，就連與太子見一面都不可得，因這晚上，太子與太子妃是要與皇上、皇太后、皇后，還有皇子、公主們一起過大年夜。

扶玉殿裡，只她們三個良娣湊一桌。

宴席擺在阮若琳那裡，桌上有十六樣菜，雞鴨魚肉都不缺，另外還有八樣廚房精心做出來的點心，一罈果子酒。

可她們吃得並不暢快，三人同期進來的，離家有大半年了，在家又都是被疼的姑娘，這等時刻，如何不想家？

孫秀頭一個哭。「我就想吃我娘做的餃子，比這些都好吃。」

阮若琳這會兒沒有不屑，只嘆氣。

馮憐容鼻子也有點酸，可是她覺得自己現在稍微有些奔頭了，心裡想歸想，卻不是很難過，她只期待著那一日的到來。

結果三個人沒怎麼吃，卻把果子酒全喝掉了，嬤嬤們攔都攔不住，尤其是紀嬤嬤，竟然被喝醉的阮若琳搧了一巴掌，鍾嬤嬤跟小鍾嬤嬤都呆了，同時暗自慶幸自己運氣好，沒有伺候阮若琳。

孫秀也有點醉了，馮憐容是神智保持最好的人。

由於她娘會釀酒，她酒量好呢，所以到第二日，她腦子很清醒，不像阮若琳，走路都有些東倒西歪的，紀嬤嬤給她灌了好些醒酒茶，阮若琳差點吐了，但也不得不喝。

年初一，她們要隨太子妃去向皇太后、皇后娘娘拜年。

她們這樣的妾室，一年中，也就那麼幾天才能見到那兩位後宮裡身分最尊貴的人。

紀嬤嬤輕聲抱怨道：「早給主子提醒了，喝了兩口酒就記不得！」

阮若琳白她一眼。

孫秀驚訝地看著馮憐容。「姊姊倒是沒什麼呀，我這腦袋，現在還有些暈。」

「我沒事。」馮憐容叮囑。「妳也喝些醒酒茶，以免到時候失禮就不好了。」

她們都是太子的妾室，要是行為不當，那是給東宮丟臉。

孫秀點點頭。

三人一塊兒就往東宮去。

太子與太子妃都在，太子穿著玄色滾紅邊的錦袍，外頭披一件烏黑的狐皮大氅，身姿如竹，沈靜如雪，遠遠觀之，誰都想多看一眼，可走近了，卻又不敢再瞧一眼。

太子妃叮囑她們注意言行後，眾人便前往內宮。

皇太后住在內宮西北方的壽康宮，平日燒香拜佛，不太露面，尋常殿裡也很冷清，但今兒不一樣，殿裡滿當當的都是人，皇上、皇后、妃嬪、皇子、公主等人都圍在她身邊。

皇太后笑容滿面。她長著一張四方臉，即便是年輕時，看五官應也算不得美人兒，然而，她一直很得先帝的寵愛，生了三個兒子，長子順利地做了皇帝，另外兩個兒子也一樣得先帝喜歡，先後封王。

輪到太子拜年，皇太后笑得更是慈和，招手道：「來，快坐哀家身邊，瞧瞧，都瘦了，便是再好學，大冬日的也緩一緩，想你父皇這年紀，那會兒還給哀家耍賴，說這等天氣就該休息兩個月呢。」

她這口氣，就好似皇上還是個孩子一般。

眾人都陪著笑一笑，誰也不敢插話，皇上的面色有些不豫。

趙佑樘坐到皇太后右側，笑道：「父皇比孫兒聰明得多，可以少用些功，有道是笨鳥先飛，孫兒自然不能懈怠的。」

「太子真是一刻也不放鬆呢。」胡貴妃聞言，對三皇子趙佑楨、四皇子趙佑梧道：「你們可要向太子好好學學呀。」

胡貴妃是宮裡最受皇上寵愛的妃子，身分僅次於皇后，人卻生得比皇后美得多，哪怕育有二子一女，風采仍不遜當年。

皇太后眉頭微微一挑，並不說話。

趙佑梧卻已經奔到皇上身邊，歡喜地道：「父皇，孩兒已經會背《論語》了，孩兒背給父皇聽呀。『克、伐、怨、欲，不行焉，可以為仁矣？子曰：可以為難矣，仁則吾不知也。』」

他只有八歲，口齒卻伶俐。

皇上很高興，把他抱著坐在腿上，語氣親切地問：「可知是什麼意思？」

趙佑梧脆生生道：「就是『不好勝、不自誇、不怨恨、不貪欲，』原憲問，『這可否算是仁呢？』孔子答覆，『可謂難得，是不是仁，我卻不知。』」他歪頭問：「父皇，這算是仁嗎？」

皇上笑道：「等你長大了，細細思考一回，就能明白了。」一邊還拿自己的額頭去碰了碰趙佑梧的。

皇太后見狀，臉色微沈，但皇上卻好似沈浸在天倫之樂裡，一點兒都沒有注意到，胡貴妃也笑得格外甜美。

馮憐容忍不住朝太子看一眼。

他靜靜地坐著，嘴角竟也帶著笑意，好像看到這一幕，是多麼高興的事情，然而，他這輩子都沒有得到過皇上對待四皇子的那種慈愛。

馮憐容想起前世種種，心裡忍不住為他有點兒疼。

太子妃方嫣心情也不好，手指在袖中微微收緊，看向皇后。

皇后卻是面色淡然，不怒不喜的，朝馮憐容幾個招招手道：「妳們過來，讓太后娘娘見一見。」

她們三個是皇后親自挑選定下的，當時皇太后因身體不適，並沒有參與，如今倒是過去一、兩個月了。

三人連忙上前。

皇太后點頭道：「好，好，都是百裡挑一的人兒，在宮裡，可住得慣呢？」她目光落在馮憐容的臉上。
她穿著棗紅團紋的襖子，蜜合色棉裙，頭髮梳成單螺，打扮得乾淨俐落，在三人中是最為顯眼的。
馮憐容道：「回太后娘娘的話，妾身自小便在京中長大，倒沒有住不慣的，而且這兒有暖閣，還有炭，比妾身家裡暖多了。」
她說得很順暢，沒有任何畏懼，臉上還帶著一點兒笑，梨渦一現，甜甜的。
皇太后覺得她挺討人喜歡，也笑了笑，又看看另外兩個，隨之道：「妳們既入得宮來，別的沒什麼，只需謹記自己的身分，好好服侍好太子、太子妃，可知道了？」
三人都稱是，皇太后便賞了一匣子東西給她們。
拜見完皇太后，也就沒她們的事情了，不似皇上的妃嬪，還能留下來與他們一起享用大年初一的早膳，她們三個照原路返回。
阮若琳忍不住發脾氣。「大早上的，連飯也不給吃。」
紀嬤嬤嚇死，壓著聲音道：「小祖宗，妳有話也回去說啊！再說，怎麼就沒飯吃了，一會兒自然會有的。」
阮若琳哼一聲。「我這都餓死了。」又問她們。「妳們餓不餓？」
孫秀不理她。
馮憐容這時道：「阮良娣，妳最好改一改呢，可別害了自己。」
阮若琳冷笑起來。「怎麼改，把吃過的蹄花再熱一熱，是嗎？這種事情我可做不出來！」她一甩袖子，噔噔噔的往前走了。

不過看在同是良娣的分上，想提醒她一下，怎麼就要說蹄花呢？馮憐容羞惱，咬牙看了鍾嬤嬤一眼。

鍾嬤嬤笑咪咪，小聲道：「阮良娣是在嫉妒主子呢，別說蹄花，就是菜花，她都吃不到。」

馮憐容無言了。

回到屋裡，她把披風脫了，坐著喝水。

寶蘭把皇太后賞的小匣子拿來，打開給她看，只見裡頭有兩個刻有吉祥如意四字的小金錠，還有兩支鑲了大珠的金釵，以她們的身分，賞得不算少了。

在印象裡，好似前一世，也是賞這個，馮憐容叫她把金錠收起來，又讓珠蘭把金釵插她頭上試試。

「好看。」珠蘭稱讚道。「太后娘娘給的就是不一樣呢。」

鍾嬤嬤向她們補充道：「太后娘娘的東西，是專門由工坊訂製的，裡面的匠人，隨便拎一個出來，這京城的名匠都比不上。」她看看金釵。「唔，這個手藝算是差的了，怕是新進來的匠人做的。」

寶蘭、珠蘭都誇讚。「嬤嬤懂得真多！」

「也不看看我多大歲數，當白長了？」鍾嬤嬤道。「妳們以後自然也會知道的，給主子擺碗，準備早膳了。」

二人就去忙了。

受。

大年初一一過，這天兒就慢慢開始暖了，至少大雪很少有了，馮憐容每回起來也不用那麼難受。

這日晚上，太子派小黃門來接她。

鍾嬤嬤特意在馮憐容耳邊叮囑幾句，喜孜孜地把她送走。

這回，太子沒用膳。

馮憐容進去暖閣後，臉就開始發紅。

趙佑樘笑道：「熱吧，把外衫脫了。」

馮憐容臉更紅了，可她也不能不脫，就算太子叫她裸身，那也得照脫。

她自個兒寬衣解帶，好不容易把外面的襖子弄下來，裡頭就只穿了柳綠色的夾衣，太子的暖閣比起她們的，就是熱，穿春天的裙衫便已足夠。

趙佑樘審視她一眼道：「還是春天好，冬天穿得胖乎乎的，不好看。」

這樣多好啊，婀娜多姿的。

馮憐容也看他。「殿下也是穿得少，好看呢。」

趙佑樘就笑起來。「我這是英俊，什麼好看，好看是形容姑娘的。」他用下頷示意。「過來坐著。」

馮憐容就在他對面的椅子上坐下來。

「現在還早得很。」趙佑樘隨意問道。「妳尋常什麼時候睡的？」

「冬天的話，酉時罷，春天差不多是戌時了，夏天太熱，妾身就睡得比較晚，可能要到亥時初呢。」馮憐容看向他的書案，上頭擺著好些東西，筆墨紙硯，書卷象棋都有。

趙佑樘道：「跟我也差不多。」又見她在看棋盤，便問。「會玩這個嗎？」

馮憐容高興地點點頭。「會，就是下得不太好。」

趙佑樘一笑。「那咱們試試。」

他叫馮憐容坐過來一些。

馮憐容這才看清了那棋盤，原是跟她用的不一樣，是白玉做成，那些縱橫之處又用金液澆築，簡直是富麗堂皇呢。

怎麼以前她沒見過？

馮憐容擺棋子時，只聽叮咚脆響，聲音悅耳，不由好奇地看看手中棋子道：「原來這也是玉做的，可那麼暖呢。」

「暖，自然就是暖玉做的，不然這等天氣，拿著不就涼了？」

馮憐容愛不釋手摸了下。「妾身用的是楸木做的，也不冷，摔了也不壞，不過殿下這個棋盤實在太好看了，便是貴了些。」

她說完，把棋盤上的「炮」移了個位置，兩隻眼睛盯著對面趙佑樘的棋子，好像一隻等著狩獵的小獅子。

那是把全副心思都放上頭了，本來趙佑樘還想就棋盤再說兩句的，倒也沒心思說了，與她認真下起象棋來。

結果馮憐容在這方面就是個繡花枕頭，看著氣勢很足，卻連輸了三盤。

趙佑樘贏得很不爽，對手的水準實在太差了！

最後一盤，趙佑樘都沒好好下，只盯著她看，卻見馮憐容竟是全身心投入，時而興奮，時而懊悔，時而高興，時而生氣，五官好像都在跳舞似的。

趙佑樘忍不住笑了起來，把棋子一推。「算了，這盤算妳贏了。」

看得出來，她是真得很想贏他，並不是說故意的，只是力有未逮。

馮憐容皺皺眉。「怎麼能算贏了呢，殿下厲害，妾身自知不敵，不過也不會說，輸了當贏了的。」

「哦？聽起來很有志氣呀。」趙佑樘一笑。

馮憐容握拳。「反正妾身總有一日會厲害的！」

趙佑樘唔了聲道：「那我等著呢，下回妳來贏我。」他站起來。「也不早了。」

馮憐容沒反應過來，就被太子拉起，摟到懷裡去了。

她比他矮一些，頭正好抵在他下頷上。

馮憐容的心咚咚地跳起來，連耳朵都在發紅。

他低下頭，聞到她髮間清香，那味道像是能讓人看見春天枝頭剛剛綻放的綠意似的，很是奇特。

「這是什麼香味？」他好奇。

馮憐容道：「是忍冬花。」

「忍冬花？那不是入藥的？」

「是的，不過妾身很喜歡，在宮外就常用這個，這回也帶了一些進來。」她微微抬頭看向太子，帶著一些期望問。「殿下喜歡嗎？」

太子沒有說話，低頭把答案送入她雙唇裡。

馮憐容享受著他的吻，只覺全身蔓延著說不出的滋味。

原先她是那麼愛他的，在宮裡這幾年，沒有別的奢求，只求他能多看她一眼，然而，她像是不配擁有的人，上天也苛待她，讓她早早死去。

這一世，又會如何？

馮憐容不知道自己這一世是不是也只能活那麼久，她伸手抱住太子的腰，把自己更加貼緊了他，只想這一刻，沈溺進去。

再次躺下的時候，她筋疲力盡，只覺剛才自己好像是條蛇，要把到手的獵物給牢牢捆住，可是卻被人打到七寸上，教她一點還手之力都沒有，她微微蜷著身子，半天沒回過神。

趙佑樘命人伺候洗浴。

馮憐容聽見，連忙起來穿衣。

趙佑樘看她一眼。「妳也清洗了，省得回去再洗，這裡熱，比較舒服。」

馮憐容有些吃驚。「在、在這兒？」

「嗯，宮人也可伺候妳。」

馮憐容從來沒有這樣過，脫口道：「是不是麻煩了一點？」

「怎麼麻煩了？」趙佑樘已經喚了宮人來。
馮憐容又道：「妾身沒帶衣服呀。」
洗個澡，還要特地去扶玉殿拿衣服，外頭又冷，趙佑樘就沒有勉強。
見她穿好，他想起一件事。「下回吃不完的也不要再熱了。」
馮憐容臉燒起來。「不是妾身，是鍾嬤嬤要熱的。」
見她的表情有些羞憤，趙佑樘哈哈笑了。「哦，那妳自己沒有想這樣？」
「沒有。」馮憐容搖頭。「這些菜都是第一頓好吃，熱一熱，味道就差很多，殿下賜給妾身，原也是想妾身吃得高興嘛。」
趙佑樘唔了一聲。「可不是，下回別聽妳嬤嬤的。」
見她頭髮亂糟糟，他伸手替她順了一順，又拿起一綹放鼻尖聞了聞，道：「這味道好，以後都用這個。」
馮憐容沒想到他是真的喜歡，可是，她前一世也用過，卻不見他提。
她歡喜地笑道：「好。」但很快又問：「不過妾身老是用這個，殿下會不會聞著聞著又膩了？便是妾身自己喜歡忍冬花，也不常用。」
這是大實話，還把趙佑樘給問住了。
趙佑樘認真想了想道：「那就用個幾天忍冬花，再用別的，換著來。」
馮憐容又道好，高高興興地走了。
趙佑樘看著她背影，見她絲毫沒有停頓，快步地走了出去。

等到馮憐容回到扶玉殿，鍾嬤嬤笑得滿面春風地迎上來。

這回待得比上回更久了！

鍾嬤嬤替她高興，問道：「在殿下那兒做什麼啦？」

「下象棋。」

鍾嬤嬤又問：「下了幾盤，主子輸還是贏？」

馮憐容心想，還問輸贏呢，也太看得起她了，她想贏都贏不了。

她沒好氣道：「輸了，輸了四盤！」

「好，好，就該輸，主子要贏殿下做什麼呀。」鍾嬤嬤還是老一套。

馮憐容沒理會。她覺得下棋就要有輸有贏才好玩，太子總是贏沒意思，她總是輸一樣沒意思，可惜，她偏贏不了。

寶蘭跟珠蘭上來服侍她洗澡。

那木桶裡之前就放了熱水，這會兒有些涼，珠蘭就讓人又添了一些，這就剛剛好了。

鍾嬤嬤在旁邊叮囑她。「奴婢給主子說的姿勢可用著了？也是難得服侍太子一回，可別浪費了機會，知道不？這要能懷上孩子才是大喜事呢，太后娘娘、皇后娘娘也都盼著的。」

馮憐容有些臉紅。

鍾嬤嬤在她出去前，便是說這個事兒，讓她完事後，儘量把臀部墊高了躺一會兒。可是，這也太難為情了，她怎麼好意思在太子面前做這個？再說，她被折騰得沒半點力氣，早就忘掉了。

這個嘛！」

鍾嬤嬤看她這樣子，便道：「也別怕羞，殿下還能說主子呢？原本選了三個良娣來，便是為

早在兩年前，太子便娶了太子妃，原先太子妃也懷過孩子，誰料到動了胎氣，孩子沒了，後來再也沒有懷上，連御醫都說不準，皇太后這才讓皇后替太子選幾個良娣來，無非也是為了子嗣。

故而她們去侍寢，也從不避孕的。

聞言，馮憐容只得點點頭，可是她心裡明白，太子第一個孩子不會是她生的。

第二日，太子又送了東西過來，不過這會兒不是吃的，是六卷棋譜。

「殿下還一次一個樣呢。」鍾嬤嬤笑道，但沒有上回太子送蹄花時那麼雀躍了，可能有了第一次，第二次的興奮點總是高一些。

馮憐容特別高興。「這是《梅花譜》呢！嬤嬤，尋常地方可沒有，我往常在家時，也同哥哥下象棋。哥哥比我厲害些，他教我看棋譜，後來便提到《梅花譜》，說這是一個高人寫的，陸陸續續出來一些，可全卷無人見過，有人想用千金換還未得呢！」

她拿起《梅花譜》恨不得放嘴上親一親。

鍾嬤嬤見她高興，也笑了笑。「那是成主子所願。」

馮憐容點頭，又問鍾嬤嬤：「殿下送我這麼好的東西，我是不是……」

鍾嬤嬤笑了。「哎喲，傻主子，殿下什麼好的沒有，妳又有什麼？無非下回見到殿下，好好伺候。」

馮憐容道：「我每回都伺候得挺好。」

「那就保持住，別讓殿下膩了。」鍾嬤嬤告誡。「奴婢要教的都教了，就看主子能不能發揮，有時候也別太怕羞了，主子入這宮裡，便是一輩子伺候殿下，又有什麼？說句不好聽的，等人老珠黃，也沒意思了不是。」

這都是大實話，可馮憐容聽著，鼻子就開始發酸。

還人老珠黃呢，她都不知道自己能不能活到那時候……管這麼多，有棋譜就看著唄！

她坐下，興致勃勃地翻閱起來，又讓寶蘭拿棋盤、棋子過來，替她把棋局擺好，她自己照著棋譜，下了老半天。

與此同時，太子贈送棋譜一事，太子妃方嫣那裡也知道了。

李嬤嬤道：「看起來，殿下還挺寵馮良娣的。」

「總比寵阮良娣好吧？」方嫣挑挑眉。「無論寵哪個，殿下是該有個孩子。」

她最看重這個，別的沒什麼。她從小就知道自己要嫁給太子，也早就接受一夫多妻的命運。她的父親還納了三個妾室呢，何況是太子，有朝一日要君臨天下的，三宮六院難道空擺著不成？

李嬤嬤知道太子妃大度，可未免替她心疼。「娘娘，還是把藥吃著，總是會有轉機的。」

方嫣眼裡閃過一絲黯然，她微微閉了閉眼睛，起來道：「去看看皇祖母。」

壽康宮裡，皇后也在，正親手挾核桃給皇太后吃。

這婆媳倆是表姨母與表外甥女的關係，平時很親近，以前皇后就常來壽康宮，後來年紀大一些，則是三天兩頭來。

方嫣進去向她們問安。

皇太后叫她坐旁邊，笑咪咪道：「這核桃是西安府進貢來的，殼薄得很，妳看妳母后一挾就破了，妳嚐一個。」

皇后遞核桃肉給方嫣。

方嫣吃了，笑道：「真香，比京城賣的是好。」

「要不怎麼會進貢呢？每天吃四、五個就行了，吃多了也不消化，」皇太后叮囑，又看向皇后。「妳也莫要挾了，留給自個兒吃。」

皇后淡淡道：「反正閒著無事。」

「無事，妳就光挾核桃了？天天無事，我也沒這麼多核桃給妳挾！」皇太后莫名就有些火氣上來。

皇后放下挾子，擦了擦手，還是慢條斯理的。

方嫣今兒來有事，並不耽擱地說：「皇祖母，孫兒媳聽說，皇上怕三弟、四弟跟不上，要給他們單獨請大學士什麼的來教呢。孫兒媳覺得不太好，殿下與他們是親兄弟，在一起唸書還能培養感情，怎麼好分開來學。」

這事兒還得從年前說起了，胡貴妃天天吹枕頭風，說四皇子年紀小，跟著太子一起唸書，學不到什麼，畢竟都是要先顧著太子，所以皇上便有了以上決定。

皇太后唔一聲。「是有這事兒，不過妳別忙操心，定下來還早著。」

方嫣心裡還是著急，她怕那兩個吃獨食，萬一皇上派了更加能幹的大臣去教他們，說不定會教出什麼，可皇太后這樣說了，她也沒法子，稍後便告辭了。

皇太后看看皇后，她還是面無表情。

「太子妃比妳還緊張呢，妳好歹是他母親，卻是連提都沒有提一句。」皇太后的語氣有些埋怨。

皇后淡淡道：「兒媳不是他親生母親。」

「那也是妳養大的，難道就沒感情？」皇太后語重心長地道。「我知道皇上傷了妳的心，可他是皇上，哪個不是喜新厭舊的，妳就擺出這副樣子？以後莫要上我這兒了，後宮諸多事情還要妳來管。」

「不是有胡貴妃在嗎？兒媳瞎忙什麼。」皇后道。「兒媳只顧養著身體，不要早死就得了。」

皇太后氣結。

皇后又道：「母后不要兒媳來，也罷，以後可沒人給您挾核桃吃。」

「我身邊都是死人？」皇太后怒。

「沒兒媳剝得好，您看看，一個個肉都是完整的。」

皇太后一看，果然如此，她長長嘆了口氣。「罷了，妳要來，來便是了。」

皇太后也怨自己，當年或許不該硬要她做了兒媳婦，卻又沒能護得了她，好好一個姑娘蹉跎成這樣。

皇后身子一側，又坐下來。

眼見天兒漸漸暖了，馮憐容讓珠蘭叫人折一些梅花來。這兒雖是皇宮，可一入冬也是顯得陰沈沈的，非得到春天，整個宮殿才亮堂柔和起來，再擺些花，便更讓人喜歡。

珠蘭很快就拿了好些梅花回來，有淡紅的，有黃的，還有一些綠葉，笑咪咪地道：「奴婢想著光是花兒不好看呢，就叫大李還摘了綠葉。」

伺候馮憐容的除了鍾嬤嬤、四個宮女，還有四個小黃門，分別是李善平、李石、方英孫、曹壽，那兩個姓李的，就被稱為大李、小李。

「是不好看啊，幸好妳想到叫他摘葉子。」馮憐容誇道。「真聰明，這糖醋胡蘿蔔賞妳了，吃去罷。」

現在沒什麼水果，胡蘿蔔用鹽醃一下，再烘乾了，吃時拌些糖醋跟酒，酸酸甜甜，十分爽口，很是美味，馮憐容就拿這個當零食。

珠蘭謝過後，把胡蘿蔔端走，叫上寶蘭、金桂、銀桂一起吃。

馮憐容在那兒插花，紅的插一支，黃的插一支，再配些嫩綠葉，煞是好看。

到晚上，小鍾嬤嬤來了。

馮憐容剛吃過晚飯，正在院子裡散步消食。

鍾嬤嬤奇怪。「怎麼不伺候妳主子，跑來這裡？」

小鍾嬤嬤笑得那是一臉得意。「剛才黃門來接咱們孫良娣，妳們沒聽見動靜？」

鍾嬤嬤撇撇嘴。「孫良娣害怕得慘叫了還是怎了，不然咱們為什麼要聽見呀？我還當什麼，咱們馮良娣都去兩回了。」

小鍾嬤嬤哼一聲。「孫良娣以後也一樣的。」

鍾嬤嬤就不說話了，不過在心裡鄙夷小鍾嬤嬤。馮良娣被召了侍寢，還被太子賜蹄花跟棋譜呢，她也沒有四處招搖，孫良娣不過是第一次，又有什麼好說的？

鍾嬤嬤扶著馮憐容的胳膊。「主子，天黑了，咱們進屋去吧。」

她懶得理小鍾嬤嬤，小鍾嬤嬤討了個沒趣。

馮憐容沒有說話，倒不是對孫秀被召見有什麼不高興，說起來，兩個人上輩子也算同病相憐，都不怎麼樣，以後也是看各自的運道。

馮憐容與鍾嬤嬤進屋後，沒過多久，銀桂進來小聲道：「孫良娣回來了，剛才曹壽在門口，看得清清楚楚的，說孫良娣一進來就哭。」

鍾嬤嬤瞧瞧天色。「這還早啊，怎麼就回了？」

上回馮憐容第一次，起碼比這個晚了一個時辰。

鍾嬤嬤想到剛才小鍾嬤嬤的言行，嘴角微微一挑，淡淡道：「這下那嬤嬤也要哭了，哎，就說凡事別急嘛，都有變數。」這語調少不得有些幸災樂禍。

馮憐容斜睨她一眼。

鍾嬤嬤又嘆氣。「看來孫良娣怕是觸霉頭了，倒不知為何。」

馮憐容便想去看看孫秀，可是一想，好像又不太好，她去的話，這會兒不是個好時機，於是她攏一攏袖子便睡去了。

第二日早上，馮憐容向方嫣請安前，順道去看看孫秀。

孫秀沒什麼食慾，兩隻眼睛還有些腫，像是昨兒哭了一陣子。

馮憐容嘴巴張了張，想問昨兒到底出什麼事，可是話到嘴邊還是嚥了回去，她知道自己不太擅長安慰人，萬一孫秀訴說委屈，她怎麼勸她呢？

馮憐容就只笑了笑，坐在椅子上，溫柔地道：「妳慢慢吃啊，我等妳。」

孫秀隨便吃了兩口。「走吧，再吃就遲了。」

馮憐容便同她一起走。

孫秀見她仍是一句沒問，倒是憋不住，傷心地道：「我肯定被人笑話了，以後都沒臉見人。」

馮憐容吃了一驚。「怎麼了？我……」她頓一頓。「我只聽說妳哭過，別的都不知呢，又有什麼事要被人笑話？」

孫秀白著臉道：「殿下沒碰我，就叫我回了，這事兒能不傳出來嗎？」

馮憐容眼睛瞪得老大。她們這些良娣去侍寢，旁邊都有宮人記錄，以便將來有喜了對得上號，可她怎麼也沒想到孫秀第一天侍寢會這樣。

「那殿下叫妳去做什麼呢？」

孫秀道：「下棋。」

馮憐容心想，這不是挺好的，看來太子是喜歡下棋。

她納悶道：「後來怎麼了？」

孫秀又恨不得要哭了。「本來下得好好的，也不知怎麼回事，殿下就叫我回去了，好像不大高興，我也不知哪裡沒做好。」

馮憐容同樣想不明白。

兩個人說著便到了東宮內殿。

即使方嫣沒說什麼，孫秀自個兒卻覺得不管哪個宮人肯定都在笑她，一直都低著頭，出來還被阮良娣嘲諷了幾句，她的心情就更不好了。

馮憐容也沒再說什麼，她現在這樣，是該要靜一靜。

壽康宮。

「你父皇也是想你專心學習，佑楨、佑梧比你小很多，尤其是佑梧，王大人、章大人講的，他也聽不太懂。」

趙佑樘點點頭。「他們這年紀原是該打好基礎，現在同我一起聽課，有些勉強。」

皇太后微微一笑。「那你覺得，讓哪位大人教他們好呢？」

趙佑樘想了想道：「不如就李大人吧，李大人講的課，孫兒至今都歷歷在目，他博學多才，字字珠璣，無論《孟子》，還是《尚書》，都講得通俗易懂。前段時間李大人因病休假，如今身體又大好了。」

皇太后會心一笑。這個人選，她與太子想得一模一樣。

胡貴妃想要別的大臣教她兩個兒子，那就教去唄，這李大人在朝中也是重臣，當年做講官時，哪個不推崇，就是脾氣差了一些。

皇太后很快就與皇上說了。

皇上也知道李大人的本事，自然答應，結果他把這話與胡貴妃一說，胡貴妃急了，一雙眼眸水汪汪地發紅起來。

看著她要哭了，皇上納悶。「怎麼，這李大人哪兒不好？」

「也不是不好。」胡貴妃蹙眉道。「妾身聽說李大人很嚴厲的，就連教太子的時候，都恨不得動用戒尺呢。」

「嚴師出高徒嘛。」皇上拍拍她的手，笑道：「妳不是說怕兩個孩子不成器？」

他實在是太過寵愛胡貴妃，這等要求，本是有些過分。

可胡貴妃還是不滿，楚楚可憐地問：「皇上，能不能換一個呢，妾身瞧著侍講學士金大人就不錯。」

皇上皺了皺眉。「母后都已經給李大人說過了，明兒就來。」

胡貴妃的臉色立時蒙上了一層陰霾。

皇上卻仍笑道：「母后也是關心楨兒、梧兒，不然豈會親自過問？李大人以前可是教過佑樘的，連先帝都對他極為讚賞，要不是身體好了，還不會再來做講官呢。」

胡貴妃心知不能再說服他，誰讓皇太后在皇上面前一向是個慈母的樣子，雖然因太子的關係，母子兩個偶爾有些僵，可親情還是擺在那裡的。

胡貴妃也清楚皇太后的厲害，想當初，那些文武百官拚命上奏疏逼迫皇上立太子，背後哪裡沒有皇太后的推波助瀾？

可惜皇上竟然一無所知！

胡貴妃眼眸瞇了瞇，倚在他懷裡道：「妾身知道皇上疼楨兒、梧兒，他們必會好好跟著李大人學的。」

總歸李大人是有本事的人，只要不跟著太子一起便是，假以時日，他二人也必能趕上太子的學問，她只希望自己的兒子不輸於太子，既然皇太后已經作了主，她也不至於硬要皇上改變主意，這點分寸她還是有的。

第三章

轉眼便來到三月，宮裡眾人都已換上夾衫。

方嫣正在看書，一旁服侍的知春笑道：「剛才嚴正來說，太子一會兒過來用膳。」

李嬤嬤一聽，便在旁叮囑太子愛吃這個，太子愛吃那個，方嫣精挑細選，叫廚房準備了十二樣。平日裡只她一人的話，六道菜便足夠，她算是個節儉的人，皇太后為此也誇過她好幾次。

差不多到了酉時，趙佑樘來了。

李嬤嬤笑道：「娘娘就等著太子，都沒心思做別的。」

趙佑樘看一眼方嫣，又看見滿桌的菜，笑道：「又不是難得來，何必那麼隆重？坐吧，想必妳也餓了。」

方嫣坐於他右側。「倒也不餓，只是擔心殿下每次都那麼晚，傷了胃。」

「都有點心吃的，怕什麼。」趙佑樘與妻子閒話家常，忽地想到欽天監得的結果，同她道：「聽說，過幾日有日蝕。」

方嫣嚇一跳，臉都白了。「天狗食日？這怎麼好？殿下，是哪一日呀，可千萬別出去。」

見她驚成這樣，趙佑樘本來要說的話嚥了回去，改口道：「就在大後日，那妳躲好一點兒啊。」

方嫣連連點頭。趙佑樘也不再吭聲，低頭用膳。

這日蝕的消息不久也傳到扶玉殿。

鍾嬤嬤一大早起來，就雙手合十地拜老天，馮憐容看她嘮嘮叨叨的，自然覺得奇怪了。

「嬤嬤是在求什麼？」

珠蘭也是一副驚魂未定的模樣。「主子，聽說明兒有日蝕呢！」

自古以來，只要提到日蝕，必定連帶著厄運二字，就連皇上都要避著日蝕，這天一切從簡呢，所以殿裡的人都很害怕。唯有馮憐容很從容，她想了想，「哦」一聲，原來是這一天了啊。

她記得上一世也有日蝕，她那時也害怕，怕自己看一眼日蝕，以後一輩子都倒楣，那天宮裡一切問安都停止，她就躲在屋子裡，現在回想起來，看不看日蝕，跟倒不倒楣一點關係都沒有。

她不看，還不是一樣？

馮憐容吃著金玉羹，問鍾嬤嬤：「嬤嬤，這日蝕怎麼看？聽說光這麼看，眼睛會瞎的，是不是？」

鍾嬤嬤臉色發白地問：「主子問這個幹什麼，難不成主子還要看？」

「多年才出一回，為什麼不看？」

鍾嬤嬤嘴巴張得能吞進一顆雞蛋，她幾步上前，手往馮憐容的額頭上一摸，叫道：「哎喲，也不燙，主子怎麼就說胡話了！」

馮憐容道：「我就想看，嬤嬤給我問問去，怎麼樣才能不傷眼睛。」

鍾嬤嬤死都不去，以各種話嚇唬馮憐容。

可馮憐容是死過一回的人，能怕什麼啊，她這會兒就在跟上輩子賭氣，指不定看了還不會那麼早死，誰知道呢？然而，鍾嬤嬤仍是不配合，四個宮女也是膽子小的人。
馮憐容把羹喝光了，抹抹嘴出去外面，眼見大李在外面靠著牆頭發呆，就叫道：「大李，你過來。」
大李一聽這溫軟的聲音，高興得都沒魂了。
他在這兒當差，都是聽鍾嬤嬤、寶蘭幾個人的吩咐，平時馮憐容連話都不跟他講，這會兒竟然親自出來喊他的名字。
大李一溜煙地跑過來，恭謹道：「主子，有什麼事要吩咐奴才的？」
馮憐容問：「你知道怎麼看日蝕嗎？」
大李以前沒去勢入宮前，也是到處混，因此如何觀日蝕，他聽人說過，當下就道：「回主子，這容易得很，拿一大盆油就行了，到時候天狗出來，主子不要抬頭，光看油，聽說裡頭清清楚楚的。」
馮憐容很高興。「你說的是真的？」
「奴婢可不敢騙主子。」
「那你明兒去幫我辦，弄一大盆油來。」馮憐容讓寶蘭取銀子給他。「剩下的就給你了。」
大李謝了，連說辦妥。
鍾嬤嬤在屋裡大呼小叫，勸馮憐容不要看，但馮憐容不理她。
結果鍾嬤嬤中午還抗議說不吃飯了，馮憐容還是不理。
鍾嬤嬤人是不壞，可她前世這幾年，都是鍾嬤嬤叮囑她要這樣、要那樣。

馮憐容心想，這輩子她不要鍾嬤嬤管了，若鍾嬤嬤不願意，這次就當給鍾嬤嬤提個醒兒，她是可以不管鍾嬤嬤死活的，哪怕鍾嬤嬤不吃飯，她也不會屈服。

雖然這奴婢打心眼裡是為主子好，可這天下，本來就不該奴婢管著主子啊。

馮憐容嘆一聲，繼續看棋譜去了。

鍾嬤嬤氣得頭疼，眼見她打定主意，最後沒法子，晚飯還不是照樣吃進肚子。

後來孫秀聽說她要觀日蝕，也來勸，可馮憐容仍沒有改變主意，孫秀不敢看，也就管不了。

第二日，大李去東宮膳房弄油，廚房的奉御便問怎麼要這麼多油，雖說油不算精貴，可這也太多了。

大李就說馮良娣要看日蝕，這話把奉御嚇一跳。

大李把銀子掏出來。「您說這油要多少銀子，這些足夠了吧？」

奉御笑了笑。「要什麼銀子，李小弟，你就把這油拿去，反正多著呢，就記得給我在馮良娣面前說個好，你看成不？」

大李想一想划算，便答應了，端著油回去。

結果他沒走多久，太子跟前的當差黃門黃益三也來要油。

奉御這回不太詫異了，反問道：「莫不是殿下也要看日蝕？」

黃益三驚訝。「你怎麼知道的？」

「剛才馮良娣身邊的小黃門也來要油了，說馮良娣要看日蝕呢。馮良娣膽子還挺大的。」

黃益三點點頭。「那你這兒油還夠不夠？」

「怎麼不夠？就算不夠，吃的花生油也得給殿下拿去。」奉御連忙叫打雜的把油端來，給黃益三弄了一大盆。

這會兒，趙佑樘在正殿的院子裡等。

黃益三把油放下，本來要走的，後來一想，太子興致勃勃地要看日蝕，這馮良娣也要看日蝕，是不是得跟太子說一聲？

在他看來，太子對馮良娣算是好的，侍寢兩次，就賞了兩次。

「殿下，馮良娣也要看日蝕呢，之前奴婢去拿油，管事說，馮良娣已經派人把油拿走一盆了。」

這事出乎太子意料。其實他原本想請方嫣一起看的，結果方嫣嚇得花容失色，也是讓他大大失了興致，沒想到馮憐容竟然有這等膽氣。

他笑道：「你去把她接來。」

扶玉殿裡，大李正給大油盆挪位置。

馮憐容叫他放在院子西邊，那邊遮擋的東西少，看起來更清楚。

鍾嬤嬤見她油盆都擺好了，又在裡面長吁短嘆。

寶蘭大著膽子過來，勸道：「主子，還是不要看了吧，看嬤嬤著急的。」

馮憐容道：「妳們不看便是了，別攔著我。」

語氣很是堅決，寶蘭只得又退下去。

這時候，黃益三領著兩個小黃門上門。

鍾嬤嬤聽到，這人一下子精神就上來了，笑咪咪道：「可是殿下有什麼吩咐？」

黃益三道：「殿下叫良娣過去。」

時辰不對啊！鍾嬤嬤雖然也懷有期待，可沒想到真是召良娣過去，她又有點兒驚慌。畢竟宮裡也忌諱白日宣淫，太子怎麼還讓主子過去？像他這等清貴的人不像是會做出這種事，再說，對她們主子的名聲也不好，嚴重點就得來個「狐媚惑主」的罪名！

鍾嬤嬤正在胡思亂想時，馮憐容問黃益三：「殿下怎麼這會兒要見我？」

黃益三看一眼大油盆，笑道：「殿下邀良娣一起觀日蝕。」

鍾嬤嬤差點一屁股坐下來。這是怎麼回事啊？

不過她滿腔的不高興瞬間全沒了，雖然日蝕不是個好東西，可太子是啊！太子想看，還叫她們家主子一起看，那是無上的榮耀！

但她又想起一事，忙問：「就叫了咱們良娣？娘娘在嗎？」

「就馮良娣。」

這下鍾嬤嬤更高興了，連忙拉著馮憐容進去換衣服。

日蝕再怎麼樣，也不是什麼吉相，它讓那麼多人害怕，馮憐容心想，不可能觀看日蝕還穿著盛裝，所以她立刻拒絕了鍾嬤嬤，就穿了這一身素裝隨黃益三去正殿。

趙佑樘一見到她就笑起來。「妳真要看日蝕？」

「是的，殿下，妾身那邊油盆都已經擺好了。」馮憐容往太子這邊的大油盆看。

這大油盆跟她的不一樣，她的是大銅盆，太子的是黃燦燦的大金盆，能亮瞎人的眼睛。

「來，過來這兒。」趙佑樘叫她坐一起，問黃益三還有多久時間。

黃益三看看書房外面的日晷，回道：「若是欽天監那裡沒有算錯的話，大概還有一刻鐘。」

馮憐容把頭抬起來。這會兒天上有雲，不是大晴天，雲朵飄啊飄，時時把太陽擋住，倒不見有多少陽光，也不刺眼。她正看著，眼前忽地一黑。

趙佑樘把手壓在她眼睛上。「瞎看什麼呢，一會兒太陽出來，會傷到眼睛。」

馮憐容被這親密的動作弄得全身都麻了。

這些天，侍寢、賞賜的事情，走馬看花似地在眼前閃過，以前的太子從來沒有對她這樣過，她心想，自己該不是要轉運了？

她笑嘻嘻地把手放在太子的手背上。「那殿下一直按著，妾身眼睛就不傷了。」

趙佑樘噗哧笑道：「說什麼呢，一直按著，妳還怎麼看日蝕？」他一按她腦袋。「頭低了，看著油盆，別抬起來。」他把手放開，馮憐容眼前又一片光明，不過趙佑樘順勢握住了她的手，在這起風的天，格外的暖。

馮憐容偷偷笑了笑，轉頭一眨也不眨地盯著油盆。

趙佑樘見她一點不害怕，倒是真納悶。「別人都說看了日蝕會遇到不好的事情，為何妳不怕？」

馮憐容道：「本來也怕的，後來想想，妾身每日起來，用膳、請安、閒著、睡覺，哪一日不一樣，見到的人每天也差不多，看個日蝕又能改變什麼？我現在覺得，可能日蝕就跟天上的風、下的雨一樣，沒什麼區別呢。」

能改變什麼？能改變她命運的只有太子，在這一刻，她從未有那麼清楚地認識到。

趙佑樘看她變得一本正經的臉，揚了揚眉。「沒想到，妳看得挺透徹，其實這日蝕就是個天象而已，不然欽天監怎麼可能預測得了？妳想啊，這天下，什麼時候天災人禍可以準確地算出來？」

這下馮憐容更明白了。「是啊，殿下這麼一說，還真是……」她又有疑問。「不過為何大旱了，欽天監算不出什麼時候會下雨呢，有時候還得皇上去祈雨？」

「這個啊。」趙佑樘認真想了想。「下雨乃是常事，不足以引起整個星象的變化，日蝕就不一樣，一旦它要出現，必是會出異象的。」

馮憐容恍然大悟。「原來是這樣，那就像水面下的魚兒，小魚動來動去，咱們根本瞧不見，但是大魚一躍，這水就嘩啦一下的，叫人不發現都難。」

趙佑樘笑了。「嗯，妳說得沒錯，不過日蝕已成規律，更加容易判斷些。」

他也沒有細講，手掌緊了緊，發覺她手背有些涼，就叫黃益三去拿披風。

黃益三很快就取來了。

趙佑樘自己披上，並把半邊搭在她身上。馮憐容也很自覺地把身子歪了過去，半倚在他懷裡。趙佑樘低頭瞧她，見她嘴角噙笑，一副小鳥依人的樣子，他也笑了笑。

這會兒風就更大了，天開始變得陰沈沈的，四周的雲散開來，此時太陽發出來的光芒並不亮，也不是平常的那種黃，而是泛著白。

馮憐容變得有些緊張了，盯著油盆不敢眨眼。

突然，有個圓圓的黑影往太陽遮過來，她忍不住一聲輕呼。

「殿下，真有……真有天狗呢。」她對這些到底一無所知，哪裡會不驚奇。

趙佑樘道：「這是……」

他想告訴馮憐容這是月亮，可是一想，萬一她要繼續問下去，他又得解釋，那可關係到一大套學問了，他也只從欽天監那裡得知些皮毛，哪裡說得清楚，也就沒再說，只「嗯」了一聲。

眼見天狗慢慢地把太陽一點一點地蠶食，馮憐容渾身緊繃，兩隻手都捏成拳頭。

太陽，真的要沒有了！她能理解為何大家都會害怕日蝕了。

因為沒有太陽，人就難以活下去，地都不能種了，吃什麼呢？天狗，快些走吧！

趙佑樘忍不住笑道：「沒事的，一會兒就出來了。」

「哦。」馮憐容吁出一口氣，不好意思地笑了笑。「雖然知道，可是，還是好緊張呢！」

正說著，太陽最後一點光都沒有了。

天地間一片漆黑，四周極安靜，安靜得跟死去了一樣。

馮憐容一動也不敢動，幸好太子的手還握著她的，她才不至於驚得叫起來。

過得片刻，那黑影退去，太陽又露出來了，光芒萬丈。

馮憐容呼出一口長氣，總算好了！

雖然只是短暫的片刻，她卻能感覺到一種驚心動魄的力量。

趙佑樘拿起她的手道：「妳出汗了。」

馮憐容才覺得手上濕漉漉的，臉一紅。「剛才天暗了，好嚇人。」

趙佑樘從袖中取出一方帕子，攤開她手心，慢慢替她擦了擦。

馮憐容整個呆住了。太子做這個，比天上出現日蝕還要來得神奇，讓她的心怦怦亂跳。

趙佑樘擦好了，跟黃益三道：「把油盆收拾收拾。」

馮憐容剛才被太子的舉動給弄傻了，這會兒正想說些什麼，就聽有人喊走水。

她心頭一跳，才猛地想起來，在前世也聽說太子這兒起火，像是很小的火勢，沒什麼打緊，只是那時她還沒侍寢過，又被日蝕驚嚇得躲了一天，反倒是對這場火沒什麼想法，但如今她已不是起初那個懵懂的姑娘，這火勢伴隨著日蝕，一定是有不一樣的意義，而這意義……

她轉頭看了太子一眼。

嚴正過來稟告。「沒燒起來，已經沒事了。」

趙佑樘點點頭，站起來對馮憐容道：「妳先回去吧。」

馮憐容不敢說不走，她應了一聲，只是走到殿門口，她回頭看了一眼太子。

趙佑樘也在看她。

往常那兩次她都走得極快，今兒卻是異常慢，迎著陽光，他看見她一雙眼眸裡盛滿了擔心，可明明，她也聽說火已經滅了。

趙佑樘微微笑了笑。

他眉眼舒展，沒有絲毫的擔憂，像是放晴的天一樣，讓馮憐容渾身一鬆。

她知道太子是什麼樣的人，那些困難，那些阻礙，都不能擋住他的腳步，他是將來的真命天子，這些伎倆算什麼？

馮憐容笑一笑，轉過頭輕快地走了。

趙佑樘這才問嚴正：「怎麼回事？」

「今兒因日蝕，剛換下的衣服沒及時拿去洗，就燒起來了，也不知誰人做的，個個又都躲起來，找不到人問。看守廚房的兩個黃門，剛才也在屋裡，問起來，一無所知。」

「那剛才喊走水的是誰？」

「是叫常林的小黃門。」

趙佑樘眉頭一挑。「好好問問怎麼發現的。」

嚴正道：「是，奴婢也已把他關起來了。」

趙佑樘便要去書房，結果走了兩步，又回頭對黃益三道：「把金盆送給馮良娣去。」

黃益三端著盆就呆住了，他才剛把金盆裡的油倒進桶裡。

嚴正忍不住瞧了一眼太子，心想，這送什麼不好，送金盆？

趙佑樘被兩個人瞧著，皺眉道：「該幹什麼，幹什麼去。」

兩個人忙應一聲，快步走了。

趙佑樘這會兒拿起帕子擦了擦自己的手心。他也是第一次觀日蝕，雖然早從歷史記載中得知是什麼樣，可是遠沒有親眼所見那麼叫人心驚，故而一片漆黑的時候，他也難免緊張，只不過在感受到馮憐容的緊張時，又好了些。

想到她臨走時的回頭，他笑了笑，這良娣倒也不笨，還擔心別的事兒。

他把帕子放進袖子，進屋去了。

馮憐容一路回到扶玉殿。

鍾嬤嬤待到日蝕過後，就一直等在那兒，見到她忙道：「可回來了，奴婢這心老吊著，生怕出什麼事，沒什麼吧？殿下跟主子好好的吧？」

「看的時候沒什麼，就是後來殿下那兒著火了。」

「什麼？」鍾嬤嬤大驚。「起大火啦？」

「小火，已經撲掉了。」馮憐容進屋打了個呵欠。

她看日蝕看得累了。

鍾嬤嬤卻在念念叨叨的。「怎麼這會兒起火呢？這可不是個吉兆啊，奴婢怎麼說的，這日蝕看不得吧，主子非要看，這下好了，哎呀，這可怎麼辦呢！」

馮憐容撇撇嘴。「剛才殿下叫我去，嬤嬤不是急匆匆的，還要我穿好一點兒嗎？這回馬後炮什麼呀。」

鍾嬤嬤抽了下嘴角，她發現她這主子越來越不好對付了。

馮憐容反正不擔心太子，跟銀桂道：「去廚房要點東西吃，我餓了。」

銀桂就問：「主子想吃什麼？」

馮憐容心想，這日蝕的事情恐怕對廚房影響也挺大的，估計正忙著，於是簡單點了幾樣，一盤青菜燒熟蛋皮，一碗豆腐湯和燒素麵筋，一盤炒雞片就完了。

銀桂剛走，黃益三就把金盆送來了。

鍾嬤嬤眼睛瞪得老大。前兩次還好說，一個是吃的，一個是看的，可這金盆……怎麼用啊！

馮憐容也頭疼。怎麼太子一時興起，會送這些東西，她以前聽說過沒有？她想了想，發現自己也記不得了。「要不拿來洗臉？」馮憐容問。

鍾嬤嬤道：「這麼大，怎麼洗啊？」

珠蘭笑道：「這盆大，泡腳好，主子，比原先那個銅盆好。」

「胡說，太子賞的，能拿來泡腳？」鍾嬤嬤訓斥。「這是對太子不敬，瞎說什麼，別害了主子。」

珠蘭不敢說話了。

馮憐容心想，這金盆那麼大，閒擺著占地方，也不好；若放角落不用，白費太子的一片心意，也不好……

寶蘭這時道：「要不種水仙花吧，裡頭弄些鵝卵石，也挺好的。」

眾人都無語，最後還是馮憐容拍板——洗腳。

金盆洗腳。

她琢磨著，這盆估計就是給她洗腳的，不然怎會送這麼大一個金盆給她，不過她還是搞不大懂太子的意思，好好的送一個洗腳盆給她幹什麼？

不過，這感覺挺好的，銅盆換金盆啊，一下貴氣起來了。

但凡扶玉殿裡有點事情，東宮內殿那裡定然是知道的。

此刻，李嬤嬤心裡就很不舒服。

這馮良娣，乍看那麼單純的小姑娘，沒想到心機如此之深，竟然趁著大夥兒去躲日蝕，尋到了機會陪太子，太子還賞了個金盆給她。

宮裡頭，能用金盆的可不是尋常人，那良娣有什麼資格？

李嬤嬤難免就要提醒太子妃方嫣。

方嫣聽了，自然就有些想法。

畢竟她是太子妃，太子觀日蝕竟然沒有跟她講一聲，未免太不把她放在眼裡，而且，日蝕這東西又有什麼好看，不是什麼吉相，只會招來厄運，這不，那邊就起火了。

方嫣起身就去壽康宮那裡。

此時，皇太后正歪在榻上，叫宮人給她捏腿。

她一把年紀，見多識廣，並不怕日蝕，剛才就在屋裡頭看著外面明明暗暗的，還想到她第一次聽到日蝕這個詞，那會兒才六歲，他們武安侯府也是亂成一團，唯有武安侯一人不怕。

她被母親抱著躲進屋裡，那天，也是這樣，明了又暗，暗了又明。

她的父親看了日蝕，但父親這一生都是榮耀的，也正因為如此，她當年才會做了皇后。

方嫣的到來打斷了她的回憶。

皇太后笑著問道：「怎麼這會兒來了？」

方嫣有些焦急。「祖母，殿下那裡起火了呢。」

「哦，是為這個。」皇太后笑笑。「不過是小事。」

方嫣一怔。

皇太后道：「火不是都滅了嗎？別急慌慌的。」

「可是……」方嫣正色。「祖母，孫兒媳還不是怕有人藉這個做手腳嗎？」

皇太后瞧她一眼，這孫兒媳笨是不笨，就是年紀還輕，不夠穩重，但凡有些風吹草動，就坐不住，這以後若當上皇后，人不得累死呢？宮裡一天到晚的，出的事還能少？

「既然來了，就陪我吃個飯，這日蝕弄得我胃口不大好，妳也沒吃吧？」皇太后偏不理會。

方嫣心裡火燒火燎的，但也沒法子，只得陪著吃了點兒。

從壽康宮出來，方嫣迎面就碰到太子。

趙佑樘也是因日蝕過後，來向皇太后問安的。

「殿下。」方嫣行一禮。

趙佑樘笑了笑道：「怎麼妳先一個人來了？」

方嫣心想，還不是為了起火呢，這麼嚴重的事情，一個兩個卻還悠哉悠哉的……

她問道：「殿下，誰放火的，可查出來了？」

李嬤嬤在那兒乾著急。一見面，光顧著問這個幹什麼！

趙佑樘的笑容淡了一些。「一時半會兒也查不出來。」

「怎麼查不出來，嚴刑拷問便是了。」方嫣提醒道。「殿下，這火燒得這麼巧，難道殿下不知為何？」

趙佑樘略略皺眉。「阿嫣，稍安勿躁。」

方嫣心想，她怎麼能不急躁？他這太子之位來得多麼艱辛，原本早在六年前，皇上就該封他為太子，可是一直耽擱下來，明眼人皆知，皇上是想立三皇子為太子呢，要不是群臣極力反對，只怕早已成事。如今他雖成了太子，可路還長著，誰知道會不會再有波折，但凡是一點小事，指不定就能引起變動。

方嫣嘆了口氣，面上憂色甚重。趙佑樘沒再說話，轉身往前走了。

見到皇太后，兩個人倒是一句沒提走水的事情，皇太后只問：「你看日蝕，叫了馮良娣了？這馮良娣是……」

趙佑樘便道：「那日年初，皇祖母問她話的那個。」

「哦，是她呀。」皇太后想起來了。「笑得挺甜的，長得也好，不過其他兩個良娣也不錯，怎麼我就聽說你光賞她呢？還有一個甚至都還未侍寢？」

趙佑樘笑一笑。「個個都賞了，到時候，可是皇祖母補貼孫兒呢？」

皇太后就笑起來，又正色道：「尋常人家都講究多子多福，別說咱們宮裡了，你父皇，兒子就少。」

趙佑樘知道皇太后在提醒他，不要獨寵一人。只是，這兒子多了，難道就是好事？

他點了點頭，並沒有接話。

到得第二日，宮裡就四處在傳日蝕那天，下天火了，燒了太子的衣服，其中意思不言而明，是說太子不德不正，老天爺都不喜歡。

風聲一起，朝中就有人搧風點火，上奏疏要皇上重新考慮太子的人選。

可太子不過才立兩年多，還是文武百官中大多數臣子齊力促成的，如今這奏疏竟然敢要皇上改變主意，可想而知，那幾位官員自然就成了眾矢之的，只幾天工夫，就被彈劾得滿頭包。

然而，皇上一直沒有動靜。

這日，永嘉公主進宮。她是皇上第一個女兒，為皇后所生，個性囂張跋扈，一來就進了皇上平日裡批閱奏疏的乾清宮。

皇上對這個女兒極為寵愛，不只因是嫡長女，也因永嘉公主與他性格相投。皇上喜歡聽曲兒，永嘉公主也喜歡；皇上喜歡觀魚，永嘉公主也喜歡；皇上喜歡吃臭烘烘的豆腐，別人避之不及，永嘉公主也喜歡。這樣的女兒，即便性子強悍了些，皇上仍是願意包容她。

「父皇。」永嘉公主一來就撲入皇上懷裡。

皇上笑道：「婉婉來得正好，妳看看，這幅畫可是真跡？」

他在書案上把一幅畫攤開來。

永嘉公主從上到下瞅了一眼，仔細觀察片刻方才道：「假的，李賢作畫善用禿筆，這畫可不行，父皇，哪個給您收羅來的，可以抽他幾板子了。」

皇上哈哈笑起來。「眼睛真尖，不枉我從小教妳鑒賞這些。」

永嘉公主道：「還是父皇厲害，名師出高徒。」

皇上更高興了，又拿了幾幅書畫出來。

二人倒是看了好一會兒。

永嘉公主眼睛都瘦了。「父皇，您光顧著觀賞這些呢，沈大人幾個如此不像話，您倒是沒罷了他們的官。」

皇上臉色微沈。

「女兒是看他們專給父皇找麻煩，這豈是兒戲的事情？父皇也是花了好久時間才下定決心立下太子的，他們這是誰給的膽子呢，為這點事就敢上奏疏。」

皇上本來心情就差，剛才稍微好一些，聽到這話，又不好了。

永嘉公主點到為止，笑嘻嘻地道：「父皇，女兒就不打擾您了，女兒去看看皇祖母跟母后。」

皇上擺擺手，永嘉公主這就走了，結果剛到殿門口，就遇到胡貴妃。

永嘉公主笑了笑。「母妃，您這是來給父皇送飯吃？」

胡貴妃也沒料到會撞見她，笑道：「妳剛來？駙馬人呢？」

「我自個兒來的。」永嘉公主挑眉。「母妃，省得這飯菜冷了，還是快進去吧。」轉頭，她叫小黃門給皇上通報。

結果小黃門出來，低頭小聲道：「皇上說忙，叫娘娘先回去。」

胡貴妃笑容僵在臉上。

永嘉公主得意笑了。「哎喲，母妃，看來您來得不巧啊，父皇剛才與我看了大半日的書畫，確實也乏了。」

胡貴妃氣得手指頭都在抖。這永嘉公主永遠都是她的剋星！

「母妃還是等會兒再來吧。」永嘉公主以調侃的口氣說。「就是可惜了這菜，熱一遍，味道就不好啦。」

胡貴妃一語不發，掉頭就走。

永嘉公主哼著歌去了壽康宮那兒。

「皇祖母，母后。」她立在門口，輕聲喚道。

皇后笑著招招手。「傻站著幹什麼，還不進來。」

永嘉公主撲入她懷裡，兩隻手抱著她的腰不放，撒嬌道：「母后都不想念女兒，女兒不自個兒來，母后便從不叫女兒來。」

皇后笑道：「妳嫁人了，自然就待在夫家了，怎麼還能常入宮呢？今兒來又是為何事？」

提到這個，永嘉公主就高興。「還不是為佑樘，我就知道，定是胡貴妃做的好事，只可惜，她這招是殺敵一百，自傷一千！」

皇后聽到這話，反應不大。永嘉公主就把剛才的事情告訴皇后。

「父皇都沒有見她，這回定是生氣了。」她嘻嘻一笑。「胡貴妃當自己是什麼呢，父皇再怎麼寵她，她也不過是個妃子，她兒子再怎麼樣也當不得太子的。」

皇后看她眉飛色舞的，勉強笑了笑。她對皇上已經死心，胡貴妃受不受寵，她不想知道。

永嘉公主見她如此，不免傷心。

她千方百計得父皇喜歡，最後是為了誰？可是她的母親，卻一點鬥志都沒有了！

幸好皇太后不似皇后這般，獎勵了她，送她一匣子走盤珠，她才不至於哭鼻子。

「是諸暨進貢的，妳自小就喜歡這個，拿去做副頭面吧。」

永嘉公主打開一看，只見裡頭珠子個個都渾圓，白色、米黃色、粉紅色都有，她很喜歡，笑著道：「謝謝皇祖母。」

皇太后柔聲道：「妳也別怪妳母后了，妳母后為妳，可算是盡心的。」

永嘉公主嗯了一聲。只是在她嫁人後，母后更是一蹶不振，她看不得如此，也不想胡貴妃這輩子都得逞！

永嘉公主忽地笑咪咪道：「皇祖母，二皇妹是不是該嫁人了？」

皇太后斜睨這孫女兒一眼。「今年十六了，妳這麼一說，是該要嫁人，不過胡貴妃把她當個寶似的，尋常也不上我這兒來，妳看看，哪裡有妳這麼懂事。」

永嘉公主笑道：「皇祖母，二皇妹不知道孝敬您，可您不能與她計較呀，她這婚事還是要您來操心。」

「我是得琢磨琢磨，不過還得看妳父皇的意思。」皇太后知道永嘉公主人小鬼大，自打她出生後，就與胡貴妃鬥得不死不休，只是最後也沒能分出個勝負。

要問皇上，哪個更寵些，可能他自個兒也說不清楚。

閒聊片刻之後，永嘉公主高高興興的去東宮看太子了。

第四章

馮憐容這會兒正在看棋譜。

寶蘭替她擺棋局，做她對手，倒是輸了兩局。

見她笑咪咪的，鍾嬷嬷最近卻為她的任性頗為失意。「寶蘭懂什麼下棋呢，主子要厲害，不是奴婢說，怎麼也得要個兩、三年不是。」

馮憐容嘴角抽了抽。

鍾嬷嬷記仇呢！她哪裡不知道自己棋藝不行，眼下假裝自個兒是高手，高興一下，她天天這麼閒著，自得其樂容易嗎？鍾嬷嬷還要說風涼話。

馮憐容一生氣，就把棋子給甩了。

鍾嬷嬷又有些後悔，陪笑道：「奴婢是開玩笑，主子，妳日日看棋譜，哪會不進步？下回再跟殿下下棋，殿下肯定也得誇主子的，來、來，繼續玩吧。」

馮憐容看看她，這是罵人又給吃顆棗子？鍾嬷嬷是真把她當小孩兒看。

「寶蘭妳下去吧，鍾嬷嬷妳來擺棋局。」

鍾嬷嬷呆住了，她好歹是嬷嬷啊。

「老奴這……」

「來擺。」馮憐容小臉一板。

鍾嬤嬤只得坐上去，但這手還沒摸到棋子，太子妃那裡來人傳話，說叫她一起去賞花。

自從馮憐容重生，方嫣也就早上見見她們，其他時辰從來不會這樣，這有點兒詭異。

鍾嬤嬤問道：「可叫了別的良娣？」

來人說也叫了。

鍾嬤嬤鬆口氣，對馮憐容道：「幸好不是叫主子一個人，奴婢擔心呢，都說樹大招風，主子這一連得了殿下三回賞，娘娘心裡定是不太快意的，主子覺得呢？」

馮憐容心想，這還用問？喜歡才叫奇怪呢！

只不過，做了太子的正室，又有什麼辦法？就像她，她也不甘心為人妾室，誰知道就被選上了，就算重生了，還是妾室，她這一肚子的冤也沒處說。

馮憐容嘆口氣，懶洋洋站起來。「給我找身衣服。」

鍾嬤嬤不太放心，也過去給她挑來挑去，最後選了一件湖色纏枝花的夾衫，一條月白素裙，柳黃色繡竹紋的繡花鞋。

馮憐容一看，這比她現在穿得還要素。

好歹是賞花，怎麼弄得自己像個罪人，作賊心虛呢？她可不覺得自己犯了什麼大錯。

「嬤嬤，我這是宮人，還是良娣啊？別過去了，娘娘都認不出我來。」

鍾嬤嬤聽得就笑了。「也罷，也罷，是奴婢太小心了。」

鍾嬤嬤給馮憐容換了條撒花的百褶裙，再由珠蘭替她梳個凌虛髻，左右插上一支珠釵就算完了。

幾個人踏出屋外，小鍾嬤嬤正好也同孫良娣出來，她見到鍾嬤嬤就套近乎。

二人說著說著，聲音越來越小。

小鍾嬤嬤道：「上回是我自找的，非得說什麼有第二回，這不，主子的運道都給壞了，大姊啊，咱們好歹是同宗，妳說說，妳們馮良娣怎麼就招殿下喜歡？」

鍾嬤嬤哪兒理她。她就算知道，也不會告訴小鍾嬤嬤，難道讓孫良娣搶自家主子的風頭？再說，她也真不知道，就像這回看日蝕，要不是馮憐容偏要看，也不會被太子叫著一起了。

鍾嬤嬤雖然不願承認，可也覺得，好似自己已經起不了什麼作用，她這主子越發像隔壁的阮良娣，根本不聽她的。

見鍾嬤嬤嘴巴很緊，小鍾嬤嬤求道：「咱們主子到現在還未侍寢呢，妳就說個法子吧。」

「說法子？」鍾嬤嬤笑了笑。

「是啊。」小鍾嬤嬤滿眼期待，她那主子侍寢不了，她這嬤嬤也就沒前途。

誰料鍾嬤嬤道：「每天求菩薩唄，誠心點兒！」

小鍾嬤嬤氣得一個倒仰，咬牙切齒道：「花無百日紅，大姊，妳也莫要這麼得意，以後也不知什麼樣。」

「我可從未得意，就是心裡得意，可曾在妳面前顯擺呢？哎，這人啊，得要知足不是？」

小鍾嬤嬤被她諷刺了幾句，臉都紅了。

孫秀在前頭問馮憐容：「殿下賜給妳的金盆可用得慣？」

起初聽說太子賞了個金盆，孫秀早就來瞻仰過了，滿心酸溜溜的。早知道，她當天也去觀日蝕了，這不，馮良娣看了日蝕，也沒什麼不好的。

馮憐容道：「挺亮的。」她也沒什麼別的想法。

孫秀在心裡嘖嘖兩聲。看起來，馮良娣都有寵妃的派頭了，太子送的東西，就這一句評價，不說感恩戴德的好話，也不供起來，還拿來洗腳，倒不知她是不是真的能一直受寵。

一想到自己，孫秀又是憂傷，上回好不容易太子見她，卻被自己搞砸了，下回不知道什麼時候呢。

一眾人剛出扶玉殿，沒走幾步，也不知從哪裡竄出一隻貓來，那速度太快，刷的一下跑過去，驚得幾個宮人忍不住都發出驚呼聲。

貓兒好似也被嚇到，喵喵連叫。

後面有一個少女快步奔來，蹲下身，柔聲招呼那貓兒，她身後還跟著兩個宮人。

貓兒見到主人，轉身又跑回，輕盈地跳到她懷抱裡，用舌頭在她手背上舔舐。

這少女正是安慶公主，皇上的二女兒，她長得與胡貴妃十分相似，眉目如畫，渾身貴氣逼人。她朝幾人審視一眼，認出是太子的兩個良娣，目光頓時就有些不善。

「剛才哪個踩了我的貓兒？」她厲聲詢問。

鍾嬤嬤頭一個道：「回二公主，誰也沒踩著這貓兒，只是從前面跑過去，倒是咱們被嚇了一跳。」

安慶公主挑眉訓斥道：「妳是什麼東西，誰問妳呢，叫妳主子來答。」

鍾嬤嬤氣得胸口疼，可這安慶公主也是得皇上喜愛，她又哪裡敢反駁。

馮憐容微微皺眉。她上一輩雖是無榮無寵，可遭遇過的事情也少，這安慶公主平生就與她從未有過交集，這回怎麼就遇上她了？這貓兒可是安慶公主的命根子，她嫁人都帶去，還有四個奴婢專門飼養，不比一個主子差。

她上前說道：「剛才鍾嬤嬤都說了，二公主，妾身確實也沒瞧見誰踩了貓兒。」

安慶公主打量她，見她一張臉雖是素淨，可眉毛、眼睛、鼻子沒一樣長得不好，倒是個美人兒，便問道：「妳是哪位良娣？」

「妾身姓馮。」

「馮良娣。」安慶公主挑眉，便知馮憐容是陪著太子看日蝕的那個人。

宮裡現在都知道這事兒，太子看日蝕，降天火了，原本該廢，結果倒不知為何，母親竟被連累，父皇不願見她。

安慶公主心裡來氣，輕慢地看著她道：「我看就是妳踩的吧，妳過來，給我雪團兒梳梳毛，我指不定還能饒過妳。」

要換作以前的馮憐容，這會兒可能會害怕，可她死過一回了，要說現在能讓她害怕的人，算起來，怎麼也輪不到安慶公主。

馮憐容道：「我沒踩，故而也不需要公主饒命。」

她看鍾嬤嬤一眼。「咱們走吧，別讓娘娘久等了。」

鍾嬤嬤眼睛瞪得老大，沒想到她主子氣勢很足，與安慶公主說話絲毫都不膽怯。她不由想起馮憐容剛入扶玉殿的頭一天，那會兒她膽子多小啊，像個兔子一般，現在不過才幾個月而已，與當時已不像同一個人了，不過這是大好事！

在宮裡，你弱小，別人就敢騎在你頭上。如今怎麼樣，自家主子也算得太子喜歡，怕什麼？

鍾嬤嬤扶著馮憐容的手，挺著胸就往前走了。

安慶公主氣得銀牙暗咬，叫道：「妳給我站住！」

馮憐容理都不理，像是沒聽到一樣。

安慶公主沒法子，總不能還叫宮人攔著，比一比，兩邊宮人的人數也差不多，難不成還能打起來？

可她又不甘心，一路就跟過去，一直到東宮內殿。

阮若琳已在這兒了，正坐著吃瓜子，方嫣也剛來。

馮憐容幾人上去行禮。

還沒開口，安慶公主就道：「大嫂，馮良娣踩了我的貓兒了！」

方嫣眉頭一皺，問馮憐容：「可有這事兒？」

「沒有，妾身沒踩。」馮憐容道。「剛才大夥兒都在，若是貓被踩了，自然看得見的。」

安慶公主哼了哼道：「妳們定然會互相偏幫。」

跟這種不講理的公主，馮憐容沒話好說，只等太子妃裁決。

方嫣淡淡道：「既然馮良娣說沒有，便是沒有了。二妹，妳這貓兒要真哪兒傷著了，不若尋個獸醫看看？」

安慶公主有些驚訝，太子妃竟然沒有順著她的意。

她原想著，這馮良娣既是陪太子看日蝕的人，太子妃心裡也應不喜歡她，可她把刀遞到太子妃手裡，太子妃竟然沒有接？真是奇了。

安慶公主氣呼呼地道：「我會看著辦的，不過這事兒沒完！」

她惡狠狠瞪馮憐容一眼，轉身走了。

馮憐容被這無妄之災也弄得不大歡快。

方嫣道：「去園子裡走走吧，今兒天氣不錯。」

馮憐容也難得來御花園，她們這些良娣平常都是在扶玉殿，不太輕易出門，倒是聽說皇上那些妃嬪常來賞玩，現今園子裡的花陸續開了，確實好看，各色的花兒都有，那香味紛紛往鼻子裡鑽。

阮若琳走在最後面，她最近情緒有些低落，畢竟太子一直也沒見她，她是怕自己就此便不行了。

方嫣同她們說了幾句，幾人來到一處亭子時，她回頭說道：「妳們入宮也差不多有半年了，不似才進來的，有些事兒心裡要有個譜。」她掃了馮憐容一眼。

馮憐容垂眸。真正的目的來了，哪兒是賞花，分明是來聽訓誡的。

方嫣說道：「殿下還年輕，以後妳們伺候著，要分得清什麼是好，什麼是不好，別只知道一味地順從殿下，所謂賢良，妳等也是一樣的。」

馮憐容聽著有些刺耳。這日蝕的事情才過，就提這一茬，分明就是在指她。

阮若琳瞧馮憐容一眼，恭敬地問方嫣：「娘娘，那若是有人犯了錯，娘娘能說說怎麼懲治嗎，也好有個警示。」

方嫣挑了挑眉。「得看什麼事了，我今兒也是提醒妳們，別忘了自己的本分。」

阮若琳道：「妾身自是不忘的。」

馮憐容還記得年前，阮若琳是怎麼驕縱，這回對著太子妃，倒學會示好。

這些事情，馮憐容以前見得不少，只是從沒有與她扯上關係，現今只是被太子賞了幾次，這就扯上了。她也沒做什麼反應，與孫秀一樣，應了聲是。

回扶玉殿時，鍾嬤嬤臉色很是難看。

果然去的時候還是想得太順當了，以為喊了別的良娣，就不是針對自家主子，其實還不是一樣？為拿主子做個範例，幸好是提一下，沒有單獨拎出來責備。可這樣下去，怎麼得了？

鍾嬤嬤也來同馮憐容講：「以後得收斂些，下回殿下叫主子去，主子也注意著些。」

「怎麼注意？」馮憐容問。

鍾嬤嬤答不上來了，總不能讓自家主子故意伺候得不好吧？這種事，傻子才幹呢！

晚上，太子那裡的小黃門來接人。

鍾嬤嬤心想，哎喲，今兒太子妃才說了主子，太子又要主子侍寢，也不知太子妃那兒怎麼想，但臨時也不能說得了病，不好伺候吧？

鍾嬤嬤滿腹心思地看著馮憐容出了扶玉殿。

東宮正殿，趙佑樘正在內室坐著。

這會兒天也不冷，自然不再燒炭，就是夜裡還有點兒涼，門窗都關得緊緊的。

馮憐容一過去，趙佑樘就叫她入坐。

「看看妳棋藝可進步了。」

馮憐容一聽，臉就紅了。「沒有，這棋譜好複雜，妾身雖說天天在看，但記著也不容易，別說能活學活用了，肯定還是跟以前一樣，一盤都贏不了。」

趙佑樘笑道：「唔，那我也不欺負妳了，咱們不玩這個。」

他往西邊床上一坐，叫馮憐容過去。

馮憐容走到他面前，趙佑樘手一伸，就把她抱在懷裡，低頭聞她頭髮，發現還是忍冬花的味道。「今兒沒換？」

「怕太子沒聞夠，等過幾回再換了。」

趙佑樘笑起來。「好。」

他把她頭上的珠釵拔了，她的頭髮披散下來，烏黑黑的，襯得臉更為素白。

馮憐容坐在他腿上，臉越發紅了。

趙佑樘撫弄著她的頭髮，問道：「今兒都做什麼了？」

不提這個還好，一提，馮憐容就委屈。

「之前也沒做什麼，光是照著棋譜下棋呢，下午娘娘說是叫咱們賞花，妾身就去了，結果路上遇到二公主，非說我踩了她的貓……」

趙佑樘挑眉。「還有這事兒？後來怎麼著了？」

「也沒怎麼著，妾身沒踩，自然不會承認的，二公主就一路跟到娘娘那裡，想讓娘娘懲罰妾身，娘娘也沒有理會。」

因他的關係，方嫣也是極為厭惡胡貴妃的，哪裡會幫安慶公主，他這皇妹也是沒腦子。

趙佑樘道：「然後呢，就去賞花了？」

馮憐容嗯了一聲。

趙佑樘抬起她下頷。「沒了？」

「沒了。」她垂著眼皮子。

趙佑樘噗的笑起來。「瞧妳這樣兒，什麼都在臉上，還沒了，是太子妃說了什麼吧？」

馮憐容咬嘴唇。

「她說什麼了？」趙佑樘問。「別怕。」

馮憐容確實也不高興，見趙佑樘撐腰，便道：「娘娘要咱們分清楚好的、壞的，說不能一味順從殿下。」

趙佑樘眼眸微微眯了眯。還真召集良娣說訓了，看來他這妻子是夠操心的，生怕他這麼大的人還分不清好壞。

他嗤笑一聲。「好壞，是要懂得分辨。不過這世上的事，是好，是壞，可不是別人說了算。妳也瞧見過日蝕了，覺得壞嗎？這樣的天象，多少年才出一回，沒見到，是個遺憾。」

馮憐容很贊同。「妾身看完了，後來作夢都夢到呢，夢裡比那天看到的還要有意思。」

「可不是。」

馮憐容道：「就是不知道下回什麼時候再出，到時候，妾身還陪殿下看。」

這就是孺子可教也，趙佑樘笑了笑，低頭吻住她的嘴唇。

再放開時，她微微睜眼，見他清俊絕倫的臉就在上方，嘴角帶著一抹笑，說不出的好看，能把她的魂都吸走了，馮憐容心頭一蕩，勾住他脖子，主動又把嘴唇貼了上去。

趙佑樘怔了怔，但也是片刻的工夫，就被她的舌頭攪得渾身發熱起來。

他的兩隻手游移不定，令馮憐容渾身發燙。

趙佑樘看著她紅通通的臉頰，忽地湊到她耳邊促狹地問：「阿容，妳覺得，咱們一會兒要做的事，是好的，還是壞的？」

他一雙眼眸光芒閃動，比燭光還要亮，透著一股邪性。

馮憐容光呼吸就透不過氣來了，覺得喉嚨好乾，渾身都在出水似的，她現在就想著做這事兒，那定然不是壞的，可她怎麼好意思說是好的？

她把腦袋鑽到他懷裡，嗔道：「妾身不知道了，反正殿下……殿下問這個，肯定是壞的。」

她身子頂到他身上，趙佑樘再難把持，猛地就壓了下去。

這次比起前兩次，更持久了些。

馮憐容這回不是沒有力氣了，而是精神渙散。

趙佑樘也累了，拍拍她光滑的背。「睡吧，一會兒再洗。」

馮憐容嗯了一聲，也是迷迷糊糊的。

兩個人一覺睡到大半夜，後來醒了，趙佑樘還是沒傳人，又把馮憐容折騰了一回。

等到洗完澡，渾身透著舒服，馮憐容連眼睛都睜不開了。

趙佑樘就沒讓她走，兩個人摟著一起睡。

馮憐容早上醒來，發現自己在太子的內室裡，她差點跳起來。

其實大半夜那一回，她已經很睏了，她平常都睡得挺早的，昨兒睡得死沈又被太子弄醒，搗鼓了半天，她覺得是在作夢，一覺醒來才知道不是，原來她真的留在這裡了。

「良娣醒了？」外頭宮人詢問。

馮憐容忙穿好衣服出來。

「良娣要吃什麼？殿下吩咐的，叫良娣用完早飯再回去。」

這太子的廚子可是御膳房裡的人，馮憐容心想，不能推卻這好意，她認認真真點了六樣，有點心、粥，還有小籠包。

宮人很快端來，馮憐容高高興興地吃完才回去扶玉殿。

鍾嬤嬤一晚上沒睡好，眼睛下面烏青青的，見到馮憐容，都要哭了。

那是歡喜的眼淚，自家主子不負眾望，還真跟太子過夜了。

鍾嬤嬤道：「還餓啊？」

「吃過了，蝦肉小籠包真好吃。」馮憐容稱讚。

鍾嬤嬤眼睛閃著光。「還用膳了啊，跟殿下一起吃的？」

「沒有，殿下去聽課了。」馮憐容想著，有些小遺憾，要是太子在就好了。

鍾嬤嬤喜不自禁。「殿下是真把主子放心裡了，妳看看，去聽課，還惦念著給妳用膳啊，哎喲，觀世音菩薩，地藏菩薩，彌勒佛喲，老天保佑咱們主子要是一直這麼得寵就好了，奴婢保證天天吃素呀。」她亂唸一通。

馮憐容皺眉，天上要真有菩薩，看她那麼不誠信，還不一道雷劈下來？平日裡都不見她燒香的。

馮憐容道：「再給我拿身裡衣來，昨兒都沒換。」

昨日因晚了，便也沒差宮人來拿，她洗完澡光著就睡了，今兒起來，還是穿昨天的衣服。

卻說趙佑樘在聽課，今兒精神也不太集中，有兩次差點就一頭撞到書案上。

黃益三在那裡抽嘴角。他還是第一次看到太子會打瞌睡呢，看來馮良娣挺厲害呀！

黃益三怕講官發現，伸手推了推趙佑樘。

趙佑樘清醒過來，勉強聽完，回頭就補睡了一會兒。

下次，看來不能半夜那個了。

趙佑樘其實也是第一回這樣，不知昨兒怎麼鬼使神差的，夜半醒來，發現自己抱著光溜溜的身體，就沒有忍住，可能見她睡得太香了，看起來又特別美，他起了壞心，硬是把她給弄醒了。

早上他起來時，她一點反應都沒有，睡得跟死過去一樣。

「殿下，是不是要傳午膳了？」宮人進來，要太子點膳。

趙佑樘一擺手。「今兒不在這裡吃。」說完就出去了。

黃益三跟嚴正兩個跟在後面。

他們只當主子是要去內殿找太子妃，誰料，主子竟然去了扶玉殿。

兩個人目瞪口呆。這可是大白天！太子尋常時候都不回內殿的，這次竟然來這兒。

他們這邊詫異，那邊鍾嬤嬤幾個更是驚得要暈過去，就連馮憐容都差點打翻了手邊的碗。

不是說不歡喜，實在是太驚訝了！在她的印象裡，不記得太子有過這種舉動，在他當太子的這段時間，她甚至覺得，他不曾喜歡過任何人，哪怕是太子妃。

可是，他竟然來她這兒了。

馮憐容快步過去，給他道了萬福。

趙佑樘進去一看，問：「在用膳？」

「嗯。」馮憐容還有點呆呆的。「殿下……吃了沒有？」

「沒有。」趙佑樘道。「就在妳這兒吃吧。」

「啊？」馮憐容嚇住了。

在她這兒用膳？

她回頭瞧瞧桌上的膳食，小聲道：「怕殿下吃不慣呢。」

趙佑樘笑了，很自然地坐下來，目光一掃，只見有四道菜，分別是清炒菜心、醬石花、茄餅、筍湯。雖然不算精緻，倒是清清爽爽的，就跟三月的天一樣，顏色也好，叫人看著挺有食慾。

鍾嬤嬤見狀，連忙叫珠蘭去拿碗筷。

珠蘭興奮到手都抖了，在路上差點拿不穩，她弓著身子把盛飯的碗放在太子面前。

趙佑樘道：「坐啊，傻站著幹什麼？一會兒得涼了。」

馮憐容坐過去，趙佑樘舉筷就吃。

她看著太子，覺得鼻子好酸，差點要哭，她哪裡想過，太子有一日會到她房裡來，同她一起用膳。這種情景，上輩子她都不曾敢幻想過。

他這是算……寵她一些了嗎？

趙佑樘吃了一口，放下筷子，看馮憐容。「妳是打算光看我就飽了？還不吃？」

馮憐容連忙拿起筷子，挾了飯往嘴裡塞，又時不時地看看他，一時有些著迷。

趙佑樘吃頓飯，被她看了幾十次，心裡好笑，這丫頭癡起來也是直愣愣的，生怕別人不知道。

用過飯後，趙佑樘還沒有離去的意思，屋裡的鍾嬤嬤與宮人都自覺站遠。

馮憐容道：「殿下不去聽課啦？」

「還沒到時辰。」趙佑樘笑笑。「講官也要用膳的。」

馮憐容點頭，有些拘束。她從來沒在這兒招待過太子。

「殿下，打算做什麼呢？」她想了想，還是問一下比較好。

「妳平常吃完午膳都幹什麼？」

「看書、繡花，要麼出去走走。最近都在看殿下送的棋譜。」

趙佑樘點點頭，在屋裡走了幾步，忽地就發現了大金盆，它靠牆放著，金光閃閃，很難不讓人注意到。

「這個，妳拿來幹什麼了？」他好奇。

馮憐容道：「洗腳啊，不大不小正好呢。」

趙佑樘的臉色有些古怪。他送的時候其實沒想過會有什麼用途，只覺得兩個人一起觀過日蝕的，金盆就當留個紀念，結果她拿去洗腳。

「洗腳……嗯，」趙佑樘又慢慢笑道。「挺好的。」

他記得她的腳小巧玲瓏，又成日見不到光，很白很白，好像冬日裡的雪一樣。在金燦燦的盆子裡洗，應該挺好看的。這麼一聯想，他又想到昨兒的事情，身體少不得有些熱。

其實他自己也奇怪，又不是第一次跟女人親近，可不管太子妃，還是阮良娣，好似都跟馮憐容不一樣，馮憐容給他一種很奇異且親切的感覺，好像她一早就認識他，已經在他身邊好多年了。有時候，她看著他，眼裡也會充滿濃到化不開的深情。

趙佑樘微微笑了笑。「妳同我出去走走。」

要跟她散步？馮憐容又震驚了一回，幾步上來與他肩並肩。

兩個人剛要出門，就聽一聲嬌軟的聲音從後面傳來。「妾身見過殿下。」

馮憐容回頭看去，原來是阮若琳來了。

她今兒這一身裝扮豔麗非常，上著玫瑰紅金繡折枝海棠紋夾衫，裡頭穿月白色中衣，身著一淺碧遍地玉蘭暗紋百褶裙，頭梳飛天髻，左右插著赤金紅寶釵，眉眼都精心描繪過，確實是美得很。

馮憐容心想，太子來扶玉殿這麼大的事情，整個殿裡的人估計都知道了，只怕一會兒，孫良娣還得來呢。

趙佑樘看一眼阮若琳，叫她起來。

阮若琳笑道：「沒想到殿下今兒會來扶玉殿，這會兒，是要與馮妹妹出去？」

趙佑樘嗯了一聲，便沒有話了。

阮若琳心裡就跟被針扎了似的難受，剛才聽紀嬤嬤說太子跟馮憐容一起用膳，她根本不信，誰想到是真的。可馮憐容憑什麼啊？當初第一個侍寢的可是她！

阮若琳咬牙看向馮憐容，見她穿得並不算精緻，只一件綠柳色繡竹紋的夾衫，一條月白色挑線裙，卻不知怎的，這臉兒雖沒特別化妝，卻流轉著說不出來的光華，氣色好得驚人，阮若琳就更氣了。

想當初，馮憐容一來就病懨懨的，初時，太子都沒見著她，誰知道她的運道竟那麼好。

趙佑樘示意馮憐容走。

阮若琳眼見這機會又要沒了，快步上去道：「妾身也是要去賞花，殿下不會嫌棄妾身吧？」

她不能輸給馮憐容，也不能一輩子就這麼過去。

趙佑樘皺了皺眉，剛要說話，孫秀又來了。

孫秀與阮若琳一樣，盛裝打扮好，也正因為這樣，才姍姍來遲了，不然她們早一會兒過來，可能太子還在用膳。

趙佑樘看著這二人，忽然之間，興致全都沒了。他對馮憐容道：「下回再說。」

馮憐容自然不能說不好。

太子笑了笑，這笑容多少彌補了馮憐容的一點遺憾。

眼見太子走了，鍾嬤嬤狠狠地瞪了那兩個良娣一眼。

這不是壞自家主子好事嗎？

兩個良娣很失望，尤其是阮若琳，她刀子般的眼神落在馮憐容身上，冷笑一聲道：「妳別得意。」

馮憐容心道，她什麼時候得意了？她高興歸高興，可得意是沒有的，太子一時之寵，不到頭，誰都不知道以後會怎麼樣，她沒有傻到以為太子會一直喜歡她，或許，眼下太子不過是貪圖新鮮。

他這樣的人，有那麼多的事情要處理，以後整個景國、全天下百姓都要依仗他，哪裡有多少精力在女人身上？當然，將來他也許仍會有那麼一、兩個特別喜歡的人，可是馮憐容沒有自信把自己算在裡面。她稱不上冰雪聰明，但至少還是有些自知之明。

馮憐容轉身進屋。

阮若琳看她連話都不說，只當她瞧不起自己，跺一跺腳就跑出去了。

孫秀跟隨著馮憐容進屋，笑著道：「姊姊，妳現在真是得殿下喜歡，連娘娘都要比不上了。」

「胡說什麼？」鍾嬤嬤急忙發話。「主子是主子，永遠也越不過娘娘的。」

孫秀吐一吐舌頭。「是我說錯了，只是羨慕姊姊。」

鍾嬤嬤在旁邊直翻白眼。

等到孫秀走了，鍾嬤嬤就告誡道：「現在主子得些寵，可要忌憚小人了，指不定哪一日就使壞。」

鍾嬤嬤在宮裡幾十年，見過的事情多，這些妃嬪間的鬥爭從來都是永無止境，光是現任皇帝，即使胡貴妃再受寵，皇帝也不是說不去碰其他妃嬪，那惠妃不就生了三公主？胡貴妃背地裡也不是沒給惠妃下絆子，有回惠妃差點就被打入冷宮，但又挺了過來。

馮憐容道：「嬤嬤也不要想那麼多，順其自然吧，該注意的注意些便是。」

且說太子在馮憐容那兒用膳的事，很快就傳到方嫣耳朵裡，這不啻於是在打她的臉。

之前她才把三位良娣叫去訓誡了一番，太子那邊就讓馮良娣侍寢，侍寢也就罷了，還留她住了一晚，最後，竟然還親自去扶玉殿，跟一個良娣一起用膳，不是打臉是什麼？

方嫣平日裡度量再大，也受不了。

眼見她就要去找皇太后，李嬤嬤趕緊阻止她。

「娘娘啊，去不得！」

方嫣氣道：「怎麼去不得？他什麼不好學，要學皇上！」

李嬤嬤聽到這一句，才知太子妃是真的氣狠了，幸好她早早就叫人把門關著，不至於走漏風聲，像這種話怎麼能讓別人聽見？作為兒媳婦，哪裡能這麼說皇帝公公。

「娘娘，殿下這次是過分了些，可是娘娘也得自省一下啊。」

「我哪兒有錯？」方嫣大為委屈。「自從我嫁給他之後，哪一日不是在替他著想，他倒是好呢，可顧著我？如今竟然這般寵一個良娣，還把我放在眼裡嗎？」

李嬤嬤嘆息一聲。「可娘娘去見太后又有何用？當初便是太后的主意，再說，不過是吃頓飯，又有什麼。」

宮裡並沒有定下規矩，說太子不能在良娣那裡用飯，像皇帝、太子他們，寵什麼人，只要不為此亂了朝綱，不至於寵妾滅妻，便由不得別人來管，

可就為這個，太子妃氣沖沖地去見皇太后，那一定不是個好法子。

方嫣慢慢冷靜下來。

李嬤嬤鬆了口氣，她跟著太子妃，自然是希望她將來做皇后，母儀天下。

「娘娘，越是這個時候，娘娘越要體貼殿下才對啊，千萬不要跟殿下對著來，娘娘一向懂事理，何必為一個良娣傷了與殿下的感情？」

方嫣聽了未免心傷。她不是不想與太子恩恩愛愛的，可不知為何，二人卻是越行越遠。

她一直都在盡力保住他的太子之位，希望他順順當當的，然而，他卻不瞭解她的苦心。

「這回便聽嬤嬤的。」

但下回，她可不是那麼好打發了，她不想像自己的婆婆一樣，有名無實地做個皇后，那些良娣偶爾寵寵可以，但要是想踩到她頭上，那可是作夢！

第五章

眼瞅著就到四月中。

天氣更加宜人，皇太后與皇后也難得到園子裡走一走，皇太后吩咐宮女把一些妃嬪請過來玩，還命人原地設置桌椅，準備邊賞花邊聽曲兒。

結果有宮女回稟，說胡貴妃染病臥床，不能前來，請太后恕罪。

皇太后慢條斯理道：「胡貴妃病得挺久啊，倒是有十來天了。」她命宮女。「請朱太醫過去瞧瞧。」

到場的妃嬪聽到的，有些就在偷笑。

誰不知道胡貴妃這病是為什麼呢，還不是因為皇上沒喝她的湯羹，又被永嘉公主氣到了。這朱太醫去瞧，只怕胡貴妃又得灌下不少苦藥。

皇太后手一擺。「都坐下吧，或有愛看的花兒，就自己去看。」

她話說完，立時就有絲竹之聲響起。

皇太后四處看看，只覺園子裡花木茂盛，一派欣欣向榮之景，心情頗是不錯，跟皇后道：「前幾日皇上還提起安慶的事情，說是該嫁人了，妳猜他提了誰？」

「誰？」皇后詢問。

皇太后又不直說：「原本這事兒皇上該先同妳說，妳現在一無所知，心裡可舒服？」

皇后笑了笑。「又不是我養大的，橫豎有母后作主。」

皇太后真是恨鐵不成鋼。「是有哀家呢，不過哀家能活幾年卻是未可知，到時候，妳也如此？可是要把位置讓給胡貴妃呢？妳真要有這個心，索性趁著我還在，就給做了主，讓她當皇后了！」

皇后心頭一震，坐著好一會兒沒有說話。

這十幾年，她對皇上越來越失望，可是說到甘心，又如何甘心？她只是把這愛恨都吞下去，不想再記起來，然而，皇太后這句話卻還是觸動到了她。

這些年，她不問世事，都是皇太后一力處置，可是皇太后也老了。

她抬頭看看自己的表姨，見她兩鬢都已經花白，自己卻還一直依賴她，雖說當年是她要她做了太子妃，然而，愛上太子，卻不是他人強迫的，也正因為有這愛，才有後來的恨。

不然任他擁有多少女人，又如何？這宮裡哪個不是這樣過來的？

皇太后道：「就這件事，妳與皇上說說，我看西寧侯的兒子宋讓不錯，原先說的長興侯住得遠，以後要見一面都難得很，皇上想必也不捨得。」

皇后這回沒有拒絕，應了一聲。

皇太后心道，果然說自己要死了，她才肯動一動，不過也還來得及，胡貴妃正瞎鬧，她被寵了這些年，連輕重都分不清了！

過幾日，一聽說皇后求見，皇上很是驚訝。因這個妻子，已經不理會他多年了。

皇上挺客氣，甚至站起來迎接她。

皇后淡淡道：「皇上，妾身有事要說，是關於安慶的。」

她說話一直都這樣，從不拐彎抹角。

皇上的臉也拉了下來。「安慶怎麼了？」

「母后同妾身說了，皇上看不如……」皇后說著，忽地想到皇太后，又想到自己的女兒永嘉，心裡就很糾結，她哪裡不知她們的期望，只是她能做到嗎？

皇后忍不住抬頭看了一眼皇上。第一個想法，就是他也老了些，仔細看的話，鬢角都有白髮，她微微嘆息，也許，這些事該有個了結，如今他老了，她也老了，是不是不該再抓著舊事不放？

皇后笑了笑，順勢坐下來。「畢竟是咱們兒女的事情，以後安慶嫁出去了，皇上也是希望常見到她吧？」

她這一笑，恍若回到當初。皇上發怔，他有多少年沒見過她笑了？她這年紀，笑起來還挺好看的。

皇上的表情立時也變得柔和了一些。「那皇后的意思是？」

「母后與妾身都覺得西寧侯的兒子宋讓挺合適的，皇上您看呢？」

「宋讓？」皇上唔了一聲。「朕再考慮考慮。」

論到顯赫，自然是長興侯府更加好一些，所以皇上起先才看中，不過這西寧侯，也差不了多少，他看著皇后道：「皇后午膳還未用吧，不若跟朕一起？」

皇后一聽，心裡就犯噁心了。

只是來說一說事情，她還沒想要跟他用膳呢！他難道不知道他們之間的關係？

皇后道：「不吃了，妾身最近胃口不好。」

她站起來，告辭走了。

皇上原以為她是來示好的，結果又一次被拒絕。

想想他這輩子，因為寵了幾個妃子，被皇后拒絕多少次了？可哪個帝王不是如此，就她醋勁那麼大！

皇上也火了，砸了個東西。

皇太后聽說了此事，又在那裡捏眉心。

她這頭疼病肯定是為這個得的！那二人都一把年紀了，還吵吵鬧鬧，眼見消停了幾年，只當會緩和些，這不，叫皇后去一次，結果又鬧得不愉快。

這時宮女景華來報，說是懷王與懷王妃已經到壽康宮門口。

皇太后立時高興起來。

懷王是她的小兒子，封地就在京都附近的華津府，每年這時候都要入京拜見的，要說三個兒子中，她最疼愛的就是懷王，懷王與皇上的感情也很好，故而當初才封得那麼近。

景華笑道：「隨行又有十幾輛車。」

皇太后搖搖頭。「總是恨不得把府裡的東西都搬來，往常與他說的都白說了。」

雖是責備，滿眼卻都是笑意。天下母親，哪個不喜歡孝順的兒子？

過得一會兒，懷王夫婦便到了，還有三個孩子——兩個兒子，一個十七，另一個十四；一個女兒，年方八歲。

懷王妃也是出身自書香門第，父親是禮部左侍郎，她生得端莊大方，很有大家閨秀的氣質，皇太后十分喜歡她，這二人一進門，皇太后倒是先叫她過去。

懷王妃笑道：「母后，路上淑兒一直擔心，見到您總算是好了。」

「淑兒怎麼了？」皇太后忙去看郡主趙淑，伸手道：「淑兒快來，教祖母抱抱。」

趙淑一下子就撲到她懷裡，哭道：「淑兒夢到皇祖母在吃東西，噎著了，淑兒急得很，又沒有辦法……」

皇太后笑起來。「不過是夢，傻孩子，能有什麼，看看，皇祖母好好的呢，又不是小孩兒，還能吃東西吃得噎著了啊？」

「是她自個兒之前噎了，也不知怎麼就作這夢。」懷王過來道。「淑兒快下來，妳皇祖母抱著妳累呢。」

皇太后擺擺手。「淑兒輕得很，怎麼會累？」

她抱趙淑坐下，趙淑乖乖地倚在她懷裡。

懷王笑道：「淑兒特別喜歡您，我問起來，就說皇祖母這兒可口的東西多，對她又好，這小饞貓兒，說得咱們華津府好像沒什麼好的了，只是廚子，是比不上這兒的御廚。」

皇太后便道：「淑兒那會兒在我這兒住了兩年，再回去，是不慣的，也不怪她。」

當年趙淑得過病，怎麼樣也治不好，懷王只得送她入京，叫這兒的太醫來看，為治這病，趙淑就在宮裡住了一陣子。

懷王又叫兩個兒子來見皇太后，祖孫三代其樂融融的。

另一廂，趙佑樘剛從春暉閣出來，嚴正便稟告此事，說皇太后也叫他與太子妃過去，見見懷王一家。

趙佑樘便先回東宮內殿。

前段時間，因在良娣那處用膳的事情，方嫣雖說不計較了，可二人總歸有些隔閡，李嬤嬤就叫太子妃趁著懷王過來，趕緊與太子和好，兩個人好了，那些良娣還算個什麼事兒呢？

方嫣把話聽進去了，好好打扮後，等著太子。

結果二人剛出門口，方嫣忍不住就道：「三皇叔總是往這兒來，不太好，當初這封地就封得近了些。」

趙佑樘的眉頭皺起來。

李嬤嬤在心裡哎喲一聲。這太子妃啊，怎麼就那麼喜歡說這些，太子自個兒心裡豈會不清楚，她就非得要說。

趙佑樘果然無話，方嫣也氣了。

夫妻兩個，親密無間的，什麼不能說？她也是提醒他一下，怎麼他就這麼沒有耐心！她可是太子妃，不是那些良娣，成天要跟他風花雪月！

兩個人後來一句話都沒說。

懷王在宮裡住了一陣子，這幾日馮憐容就念叨要泡酒。

鍾嬤嬤知道了，並不同意。「好好的泡什麼酒，主子可是良娣啊。」

「給殿下喝的，成不成？」

最近太子常見她，對她好，她也願意為他做些什麼，可想來想去，太子真不缺東西，她便想泡酒給他喝，因在家中，母親常弄這些，她倒是學會一點兒，加上太子也會喝酒，她覺得挺不錯。

鍾嬤嬤立刻就道：「成，成，要泡什麼酒？」

「我記得娘親常泡了給爹爹與哥哥喝的，可以明目解乏呢，最適合看書的人。」她想了想，報出幾味藥材。「有肉蓯蓉、遠志、五味子、續斷、覆盆子，好像還有山萸肉。」

鍾嬤嬤就把大李叫來。

結果大李還沒跑到跟前，也不知小李從哪兒冒出來，急道：「嬤嬤，有什麼吩咐啊？」

鍾嬤嬤感到好笑，兩個小子還爭呢，上回是大李弄來了油盆，這回就給小李做點事情。

「主子要些藥材，弄得到嗎？」

小李道：「這好辦啊，宮裡藥房就有。」

鍾嬤嬤嗤笑一聲。「沒有御醫開的方子，人家會給你？」

小李就呆了。

鍾嬤嬤搖搖頭。「愣頭愣腦的，還不知道藥房的規矩，這主子要的藥材，也一樣要開方子，你把胡大夫給請過來，快去，要麼金大夫也行。」

這兩位大夫雖說也是出自太醫院，可品級是最低的，不夠格給皇帝、皇太后、太子、太子妃等人看，就只有昭儀、良娣這些，生病了才會叫他們來把把脈。

小李很快就領著金大夫來。

馮憐容一見到他，心就怦的一跳，前世的回憶湧上來，令她心臟都發疼。

那年就是金大夫替她看病，金大夫是個好人，使出了全力，甚至還幫她請了吳太醫來，然而，也是回天乏術，她還是沒能活過來。

鍾嬤嬤見馮憐容失態，忙伸手拽了拽她袖子。

馮憐容這才回過神。「金大夫，麻煩您給我看看，我要泡酒，這幾味藥材對不對？」

金大夫有些受寵若驚，他聽馮憐容報了，點點頭。「沒什麼不對，不過再加一味川牛膝，一味巴戟天就更好了。」

「我是打算泡給殿下喝的，金大夫，您能否確定沒什麼不對的地方？」

金大夫沈吟一會兒。「沒錯，殿下可以喝，而且良娣這份心意不錯。」

得到鼓勵，馮憐容很高興。

鍾嬤嬤給金大夫塞了些銀子。

金大夫沒有接。「咱們本分之事，良娣也沒什麼閒錢的。」

馮憐容心想，金大夫就是個好人，還這麼正直。

等到金大夫開了方子，鍾嬤嬤親自送他走了後，便讓小李拿著方子去抓藥。

馮憐容又讓大李去弄一罈醇酒來，叫另外兩個小黃門曹壽、方英孫去買搗藥的器材，因這些都不是難事，只半日工夫，東西陸續到手。

鍾嬤嬤好奇。「現在怎麼做？」

馮憐容挽起袖子。

「哎喲，主子還要親自動手呢，這麼多人呢，何須主子，說說便得了。」鍾嬤嬤勸道。

馮憐容不肯，一來自己泡的有誠意，二來，她實在閒啊，她就想找點有意思的事情做。

她自個兒把藥材洗了，等藥材乾了，又在那裡搗藥。

結果這藥還沒搗好，太子來了。

馮憐容手裡拿著藥杵，還沒來得及放下。

她奇怪，怎麼就沒人通報，一路來了？

其實太子是直通通進來的，誰見到，他都沒讓說，省得一會兒阮良娣跟孫良娣又來，他嫌煩。

「在幹麼？」趙佑樘進來就看到她坐著，手裡拿個藥杵，他湊過去一看，藥臼裡好些藥材，大部分都碾碎了，那藥味很濃，盈滿了整個房間。

馮憐容呆呆地道：「是，是……」

「是什麼？」趙佑樘眸中笑意深深。「是在給我泡酒？」

馮憐容瞪大了眼睛，藥杵啪一下就掉回了臼裡。

趙佑樘好笑。「妳做什麼，我會不知道？」

這段時間，那些人都知道馮憐容得他的寵，但凡她有個什麼風吹草動，他們都會告訴他，今兒才聽完課，黃益三就說馮憐容叫人去抓藥，又是買酒的，要泡酒給他喝。

他這就來了。

馮憐容有些生氣，她本來想等酒泡好了再給他，現在倒好，這都還沒做呢，什麼驚喜都沒有了。

她拿起藥杵默默地搗藥，竟然不理太子，旁邊一干宮人都捏了把冷汗。

鍾嬤嬤心想，膽子真大了啊，還敢跟太子使小性子，她差點沒忍住要插話。

趙佑樘卻沒有任何不快，拿手捏捏她的臉問：「怎麼，還生我的氣了？」

「沒有啊，妾身這不忙著嗎？」馮憐容也不敢一直不說話，只是聲音悶悶的。

趙佑樘是個聰明人，倒是很快就明白她為什麼這樣。

「得了，下回妳酒泡好了，拿來給我，我再不許別人告訴我，行吧？」

馮憐容一高興。「真的？」

「真的。」

「但是，殿下已經知道了，就算我把酒拿來，殿下不也知道是什麼酒嗎？」馮憐容搗了一會兒，發現剛才白高興了。

趙佑樘哈哈笑起來。

馮憐容被耍弄了，氣得繼續搗藥。

趙佑樘一直等到她把藥材放入罈中才離去。

這泡酒，春、夏大概要五日，時間很短，所以很快就能喝了。

鍾嬤嬤有點兒擔心。「會不會喝了有事？」

雖說金大夫都確認沒問題，可太子是誰，那是將來的皇帝，萬一出點差錯，還能得了，不只她，就連馮良娣的腦袋都得搬家，自然不能大意。

馮憐容很淡定。「會有人先試的。」

鍾嬤嬤一想，這倒是。不過她還是沒有掉以輕心，那罈酒早晚都叫人看著，生怕有心人壞事。

卻說胡貴妃躺在床上已有一段時間，皇上仍沒有來探望，她的心都要碎了。要是往常，別說臥床了，但凡是小病小災，只要皇上聽到，哪日不來看她的？這個法子不行了。

胡貴妃近日便宣稱病癒了，她也不想再硬著頭皮喝苦藥。

「聽說懷王一家還在？」她問。

宮女慧心道：「回娘娘，是的，不過奴婢聽說，過幾日便要回華津府。」

胡貴妃冷笑起來。「無事獻殷勤，非奸即盜，有什麼必要每年都來一趟？別的王可不像懷王這般，他以為他與皇上的感情有多好呢，當宮裡是自個兒的家，愛來就來。」

慧靈笑著進來道：「娘娘，三皇子、四皇子過來看您了。」

胡貴妃叫宮人準備些吃食。「讓廚房送些炸鴿蛋、乳餅，還有蜜桔來，他們剛聽完課，定是餓了。」

三皇子趙佑楨、四皇子趙佑梧進來，向胡貴妃行一禮。

胡貴妃招手叫他們走上前，將兩個兒子摟在懷裡，左看右看。兩人都長得像皇上，趙佑楨天資稍嫌平庸些，趙佑梧卻聰明伶俐，胡貴妃最疼愛他，她知道，皇上也是一樣的。

「母妃病好了嗎？」兩位皇子問。

胡貴妃笑道：「好了，舒服了些。」

廚房很快就送來吃食。

胡貴妃催他們。「趁熱吃，瞧瞧你們，都瘦了，最近唸書辛苦吧？」

「不算辛苦，就是……」趙佑梧低下頭，有些委屈。

趙佑楨道：「李大人要求嚴苛，但凡字哪裡寫得不好，都要重寫上一百遍呢，四弟年紀還小，就有些吃不消。」

胡貴妃很心疼，紅著眼睛道：「梧兒乖，真難為你了，可還是要好好學呢，皇上知道梧兒那麼刻苦，定是很高興的，梧兒不是也希望你父皇能多疼疼梧兒嗎？」

趙佑梧嗯了一聲。

胡貴妃溫柔地摸摸他的頭，又問趙佑楨：「李大人今兒都教了些什麼？」

趙佑楨猶豫著還沒說呢，趙佑梧搶著道：「教咱們君臣之禮，還說就是兄弟間，也不是一樣的，太子哥哥對我，還有三哥來說，便是君……」

他話還未說完，胡貴妃這臉色已是難看至極了。

這李大人，怎麼教書的？

她原本希望李大人教她這兩個兒子像教太子一樣，讓他們學問淵博、知書達禮，會治國、打仗，而不是讓李大人訓她這兩個兒子呢！

什麼君臣之禮，現在太子是皇上嗎？胡貴妃怒不可遏。

趙佑楨道：「母妃息怒，李大人也不是只教這個，今日正好說到《禮記》。」

可胡貴妃哪裡聽，她覺得這李大人必須要換掉了。

然而，現在皇上都不理會她，如何辦成？胡貴妃頭疼。

趙佑楨年紀大一些，十三歲了，已明白生母的心思，然而他天性樸實，卻是沒有這樣的想法，他也不明白，為何母親非得要爭這個位置。他一點兒不覺得當皇帝有什麼好的，相比之下，做個藩王還自在一些。

趙佑楨說道：「母妃，您也不要去與父皇說了，李大人教得挺好的，雖然四弟累一些，可字比以前寫得好多了，是不是，四弟？」

趙佑梧點點頭。

胡貴妃眯起眼睛。「也罷，這事兒不急，不過你們有些聽聽便算了，李大人也不是樣樣都明白的。」

又問他們騎射課，景國對內雖算得上安定，可外夷虎視眈眈，歷代皇帝都有親征的經歷，豈能不懂騎射。

結果趙佑梧告狀：「大哥送三哥一把牛角弓呢。」

趙佑楨來不及阻止，忙把頭低了下去。

胡貴妃生氣。「你要他的弓做什麼？你難道還缺一張弓？你也是皇子，什麼沒有？給我還給他，聽到沒有？」

趙佑楨只得答應。

二人出得殿門，趙佑楨把身邊人都驅走，看著趙佑梧道：「四弟，以後你不要什麼都告訴母妃。」

趙佑梧奇怪。「為何？她可是母妃啊。」

趙佑楨低聲道：「咱們這是為母妃好。四弟，母妃每日也很忙的，咱們樣樣都告訴她，這不是給她添麻煩嗎？以後你有要問的，問我便是了，知道不？」

趙佑梧皺了皺眉。「這不是騙母妃嗎？」

趙佑楨生氣了。「那你儘管去說，以後也別指望我帶你玩了。」

趙佑梧忙道：「三哥，我聽你的，不說了，三哥，你莫要再生氣。」

宮裡孩子少，太子唸書花的時間多，二皇子早早封王出去，僅三皇子、四皇子是同胞兄弟，平日相依為命，感情是極好的。

聞言，趙佑楨這才又露出笑臉。

等回到他與弟弟所住的景琦殿，趙佑楨把那張弓拿了出來，既然答應了胡貴妃，那肯定是要還的，不然以後胡貴妃肯定還得問他。

趙佑楨嘆口氣，當時太子送這弓，他很喜歡，用著也稱手，真是可惜了。

他去往東宮。

趙佑樘見到他笑道：「正好呢，陪我一起用膳。」

趙佑楨道：「不用了，大哥，我……」

趙佑樘發現了他手裡的弓。

他微微笑了笑道：「三弟，你是想同我去射箭玩？」

「不是。」趙佑楨囁嚅。

他不太好意思說出口。

在四皇子沒出生前，他、二皇子和太子都是在一起唸書的，太子常常帶著他與二皇子玩，教會他們很多東西，故而他雖然常被胡貴妃提醒，可是太子一直對他很好，讓他無法仇視這個大哥。

趙佑樘心下了然。「我瞧著這把弓對你來說是大了一些，下回我再尋個合適的送你？」他伸出手。

趙佑楨鬆了口氣，這話不用自己說了，他紅著臉把弓放到趙佑樘手裡。

趙佑樘接過弓，放在桌上。

「大哥，打擾你用膳了。」

「沒事。」趙佑樘問。「你真不同我一起？」

「不用了，我那邊可能也擺好飯了，省得浪費。」

趙佑樘笑笑。「好。」

待趙佑楨告辭走，趙佑樘又回頭看了看那把弓。

當初見三皇弟喜歡射箭，他才尋了送與他，結果有人很不滿意。

趙佑樘冷笑了一下，把弓交給嚴正道：「收起來。」

皇上用完晚膳，出來走一走消食。

他一直都有這個習慣，尤其是天暖的時候，幾乎是雷打不動。

今日走到御花園時，卻聽到一陣清幽的琴聲響起，打破了黃昏的寧靜，他不由駐足，側著耳朵聽，那琴音起初是輕悅動聽，到得最後卻是如怨如慕，如泣如訴，嫋嫋不絕。

皇上微微嘆了口氣。這琴音他早前常聽，後來胡貴妃有次傷了手，已經有三、四年沒有彈奏，未免勾起二人當時琴瑟和鳴之景。

皇上朝著深處走去，沒多遠，就見一個窈窕身影坐在花叢中，側面美豔動人，一雙玉手如紛飛的蝴蝶，輕盈地落在琴上。

皇上心中不免一蕩。他已經許久不見胡貴妃了。

腳底下這時發出咚的一聲，他不小心踢到一塊石頭。

胡貴妃回過頭，露出驚訝之色。

「皇上。」她站起來，又很小心翼翼。「妾身打擾皇上雅興，妾身這……這就走。」

她命人抱琴。

皇上道：「愛妃急什麼。」

胡貴妃眼睛紅了，低頭道：「妾身知道皇上不想見到妾身。」

皇上笑了笑。「那愛妃還在這裡彈琴？」

無人不知他傍晚會在此散步。

胡貴妃小聲哭起來，捂臉道：「可是妾身又很想見皇上，誰讓皇上得知妾身病了也不肯見，妾身受不了……是妾身貪心了，不該來此，又惹得皇上厭煩。」這話沒有一個字是假的。

皇上的心軟了。不管胡貴妃是裝病，還是來此彈琴，都是為了看看他，她滿心裝的還是他啊。哪怕他最近對她那麼不好，她仍是一心一意地喜歡他。

皇上上前去，把胡貴妃攬在懷裡，輕拍道：「多大的人了，還以為自己是小姑娘呢，這衣服穿那麼薄，不冷？」

胡貴妃今兒穿了身鏤空的繡花小衫，外罩玫瑰紅紗緞長身衣，確實是十分鮮嫩的打扮，她伏在皇上懷裡害羞道：「還不是因為皇上，當年皇上最是喜歡妾身穿這樣的。」

她抬起頭來，嘴唇正好就在皇上臉頰一劃。

香味撲鼻而來，皇上就有些心猿意馬了，擁著胡貴妃便往回走。

胡貴妃嘴角挑起來，笑得比蜜還甜。

皇上當天就宿在了長春宮。

皇太后得知，這頭又疼起來。才沒多久，胡貴妃就把她這兒子給哄回來了。

不過也對，有皇后這樣一根木頭作比較，胡貴妃風情萬種，不用猜，都知道哪個勝，這宮裡也沒有比胡貴妃長得更好的女子。

皇太后早上喝了碗牛奶，吃了幾塊乳餅，就不想吃了。

皇上前來請安。

皇太后看他不順眼，這會兒懷王還在呢，她免不得就心想，要是當年給懷王當皇帝，哪裡還有這些破事？懷王做起事情可比皇上牢靠多了。

只可惜，皇上是嫡長子，無論如何，都應當他來當太子，說起來，是有些委屈懷王，論到才幹，他原是最合適當皇帝的人。

皇太后道：「你三弟要回去了。」

皇上看一眼懷王。「不多待幾日？你們在，母后這兒也熱鬧些。」

懷王笑道：「府裡總有些事情要處理，也不能長久在外面，得亂套了。」

可趙淑伏在皇太后懷裡不肯起來，撒嬌道：「皇祖母，淑兒不想走呢，能不能住這兒啊？跟小時候一樣，住一段時間，母親再把淑兒接回去，行不行？」

懷王妃嗔道：「胡說什麼，別再煩妳皇祖母了！」

皇太后挺喜歡趙淑。

這宮裡確實孩子少，也就三公主一人年紀小一些，可是三公主性格悶，不愛說話，每回來就坐在那兒發呆，她問幾句，三公主才答幾句，不像趙淑，特別天真可愛。

看皇太后猶豫，皇上道：「不如就讓淑兒住著，到時候想家了，朕再派人把她送回去。」

懷王妃忙道：「淑兒任性呢，怕累著母后。」

皇太后這會兒也下決定。「便這樣吧，若你們不捨得淑兒，倒也罷了。」

「怎麼會，母后喜歡，那是淑兒的福氣。」懷王妃自然答應。

懷王臨行時勸皇上：「佑樘雖然還年輕，但能文能武，心胸又開闊，只需歷練歷練，皇上便會對他更多一些信心。」

皇上點點頭。「你都這麼說，佑樘自是好的。」

皇太后很滿意。皇上雖然有時候固執一點，但懷王說的，他總能聽得進去。

要是懷王能在京城就好了，興許能經常勸勸皇上，什麼事情都能順利一些，不過這也是她剎那間的念頭，畢竟懷王的封地是在華津府，不是說改就能改的。

懷王一家稍後便告辭離京。

當馮憐容做的泡酒好了，像是心有靈犀，當晚太子便召她去正殿。

馮憐容叫小黃門提著一罈酒。

趙佑樘一見到她就問：「這抬的什麼？」

馮憐容愣住了，他這不是一清二楚，怎麼還問？

但明白過來之後卻是滿心的甜蜜，她笑咪咪地道：「殿下，這是妾身親手做的泡酒呢，喝了能明目解乏的，裡頭有好些藥材，殿下每日喝上兩次，包準渾身舒暢。」

趙佑樘露出驚喜之色。「沒想到咱這小良娣還會做這個，我來嚐嚐。」

黃益三忙把罈子口打開，濃郁的酒香迎面撲來，夾雜著一些藥香味。

黃益三取了一壺酒出來，倒上一盞。

趙佑樘也不等人試喝，直接拿了就喝下去，黃益三跟馮憐容都嚇住了。

馮憐容尤其驚嚇，她雖然知道照著母親做的流程，一定沒有事，可也沒想到太子竟然沒有讓人試過就喝了，她連忙拿過酒壺倒了一盞，往嘴裡灌，結果這酒是醇酒啊，她嚥下半口，五官就抽起來，覺得喉嚨裡好燒。

趙佑樘噗哧笑了。這傻姑娘！

「給我。」他一手包住她後腦勺，頭低下去堵在她嘴上。

馮憐容還沒反應過來，他的舌頭就撬進來了，她口裡的酒慢慢流進他嘴裡。

他全都喝下，順便狠狠吻了她一會兒。

等到放開的時候，一看馮憐容，見她整個臉都成了紅綢布，紅得恨不得能滴出血來。

再轉頭一看，小黃門跟宮女都站得遠遠的。

「怎麼，不就親了一下，傻了啊？」趙佑樘伸手拍她的臉。

馮憐容不敢看他。剛才她竟然餵他喝酒！這會兒她的心都要跳出來了。

趙佑樘自個兒在那裡樂。

馮憐容好一會兒才有勇氣說話，可她正要開口的時候，他又倒了一盞酒過來放她面前。「喝了。」

「喝了？」馮憐容傻眼。

趙佑樘又道：「像剛才那樣。」

馮憐容臉又騰地紅了，雖然這紅已經看不出來。

見趙佑樘等著她，馮憐容聲音微顫地道：「殿下喜歡、喜歡這樣喝酒？」

「是啊，來吧。」趙佑樘笑咪咪。

馮憐容只得把酒含在嘴裡，趙佑樘又湊過來。

這樣玩了幾次，馮憐容的腿都沒力氣了，就想自己化成酒澆在他身上，從他每寸皮膚裡滲進去，再也不要出來。

趙佑樘看她人都軟了，坐也坐不穩，自然就抱著進了裡屋。

這一晚上，兩人都帶著酒氣，頭暈乎乎的，馮憐容只覺自己一直飄在天上，醒來都不記得做了什麼，就是屋裡一團亂，衣服扔得到處都是，還有件被撕破了。

馮憐容回想起來，好像太子剛才挺野的，難怪自己身下一陣陣發疼。

趙佑樘過來抱她。「今兒也別走了。」

馮憐容當然高興，可是太子最近對她好，她隱隱又有些擔憂。

「妾身還是回去吧，現在天也不冷。」

趙佑樘微微眯眼，審視她一眼。「怎麼，妳不想留在這兒？」

馮憐容沒有吭聲。要說願不願意，若能天天睡在他身邊，與他一起醒來，她豈會不願意？但她始終是個良娣。

黑暗中，她似乎能聽見自己發自內心的嘆息聲。

她的身體是那麼眷戀他，太子與她在一起的時候更能感覺到這種渴望，她總是緊緊地抱著他，像是死都不願意放開似的，可是，這會兒卻要走。

趙佑樘把她腦袋按回自己懷裡道：「睡吧，別想別的。」
溫暖瞬間纏住她，馮憐容腦袋又迷糊起來。
是啊，想什麼別的，這一刻，他在身邊就夠了，哪怕將來有那麼多的變數。
她伸手抱住他，再也沒有猶豫地睡了。
到得第二日醒來，太子竟然沒有去聽課，馮憐容睜開眼睛便瞧見他，驚訝道：「殿下，您怎麼還在？」
趙佑樘好笑。「妳想累死我啊，聽課也有個休息的時候。」
馮憐容哦了一聲，原來是休沐日。
她又高興了，這樣的話，可不是就能跟太子一起吃早飯了嗎？
見她傻兮兮的笑，趙佑樘挑眉。「在想什麼？」
「在想御膳房裡做的蝦肉小籠包真好吃。」
「饞貓兒。」趙佑樘躺平，把她摟在懷裡道。「還有什麼想吃的，等會兒一塊兒叫。」
馮憐容就在那裡掰著手指頭數，等到兩人起來，她足足點了十二樣。
趙佑樘心道，挺能吃啊！不過他亦滿心歡喜，因裡面有八道菜都是他平日愛吃的。
兩人用完一頓飯，馮憐容就回去扶玉殿了，她又做到了上輩子沒有敢想的事情，整個人神清氣爽，鍾嬤嬤也為她高興。

第六章

安慶公主的婚事提上了日程，因上回皇后沒說成，皇太后便找皇帝講了此事。結果一聽，皇帝改口了，竟然要把安慶公主許配給吏部尚書楊大人的嫡孫楊太複。

楊大人何許人也？現今皇帝也不是每日上朝，朝中大事很多都是由楊大人拿主意，然後再由皇帝作決定，然而，這最後結果基本都不會有什麼變動，還是楊大人一開始就擬定的。

這樣一個人，自然是手握重權。

楊大人的孫子楊太複是個才學出眾的年輕人，楊大人的兒子沒什麼出息，唯有楊太複是被當成他的繼承人。不用說，這定是胡貴妃的意思。

皇太后保持頭腦冷靜，沒有一巴掌呼在皇上臉上，反而面色和悅地道：「皇上一向疼安慶，哀家看，這回也不能隨便嫁了，雖說父母之命，但安慶也是我看著長大的，總不能說不讓她心裡有個數？」

皇上心想這倒是，上回永嘉公主也是與駙馬見過面，頗為滿意，這才願意嫁了，這回也不能厚此薄彼。

「還是母后想得周到，朕就找個機會叫安慶看看。」

皇太后柔聲問：「胡貴妃身體可好一些？若還是不行，再讓朱太醫瞧瞧。」

皇上知道胡貴妃是裝病的，有些心虛，覺得對不住皇太后這份關心，略低下頭道：「已經痊癒了，讓母后擔心了，其實也不是什麼大病，就是著涼了。」

「那就好，皇上也注意些身體，最近有些忽冷忽熱。」

母子兩個說了一會兒閒話，皇上稍後告辭。

皇太后端起茶盞，冷笑了一下，心想，胡貴妃倒是會打好算盤，就是不知道她嬌養出來的女兒，可有這等心思？

前夜下了一陣瓢潑大雨，早上起來的時候，馮憐容以為已經停了，結果這雨還是淅瀝嘩啦的，門前花木被打得一個個都無精打采了，再看看天色，烏沈沈的，像冬日的清晨一般。

她起床就打了個噴嚏。

鍾嬤嬤忙道：「今兒穿厚一些。」

原本前幾日還是春暖花開的，好些厚衣服都收了起來，寶蘭跟珠蘭忙活了一番。

馮憐容穿上厚衣裳，吃過早飯後便去內殿請安，結果她是最晚到的。

小黃門進去通報，說馮良娣來了。

方嫣這會兒正與阮若琳、孫秀兩人說閒話，淡淡道：「叫她在外頭等會兒，長長記性，別人可都來了，可不能說天兒不好，就不用守規矩。」

這話一出，阮若琳嘴角就翹了起來，心道：馮憐容最近水漲船高，一個月太子見了她十幾回，總算是遭到報應了。也是活該，這人啊，可不能一個人獨占那麼多好處。

而孫秀只把頭低了些。她羨慕馮憐容，也怨恨自己的命，到現在都沒有侍寢太子，但她並沒有絕望，人生這輩子還長，太子妃現今囂張，可也不知以後會如何，至少，她看得清楚，太子對馮憐容更寵愛些，故而她對太子妃這個舉動沒有什麼高興勁，反倒是頗為看不上。

小黃門回去同馮憐容說了太子妃的意思。

鍾嬤嬤萬分惱火，回頭看馮憐容一眼，安慰道：「主子，就只站一會兒吧，想必娘娘很快就讓主子進去。」

馮憐容輕輕吐了一口氣出來。她擔心的事情終於還是發生了。

鍾嬤嬤叫寶蘭把傘打得靠過來一些，珠蘭也一樣。這樣兩把傘一起撐開，也好讓馮憐容不被雨水打到。可惜天公不作美，雨不小不說，風還更大了，小小油傘能擋得了多久，雨從下方全都潑進來，一片一片的雨絲飄過去，只一會兒工夫就把馮憐容的裙角淋得濕透。

鍾嬤嬤著急，這樣下去還能得了，她對看門的小黃門道：「你再去問問，興許太子妃就讓良娣進去了。」

小黃門斜睨她一眼，語氣淡淡道：「嬤嬤，娘娘有話，難不成還能不傳過來？嬤嬤就死心吧，定是沒有動靜呢。」

鍾嬤嬤就在原地打轉，可怎麼也想不出一個好主意。

馮憐容的腿漸漸都凍麻了，感覺自己快要變成冰塊一般，但她忽然也發現，自個兒心裡並沒有想像的那樣害怕、難受，只因這處罰是來自太子對她的寵愛。

這份喜歡一直讓她受寵若驚，每當她想到以前，都像是在作夢，但今日站在雨裡，卻教她覺得有真實感了。

馮憐容心想，世上怎麼會有十全十美的事情呢？她該承受的也是要承受的，於是心情又平靜了一些。

過得一陣子，太子妃才讓她進去。

阮若琳嘲笑的目光落在她身上，只見馮憐容好像落湯雞一般，她發出微不可聞的輕笑。

方嫣淡淡道：「往後切莫遲了，這就回去吧。」

鍾嬤嬤急急忙忙扶著馮憐容走。

一回到扶玉殿，鍾嬤嬤又讓四個宮女去弄熱水，馮憐容很快就洗上了熱水澡。

然而，她還是病了。

這一病，人就燒得厲害，躺在床上迷迷糊糊的。

鍾嬤嬤請了金大夫替她看病。

這等事情，自然也很快就傳到趙佑樘的耳朵裡。

趙佑樘皺眉，問黃益三：「真病了？」

「是，都去抓過藥了，好幾味藥呢。」

趙佑樘臉色沈下來。不過他並沒有發作。

自小到大，皇后與胡貴妃之間發生的事情他見多了，如今他娶妻又納妾，這是早晚的，只他沒有想過，會那麼早爆發出來，當然，他也沒有認真地思考過，如今想想，他是對馮憐容太好了一些，對她的好也放肆了一些。

但凡女人，還是正室，又豈會樂意？

趙佑樘起身去了扶玉殿。

鍾嬤嬤見到太子，就想狠狠地告太子妃一狀，不過還是忍住了。她還不至於不知道規矩，說好聽點兒，自家主子是良娣，可難聽些，就跟那些大戶人家的婢妾沒有兩樣。太子妃是誰？那是八抬大轎抬來的正室夫人，不過讓妾室淋下雨，又如何？狠點兒的，弄死了也不是沒有。

鍾嬤嬤不敢在太子面前說太子妃的壞話，紅著眼睛說：「良娣還頭昏著，晚飯都沒有吃。」

趙佑樘坐到床邊看馮憐容，見她臉紅紅的，一看就是病出來的，卻平添了一分嬌豔，就是這樣眉頭緊鎖，也是動人。

他握住她的手，輕喚道：「阿容，好些沒有？」

這聲阿容把馮憐容弄醒了，她睜開眼睛，看到太子有些模糊的臉，但是她不太確定。

「殿下？」馮憐容弱聲道。「是，殿下嗎？」

趙佑樘心疼了，竟然病得連人都認不清，他對嚴正道：「你把吳太醫叫來。」

嚴正呆住了。

吳太醫是太子專用御醫之一，尋常哪裡會給一個良娣看病，而且還不是皇上的妃嬪，這不合規矩，可太子盯著他，他不去都不成。

那廂聽聞傳喚的吳太醫也是吃了一驚，不過他不是古板的人，要死守什麼規矩，再說，這太子就是將來的皇帝，難道他還違抗不成？良娣便良娣，良娣指不定以後就是貴妃，他真不去，以後太子記恨，他就等著死。

吳太醫趕緊來了。

趙佑樘等他看完，問道：「嚴重嗎？」

吳太醫沈吟會兒。「是有點兒麻煩，不過好在年輕……」又頓一頓。「馮良娣身體原本也需要調養。」

瞧著人挺精神的，身上也不是沒肉，怎麼還要調養？

趙佑樘道：「那你一會兒方子都開了，治病的，調養的，還有什麼婦人科，你都看看。」婦科都出來了，吳太醫忍不住看太子一眼。

「那沒問題。」吳太醫道，言下之意，要懷上孩子不難。

趙佑樘面色緩和了些。

吳太醫稍後就開了四個方子，但藥材卻不多。他們這些經驗老道的大夫，只對症下藥，不是說用藥越多就越好。

鍾嬤嬤把金大夫開的給吳太醫看。「多了幾味。」

吳太醫掃一眼，搖搖頭。「還有得學呢。」說著，又把方子看看，這會兒點了點頭。「還是有些本事的。」

鍾嬤嬤一聽，看來以後都得叫金大夫了。

金大夫人是年輕，但聽吳太醫的口氣，將來肯定有前途。

鍾嬤嬤忙讓大李、小李去抓藥。

趙佑樘又去看了看馮憐容。

馮憐容這回清醒了一點。「讓殿下擔心了，妾身其實也沒什麼……」

「誰擔心妳呢？」趙佑樘有些生氣。「光知道淋雨，不會回去？」

馮憐容眨巴著眼睛。太子妃下的命令，她怎麼能……

趙佑樘嘆一聲，探探她額頭，那裡還燙著，他慢慢低下頭。

馮憐容忙往旁邊挪。「會過給殿下的。」

他要是為此生病了，她這罪可大！

趙佑樘只得又直起腰。

「那妳好好養著。」他看出來了，他在這兒，她也不輕鬆，便告辭了。

鍾嬤嬤坐過來，笑咪咪道：「殿下親自來看主子，多關心妳啊，主子得快些好起來，又能伺候殿下。」說著頓一頓，眉頭皺起來。「罷了，也不急。」

今日太子妃這舉動很明顯就在警告馮憐容，叫她收斂點，別獨占著太子。她們這等良娣有時候也只能避開太子妃的鋒芒。

馮憐容默默閉起眼睛。

卻說太子妃今兒做了這事，李嬤嬤也擔心，畢竟現在太子比較寵愛馮良娣，不然也不會專見她一個，李嬤嬤生怕太子知道了會責怪太子妃，少不得要說兩句。

方嫣卻不怕。「他要是來指責我，我就去找太后娘娘說理。」

她身為太子妃，還沒有辦法治那些良娣了？如果是，她還要這個身分幹什麼，太子儘管廢了她好了！

方嫣這氣也不是憋了一天、兩天。

結果李嬤嬤白擔心了，太子一直都沒有做出反應，見到方嫣的時候也並沒有提起此事，好像他並不知道一樣，然而，他早就去看過馮憐容了。

這間接表明，太子是承認太子妃有這個權力的。

李嬤嬤鬆了口氣，幸好太子跟皇上還是不一樣的，不然這東宮也得亂了套。

這段時間，馮憐容的病也沒有好，方嫣倒沒想到她身體這麼嬌弱，不過被雨淋一下，病那麼久，她起先的目的只是警醒馮憐容，沒想過要她生病，倒是派人來瞧了瞧，叫她好好休養，等到人痊癒了再請安不遲。

鍾嬤嬤暗地裡撇嘴，這會兒裝什麼好心，自個兒是正室沒籠絡住太子，無能又偏看不得妾室受寵，光拿良娣出氣。良娣也沒做什麼啊，太子叫著去，總得好好伺候，這是本分，又有什麼不對的？

鍾嬤嬤這邊憤憤不平，馮憐容倒沒什麼，照樣吃喝不誤，因大夫叮囑不能吹風，這才不出門。

皇上還惦念安慶公主嫁人的事情，找機會就叫她見了見楊太複。

結果好事辦成壞事，這一見，安慶公主惱怒了，比起永嘉公主，她是沒有她高調，可從小嬌生慣養出來的，還是任性得很。

那楊太複，長得實在差強人意，安慶公主一點兒看不上，當時就跟皇上說不肯。

皇上耳根子軟，從小沒有多少主見，女兒不肯就算了，反正朝中文武百官多得是，哪家的兒子不行？

他想想，要麼還是長興侯的兒子好了。

皇上就去同胡貴妃說：「還是朕原先想得好，那楊大人的孫兒，總是不合適的。」

胡貴妃心裡咯噔一聲。「皇上不是答應讓安慶嫁給楊太複，怎麼忽然又改變主意？」

「安慶不願意嘛。」

「她還小，哪裡知道這些，嫁個相公就光看樣貌了？皇上別煩心，妾身自會勸勸她的，她只是個小孩子，父母之命，媒妁之言，皇上何必那麼看重她的想法？」

皇上皺了皺眉，他想到永嘉出嫁那年，皇后一無所求，只同他說，永嘉必得嫁個自個兒中意的人，他當時也應了。現在，胡貴妃卻是不一樣。

他審視胡貴妃一眼。「朕只當妳很疼安慶。」

胡貴妃笑了。「妾身怎麼會不疼呢，只安慶還是個小姑娘呀，哪裡知道什麼是好，什麼是不好。」

「安慶看到楊太複，就說不喜歡了。」

胡貴妃仍然堅持。「楊太複年少有為，安慶嫁給她，才是沒嫁錯人。」

皇上聽了有些不舒服。

年少有為是好事，可安慶不喜歡也得嫁，這不是強人所難？他們又不是需要與別家聯姻來維護利益的那些人家，安慶是公主，不同常人，何必要如此？

見皇上沒有再說話，胡貴妃只當他答應了，一頭就去勸安慶公主。

可安慶公主不遂她心意，死活不答應，胡貴妃好說歹說，仍是沒有成功，惱怒之下，只得下黑臉逼迫安慶，卻不料這下捅了馬蜂窩，安慶公主性子剛烈，拿了剪子出來要絞頭髮，消息竟傳到皇太后那邊，還讓她老人家親臨。

胡貴妃不免心慌，迎出來道：「煩勞太后娘娘親自來了，安慶不過是發小孩子脾氣。」

「發什麼脾氣，要剪頭髮？」皇太后從鳳輦裡出來。「可是妳惹得她不高興了？」

胡貴妃神色一斂。「妾身只是來看看安慶的。」

皇太后挑眉。「哦，那妳可以走了，我進去看看。」

胡貴妃就有些著急，可皇太后都說了，她倒是不敢造次，只得不甘地離開。

安慶公主這會兒也不再鬧，兩隻眼睛哭腫了，即使如此，她與胡貴妃仍是一條心，因此並不說她的壞話。皇太后也不著急，只坐著安撫，只一會兒工夫，皇上也來了，問起緣由。

皇太后道：「還能有什麼，自是胡貴妃要她嫁人，皇上是沒見到，我晚一些來，安慶都得要去當尼姑了。」

皇上的臉沈下來。胡貴妃說什麼勸，原來就是用這樣的手段！她怎麼能這麼對自家女兒？

「安慶不肯就罷了，為何非得要她嫁給楊太複？女兒家，有個人好好疼就是了，那楊家權力再怎麼大，又如何了？胡貴妃也是，皇上，是不是該晉封下胡家，我看胡大人做個侯爺還不夠呢。」

若是平時，別人說胡貴妃的壞話，皇上自是不高興，可他現在已經對胡貴妃不滿，皇太后這話，就是往燒著的柴火裡添油，恰到好處地讓皇上怒上加怒。

他算是知道胡貴妃了，什麼疼女兒，說穿了，還不是要靠著女兒拉攏一個有權勢的親家！

皇上咬著牙道：「安慶這事，就交給母后了，母后瞧著好的，安慶也願意，便行。」

皇太后道：「我一把年紀了，還管這些，你讓皇后去辦吧，上回永嘉嫁得挺好，夫妻恩恩愛愛的，嫁人嘛，人好就行了，別的不說，皇上您還缺錢缺勢？」

皇上嗯了一聲。「是該讓皇后來辦，這事兒原本也不該她一個貴妃插手！」

看他臉上滿是怒氣，皇太后心中暗嘆，他少時登基，便是她幫著處理政事，又有一大幫能幹的大臣，這不，他本人就沒怎麼長大。

皇太后想起來，也是有些後悔。可事已至此，也算了。

至少這兒子還聽聽她的，只要在太子一事上不再折騰。

皇太后便去同皇后說。

皇后不太願意，心裡想，安慶嫁誰關她什麼事！她只管自己女兒，現永嘉嫁得好，另外一個兒子雖不是親生，但也不讓她操心，皇后基本上就等著養老，但最後還是禁不住皇太后的軟硬兼施，只得接手過來。

胡貴妃自然又不高興了，自己親生女兒的婚事竟然讓皇后去處理，哪還能有個好姻緣？

她又要去找皇上，可皇上不見，第二回給她吃了閉門羹。

這次嚴重一點，她即使彈琴，那邊也不理了，胡貴妃終於消停下來。

鷸蚌相爭，惠妃得利。

皇上最近就去了她那兒，惠妃難得有這個機會，自然是百般溫存。比起胡貴妃，惠妃年紀輕了不少，暖玉在懷，皇上也賞了惠妃不少東西。

胡貴妃得知，氣上加氣，這次真的氣病了。

待馮憐容的病癒了，又侍寢過幾回，自那回淋雨事件過後，太子比以往收斂很多，不過每回見她的時間都挺長的，她總是待到很晚才回扶玉殿。

最近天氣越來越熱，馮憐容精神也不太好，這幾日吃得就比平常少一些。

看她躺在美人榻上病懨懨的，鍾嬤嬤不得不上心。

自家主子平日裡可不是這樣的，無論熱冷，都挺能吃，她想了想，忙讓大李去請金大夫。

馮憐容在裡頭聽見，問道：「怎麼去請大夫？」

鍾嬤嬤道：「看主子不太舒服，還是看一看吧。」

她作為主子身邊的嬤嬤，主子有點兒風吹草動，她都不能鬆懈，這個月，主子的小日子推遲了幾日，尋常都很準的，豈能不多想？那可是大事呢。

她虔誠地對天拜了拜。現在是該要確認一下了。

金大夫很快就來了，聽鍾嬤嬤一說，面色都嚴肅了幾分，很認真地仔細把脈。過得許久，才確認地點頭，笑容滿面道：「良娣有喜啦，恭喜恭喜。」

馮憐容眼睛瞪得老大。她有孩子了？

「大夫，您沒看錯？」她忙問金大夫。「我真的懷上了？」

金大夫笑笑。「是啊，肯定沒錯的。」

他雖然年輕，可喜脈還是辨得出來，馮憐容這脈搏動得很分明，應該差不多要滿一個月了。

鍾嬤嬤大喜，幾個宮女也是欣喜萬分。

要知道，太子膝下猶虛啊，萬一自家主子一舉得子，那是天大的福氣！

鍾嬤嬤塞了錠銀子給金大夫。「大夫您莫推遲了，以後良娣需要您多照看啊。」

「嬤嬤高興得糊塗了吧？哪還用得上我？」

鍾嬤嬤一拍腦袋，果然是！

馮憐容肚子裡那是太子的孩子，定是要太醫常來看的。即使金大夫還不夠格，但她也不會收回銀錠。

「怎麼也是您頭一個看的，這喜氣，您不沾沾？」

金大夫這才沒有推辭，便收下了。

等趙佑樘聽完課，黃益三立時就把消息告知他。

趙佑樘疾步就前往扶玉殿，人剛到，見方嫣也在。

這種大事，無人會瞞，方嫣定會知道，她先是派人告訴皇太后、皇后，這才往扶玉殿來，所以只比他早一會兒。

方嫣見到趙佑樘，笑道：「殿下也來了？」

趙佑樘點點頭，示意她不必多禮，又去看馮憐容。

馮憐容正端端正正地坐著，剛才聽方嫣各種警誡，這個不准做，那個不准動的，害得她緊張得要死，不敢亂動，這會兒看到趙佑樘，那眼神別提有多可憐。

見她這樣，趙佑樘自然是想去抱一抱，可方嫣在，他也不合適這樣，便只當作沒有看見。方嫣又叮囑幾句，這才完結了一番長篇大論。

看得出來，她很重視這個孩子，還能親自來一趟，說的也都到位，就這點而言，趙佑樘還挺滿意的。

方嫣說得口渴了，這便要走，她看著趙佑樘。「殿下……」

趙佑樘道：「妳先走，等會兒用膳時，我也有事情與妳說。」

前面一句話讓方嫣惱火，可丈夫說一起用膳，方嫣的面色又緩和一些。

畢竟馮憐容懷的是他的孩子，在意些也是人之常情，而且這段時間，他也給過她面子了，總比以前好上許多，思及此，方嫣便先行走了。

見人離去後，趙佑樘過去擁住馮憐容，揉揉她的腦袋笑道：「妳還挺爭氣呀，這就懷上了。」

突然來這一句話，馮憐容感到莫名其妙，什麼叫爭氣呀，她壓根兒就沒想過會有孩子。

前世，馮憐容沒生過孩子，太子第一個孩子是太子妃所生，所以她剛才知道自己有喜了，也是吃驚了好一陣子，命運就是複雜，千變萬化的，叫人總也猜不到。

趙佑樘看她一臉懵懂，忍不住捏她的臉，在她耳邊道：「妳當我出那麼多力，只為舒服？」

馮憐容整個人僵住了。原來他每回弄她這麼久是為這個啊！

她皺了皺眉。「早知道……」

「早知道？」他問。

她低聲道：「嬤嬤教了幾個姿勢，說是容易有，可我……我不好意思做，我也不知道殿下想我生呢。」

趙佑樘嘴角抽了抽。他年紀不小了，要個孩子不過分吧？可她居然都沒有想到這些。

「妳說說，妳到底是為什麼來當良娣的。」趙佑樘一敲她腦袋。「真是塊大木頭，以後別生個孩子出來，也跟妳一樣。」

馮憐容吐舌頭。「要是個女兒的話，像妾身不也挺好的？」

「怎麼好了？」趙佑樘瞧她還得意。

「殿下不是挺喜歡妾身嗎？若是女兒，長大了，有個人跟殿下一樣疼她，也夠了呢。」

趙佑樘輕笑。「臉皮可比以前厚了，誰喜歡妳？」

馮憐容小聲。「不喜歡還抱著人家。」她身子在他懷裡扭一扭。「那妾身下來了，反正也不討喜歡的。」

趙佑樘一下子抱得更緊，低頭咬她耳朵。「越發會使性子了，當我在這兒，就不能罰妳啦？」

她的臉頰立時紅了。

宮人都很知情識趣，這會兒早不見人，趙佑樘的手不安分起來，在她身上到處撫摸，這天氣穿得又少，跟光的也差不了多少的，馮憐容忍不住就發出些許聲音。

趙佑樘本是逗她玩，到後來自己差點把持不住，一想她有孩子了，不好同房，當下才住手。

馮憐容卻一下收不回來，緊緊抱著他不放。

趙佑樘的頭上開始冒汗，咬牙道：「別胡來了，妳忘了妳有喜呢？」

馮憐容頭腦清醒了，埋怨的看他一眼。她原先也沒有想怎麼樣，是他弄得兩個人都起火似的，她的臉上滿是紅潮，渾身難受，她現在對這事兒吃到甜頭了，跟以往也不太一樣。

趙佑樘摸摸她的頭。「等過幾月再說，妳現在這胎兒可不穩。」

馮憐容心一顫。「那殿下幾個月都不見妾身了？」

趙佑樘看她著急，微微一笑。「怎麼，現在不見我都不成了？」

聽他這麼一問，馮憐容的心就直沈下去。

她忽然想到一開始是怎麼告誡自己的，那會兒，她早就打定主意，不要把一顆心都放在太子身上，他見她，她歡歡喜喜的，他不見，她也不要難過。

可是，怎麼才過去那麼一段時間，這就不一樣了？

馮憐容心想，是他對她的好，讓她忘乎所以了，竟然只當他會一直這樣，這怎麼可能？他以後要當皇帝的，哪怕妃嬪不多，可出眾的總有幾個。

馮憐容慢慢吐出一口氣來，笑道：「見不到殿下自然讓人傷心了，不過妾身會好好養胎的，殿下放心吧。」

趙佑樘看著她，有片刻的沈默。

兩個人都那麼熟悉了，豈能看不出彼此的情緒？

趙佑樘笑了笑道：「就算不見妳，我總要見孩兒的，就妳這樣子，我還不放心。」

可馮憐容還沒能從這種心境裡出來，即便趙佑樘這樣說了，她也覺得剛才被自個兒當頭一棒敲了下，清醒了好些。
她始終還是她，太子也始終是那個太子，她不能抱有太多的期望。
趙佑樘離開了扶玉殿，隨後便去了東宮內殿。
方嫣已經叫人準備好晚膳了。
趙佑樘道：「過幾日我要去趟山東。」
方嫣吃驚，這是要出遠門了啊，她忙問道：「怎麼突然要去山東呢？何時決定的？」
「就前幾日的事，今年山東又爆發旱災，顆粒無收，父皇提起，我便想去看一看，父皇已經准了，到時候，我隨同賑災錢糧一起前往。」
方嫣知道去年出過大事，那回便是關於賑災錢糧，山東好些官員被貶、被撤，也有被砍頭的，亂得很呢！
她自然擔憂，說道：「殿下何必挑這個時機？殿下要有所作為，不必非得去山東。」
趙佑樘看她一眼，淡淡道：「不好好安撫山東，難免禍及別府，到時候生出大亂，更是民不聊生，我此去，也是為景國安定。」
方嫣想了想，倒是明白了。「那殿下路上務必小心些。」又想起馮憐容的事情。「也不必擔心馮良娣。」
趙佑樘沒想到她會主動說起這樁事，原本他還想提醒她。看來，妻子是真看重這個孩子，不像作假。
趙佑樘的笑容溫和。「辛苦妳了。」

這頓飯下來，倒算是難得融洽。

且說皇太后、皇后得知馮憐容懷了孩子，皇太后就派朱太醫前往扶玉殿。

朱太醫的醫術可是太醫院數一數二的，尋常只給皇上、皇后、皇太后三人看病，可見皇太后的重視。

馮憐容又把了一回脈，朱太醫稍後就將結果告知皇太后，說一切安好，只要順順當當的，不出什麼事兒，這胎兒鐵定能安全生下來的。

皇太后又派了兩個嬤嬤，四個宮女來，還賞了一匣子珠寶，皇后跟太子妃知道後，也忙賞了些東西。

鍾嬤嬤笑道：「等生下來了，還要賞更多呢，主子有福呀。」

可馮憐容沒那麼高興，因為她知道太子要去山東的消息了，她記得上一世，太子去的時候，山東還爆發瘟疫，皇太后聽說，急忙派人去山東，要太子趕緊回宮。

當然，太子沒出什麼事，可這次，她懷了孩子，命運已經改變，那太子的命運呢？

馮憐容心想，是不是要阻止太子去山東？但她如何阻止？太子做事是很果斷的，只要作了決定，自是無法更改，憑她一個良娣，怎麼能勸得了他，她也不能透露重生的事情。

馮憐容急得幾個晚上沒睡好，早晨起來，嘴上居然冒出兩個泡，可把鍾嬤嬤嚇得又把朱太醫請來看了一回。

朱太醫叫馮憐容稍安勿躁，又說初次懷孩子，情緒是有些波動，叮囑了好幾句，也沒開藥。

兩個嬤嬤也是各種勸，她們怕馮憐容有個不好，孩子沒了，她們的腦袋保不住。

馮憐容忙安撫幾位嬤嬤幾句，她沒想到嘴上會起泡。

趙佑樘這會兒來告別，臨行前來看她一面，這不，也見到她那兩個大泡了。

馮憐容知道醜，拿紗巾把臉蒙起來。

趙佑樘感到好笑，扯了紗巾道：「遮什麼啊，說說，都幹什麼了，還起泡，朱太醫雖說沒事，可以前也不見妳這樣的。」

馮憐容老實道：「知道殿下要去山東。」

趙佑樘嗯了一聲，他大概也猜到她是擔心他。

「那邊大旱。」她看著他，想跟他說，叫他不要去。

「正是因為大旱才去呢，妳啊，別瞎想了，山東離這兒也不遠，我帶了好些人。」

為這事兒，皇太后還不是一樣，千叮囑萬叮囑。

馮憐容心裡知道勸不了他，可她又忍不住，只能盡可能地提醒道：「殿下不要樣樣事都親力親為，那些人餓著好久了，誰也不知道會做什麼，指不定會搶錢搶糧呢。還有啊，這些地方一旦出了災害，人的身體不好了，各種怪病都會生出來，治也治不好的。」

「怪病？」這句話讓趙佑樘若有所思。

馮憐容也不打擾他。

過得一會兒，趙佑樘才開口。「妳說得沒錯，是該謹慎些，我等會兒便去太醫院一趟，再多帶幾個大夫去。」

馮憐容稍許放心。太醫院的大夫，應該對治療瘟疫是有些把握的，至少能控制住吧？

趙佑樘握住她的手，笑道：「妳挺聰明的嘛，還能想這麼多。那妳現在別擔心了，我護衛也有，大夫也有，吃穿住行，都很妥當的，大概兩、三個月就回來，倒是妳，自個兒注意些，平時走路別摔了，也別亂吃東西……」說到這裡，他頓一頓。「給我做膳的那廚子，妳很喜歡吧？」

馮憐容每回在他那裡吃，都吃得挺高興的。

「喜歡，做得好吃。」

「那就留給妳用，妳有什麼愛吃的，問過朱太醫，再叫他做，別自作主張。」

馮憐容滿心甜蜜，太子對她還是很仔細的，她問道：「那殿下帶什麼廚子去呀？」

「隨便哪個，反正路上都在走，不如嚐嚐各地的特色，等到山東了，那些官員也會給我準備，妳不用管這個。」

趙佑樘對生活要求並不精細，前世他還曾親自領兵，深入荒漠，沒有好吃好喝的，人都瘦下一大圈，但因此也贏得了最後的勝利。

他不只有雄才大略，也有對百姓的寬厚仁愛，在他的領導下，為景國帶來最初幾年的盛世輝煌，馮憐容記得他是個好皇帝，而之後，她無從得知。

她眼裡滿是愛慕之情，趙佑樘瞧這眼神恨不得都化作柔情絲繫在自己身上，不由一笑，低下頭吻她。

馮憐容伸手環住他的脖子，毫不猶豫地回應。

他們要分別幾個月了，不管如何，她肯定會很想念他的。

兩個人一番熱吻，許久才分開。
馮憐容看著他背影，鼻子一酸。
她伸手摸摸肚子，暗道，孩兒啊，你也要一起想著你父親平安回來。
趙佑樘回到正殿，他那幾個心腹已經在指揮宮人打點行裝。
趙佑樘對黃益三道：「你就不要跟去了。」
黃益三一急。「殿下，這怎麼成？」
「我這一走，不知宮裡宮外，你還是留下來。」他沈吟片刻。「萬一馮良娣那裡出事兒，你記得先去求見皇祖母，別做些沒用的，耽擱時間。」
他知道這一路，自己能當上太子，皇太后起了很大的作用。對於子嗣，皇太后與他一樣看重。
黃益三雖然不捨得，可也應了。太子交託與他，那是信任。
「請殿下放心，奴才哪怕不睡覺，都不會鬆懈的。」
趙佑樘伸手拍拍他肩膀以示鼓勵。
過得半日，一切都準備好，趙佑樘與皇太后、皇上等人辭行，便帶著一大批人啟程。
他這一走，就感覺整個東宮都是空蕩蕩的，哪怕是太子妃方嫣都不太有勁兒，孫秀幾個良娣去請安，她常不露面便讓她們走了。
而馮憐容自是不用去的，只安心養胎，短短時間，臉就開始發圓。
有日，仔細照鏡子，她自己都嚇一跳，心想，這不行啊，等太子回來，她都胖成什麼樣了，還能看？

馮憐容本身長得好，鵝蛋臉，水汪汪的眼睛，皮膚又白，她知道太子寵她，與長相肯定也離不開關係。

「今兒要少吃點了。」她同鍾嬤嬤講。

「少吃什麼啊，肚子裡的孩子還得吃呢。」鍾嬤嬤伸出手替她按了按臉。「每日這樣揉揉會好一點兒，主子現在只是臉上肉一點，以後整個人都得腫了，難道還能不用膳？只要生下來了，再慢慢減就好。」

鍾嬤嬤說得有道理，馮憐容自然聽進去了。

方嫣也時常派人來看，問這問那的，沒有一點兒疏漏。

原先鍾嬤嬤還怕太子妃使壞，送來的東西一樣樣叫人嚐過才吃，後來發現，太子妃倒是真心的，她甚至還吩咐孫秀幾個良娣不得送吃食給馮憐容。

鍾嬤嬤慢慢地就沒那麼杯弓蛇影。不過也納悶，太子妃一早還對主子不滿得很，可懷上孩子了，竟然態度來了一個大轉變。

鍾嬤嬤忽然又有心思了，太子妃到底是真的良心發現，還是對自家主子有企圖？

第七章

安慶公主的親事近來也有了消息，皇后替她相中了駙馬，乃出身書香門第的謝家三公子，人長得風流倜儻，也有才華。

安慶一開始並不肯，畢竟這皇后與她生母是水火不容，她不相信皇后能找個好的，結果自個兒一看，當時就喜歡上了。

這謝三公子謝安，不只容貌英俊，人還很溫柔，說起話來跟春風拂柳一樣，安慶滿心高興。皇太后聽了莞爾，到底是小丫頭，少女懷春，這會兒早把胡貴妃拋到腦後。

想當年，胡貴妃要親手撫養三個孩子，她就沒有阻止，一早便料到這胡貴妃人是精明，可眼界狹窄，教出來的能有幾個好的？

也就四皇子天賦不錯，能說會道，其他兩個，一個是胸無大志，一個天真任性，雖說皇后這人性格上也有缺點，可她教出來的兩個孩子還是好一些。至少太子當得起這個身分，而永嘉個性雖則跋扈，卻未犯過錯誤，還特別的會維護皇后與太子，可見是個重感情的人。

皇太后與皇上說了，擇日給安慶完婚。

皇上很滿意，謝三公子是個好人選，不比永嘉的駙馬差。看來皇后並沒有因為安慶是胡貴妃的女兒，就給隨便選了，並非以公謀私的女人。

皇上親自前往景仁宮與皇后商量婚事。

皇后看在皇太后的面子，沒有跟他翻臉，還留他吃了頓飯。

皇上吃完飯，眼見皇后坐在對面，眉眼清淡，自有一股嫻靜如水月的氣質，這就賴著不想走了。

皇上輕嘆。「想來朕也有多年未歇在此處。」

皇后淡淡道：「那皇上肯定睡不慣了，還是住您的乾清宮去吧，來人，送皇上。」

皇上這臉一下子黑得比夜晚的天好不了多少。

皇后看他氣沖沖走了，鼻子輕輕一嗤。

當年他說什麼一世一雙人，她相信他，為個胡貴妃，她也原諒了他多次，如今多少愛恨都消磨掉了，現在做個名義上的夫妻，面上和和順順的，她無所謂，反正孩子也大了，可若他想破鏡重圓，那是作夢！

趙佑樘走了半個多月，終於到達山東，只見哀鴻遍野，處處餓殍，慘不忍睹，他沿路就命士兵發放了一些糧食。

到得山東府，因一早得知太子駕到，整個山東府大小官員全都早早出來迎接，加起來也有上百人，排了老長的隊伍。

趙佑樘掃一眼，叫他們各自報上名來，又問可有人沒來的。

眾官員暗自慶幸，還好沒有缺席，要不，可讓太子給記著了。

唯有三名官員沒來，趙佑樘聽了，記在心裡也沒有發話，稍後就叫嚴正派人去調查一番。

用宴席期間，因他這身分擺在這裡，眾官員哪裡敢怠慢，弄了滿滿一桌子的菜。

趙佑樘淡淡道：「我此行來山東，不是為遊玩，今日就罷了，明日一切從簡。」

為首的山東知府連忙道：「殿下所言甚是，是小人們鋪張浪費了，還請殿下恕罪！」

趙佑樘瞧他一眼，又對眾人清朗地道：「去年山東知府被斬，想必眾位都知道原因，多餘的話，我就不說了，只希望此次眾位能團結一致，讓山東安穩渡過難關。」

眾官員連忙應是。

他用完飯就在大廳一一召見他們，詢問災後如何安置災民，又如何重建房屋、開始農事等事情。

官員們出來，個個都面色凝重。他們原以為太子不過是個年輕人，誰想到看問題一針見血，他們往往說上一段話，太子問一句，就讓他們膽顫心驚。

趙佑樘直到深夜才回臥房。這休息的地方也是山東知府一早安排好的，就在衙門府邸內。

嚴正過來稟告。「有一名官員染病，還有兩位知縣，都因事務纏身，沒有來，都是旱災最嚴重的地方，全部田地都已乾涸。其中一位方知縣，救助了不少百姓，家中一貧如洗。還有一位何知縣，甚為有趣。」說到這兒，他笑了笑。「這等時候，還請人來表演傀儡戲給災民看呢，又幫那些災民去尋活計，折騰得很。」

趙佑樘聽了點頭。「挺有意思，另一位方知縣你再查查，這等時候沽名釣譽的也不少。」

嚴正應一聲。

趙佑樘在山東住了十來天，因有他坐鎮，眾官員沒有敢偷懶鬆懈的，形勢漸漸好轉，一切都按部就班，可是，在西邊華縣忽然爆發出瘟疫，一時又有些亂。

因為瘟疫這急病傳染性強，一個沒控制好，會死很多人，趙佑樘忙把幾位太醫院帶來的大夫叫來詢問。

能當上太醫的自然不同凡響，對瘟疫各自都有不同的見解，趙佑樘想了想，叫他們把藥方都獻上來，然後把華縣得病的人分成幾部分，一部分人服用一種藥方，等看哪個藥方有效了，再大量熬藥送去。

很快，瘟疫就被抑制住了，沒有大規模蔓延開來。

趙佑樘鬆了口氣，想到馮憐容在他臨行時說的話，好在他這會兒也有個心理準備。

不過山東有瘟疫的消息還是傳到京城，皇太后有些擔憂，派人去山東，結果去的人回來說太子去華津府了。

皇太后滿心奇怪。

來人道：「山東的瘟疫已經被太醫們控制住，沒死多少人，殿下為此繁忙多日，眼見都穩妥下來，便要回京，順路去了一趟華津府，見見懷王。」

皇太后才明白過來。作為太子，向來深居宮中，尋常不出門，這次去山東，一來也是因為太子不再是十來歲的毛頭小子，已漸趨成熟，二來是他自己請命，皇上想看看他的本事，才同意的。沒想到他還去了華津府。

不過皇太后也沒有諸多思慮，她對太子很是放心，心想應該很快就回京了。

這會兒馮憐容懷上孩子也有兩個月，除了臉圓一些，別的沒什麼不一樣，就是口味奇怪了點兒，把王大廚折騰得夠嗆，總要一日燒上好多菜，有時候馮憐容只吃一碟，有時候又吃好多。

而鍾嬤嬤成日就在想，主子這肚子裡的孩兒是男是女？連經驗老道的太醫都有看走眼的時候，所以也沒有個確定的說法。

這日孫秀過來看馮憐容，兩個人擺了棋盤下了三盤，馮憐容居然贏了一盤。

孫秀嘖嘖笑道：「看來殿下送的棋譜還是有用，這不，姊姊開竅了，還能贏我了。」

馮憐容也很高興。「也不枉我看了多日。」又叫寶蘭切西瓜吃。「這瓜兒又沙又甜，跟糖一樣呢，妳也嚐嚐。」

孫秀並不拒絕，拿了來吃，笑咪咪道：「是好吃，如今妳這兒就沒有不好的，這瓜兒還是太后娘娘賞下來的吧？」

母憑子貴，如今雖說不知道是男還是女，她已受到多方關注，要說，馮憐容也是有些壓力，她常想萬一哪兒出了問題該怎麼辦，都不好交代。

「要不咱們出去走走，老是悶著也難受，嬤嬤，我就在前頭的花園動一動，朱太醫也說要這樣好。」

鍾嬤嬤不放心地看孫秀一眼。

孫秀嘴角抽了抽，暗想就是給她十個膽子，她都不敢動那個念頭啊！只是同為良娣，馮憐容如今順風順水的，她來投個好，也是常理，她這叫良禽擇木而棲，與馮憐容關係做好了，以後自己也有個依靠，反正孫秀覺得，要得太子青睞基本是沒什麼戲，但她還得在宮中生活下去，一直到老呢。

比起阮若琳，孫秀算是通達點兒，也是因為痛定思痛，覺得這是唯一的出路，反正太子妃，她是不願巴結了，看著也是不得太子的心。

「妳們扶著姊姊走，還能有什麼？我反正離遠一點兒，省得磕磕碰碰。」孫秀表明態度。

小鍾嬤嬤白了鍾嬤嬤一眼。

鍾嬤嬤也不能草木皆兵，馮憐容總得出門的，就叫寶蘭、珠蘭兩個人一左一右地扶著出去。

動靜傳來，阮若琳這屋的宮人往外張望幾眼。

宮女靜梅小聲道：「原來是馮良娣去園子遊玩。」

現在已到夏末，沒有先前那麼熱了，阮若琳正歪著看書，聞言一下就把書扔在地上，眸中閃著怒火，還不解恨，隨手一揮，又把茶盞給打碎了。

她對馮憐容的仇怨日積月累，已是很深。想當初可是她第一個侍寢，若沒有馮憐容，肯定會繼續下去，結果馮憐容被太子召見後，就再也沒有她的分了，如今馮憐容竟然還懷上孩子，就連太子妃都呵護非常，她原還期待太子妃打壓馮憐容的，這會兒豈能不恨？

將來對她來說，已經沒有盼頭了！

紀嬤嬤哎喲一聲。「主子這是幹什麼呀，好好的發什麼脾氣。」

「不幹什麼，我也去瞧瞧。」

「主子就莫湊熱鬧了，好些人圍著呢，主子何必自討沒趣？」

阮若琳挑眉。「怎麼，那園子就她逛得，我逛不得？她再怎麼有喜，也不過是個良娣，與我是一樣的！」

紀嬤嬤沒法子，只恨剛才靜梅多嘴，這不捅了馬蜂窩。

「主子去歸去，可別做什麼啊。」

她看得出來，阮若琳對馮憐容的不滿。

阮若琳沒吭聲，叫靜竹、靜梅把衣服拿過來給她換，等到她們走開，她眼見手邊箱籠裡擺著針線，手一伸，就挑了幾根長針藏在袖中，這一舉動，紀嬤嬤也沒有發覺。

只一會兒工夫，她就穿好衣服去了花園。

馮憐容正跟孫秀隨意走著，阮若琳一見孫秀，嘴角挑了挑，笑意盈盈道：「兩位良娣都在呢，正好，咱們既然遇見了，一起四處看看，現在還有好些花兒開著。」

鍾嬤嬤見到她，眉頭一皺，但也沒說什麼。

現在主子有喜，她能不找事就不找事，這阮若琳也是良娣，來走一走，她管不著，只照顧好主子就行。

馮憐容敷衍一笑，只管與孫秀在前頭走，阮若琳則在後面。

幾人到得一個池塘邊，馮憐容要去觀魚，她左右有宮人圍著，孫秀身邊又是幾個，難免混成一片。

這會兒阮若琳也慢慢走過去，眼見她們看得專注，她眼眉間浮起毒辣之氣，正當要把長針抽出來時，馮憐容卻忽地說：「也站不動了，咱們還是回去吧。」

眾人都轉過身。

阮若琳皺眉，只得把針收起來。

鍾嬤嬤奇怪道：「怎麼突然要走了？」

其實馮憐容才出來一會兒，按照以前，應還是要走一陣子的。

「今兒好像挺乏，也不知怎麼回事。」馮憐容側頭看了看阮若琳。

阮若琳心虛，被她一看，面色就有些僵，握著長針的手微微一抖。

馮憐容想起阮若琳當初的死因，現在這情況跟那會兒差不多，也是在這池塘邊出了事，只是懷了孩子的人不是她，而是另外一個妃嬪。

因這回憶，馮憐容自然會忌憚阮若琳，哪裡還會留在此地，當下便轉身走了。

阮若琳抱著偷襲的心思，最後沒有得逞，心裡就跟被貓兒撓著一般難受。

去年，她被選入宮，也不是心甘情願，但侍寢過後，只當太子會鍾愛她，結果現實讓她失望，以後的日子像是能一眼看到頭，什麼都沒有意思了。

阮若琳拿出針，往自己手腕上一扎，鮮血立時冒出來，痛得她渾身發抖。

這是真實的，一點兒不是作夢。

紀嬤嬤嚇得臉都白了，叫道：「主子，主子，妳這手怎麼了？」一邊連忙喚來靜竹、靜梅給她包紮。

「還不如叫我死了呢！」她煩躁透了。

「別胡說啊，主子！」紀嬤嬤又被嚇了一回。「主子年紀輕輕，說什麼死，這不還長著，主子切莫灰心。」她苦口婆心道。「任何事都得有耐心，好些人都熬了十幾年呢，主子好吃好住的，又何必如此？」

「好吃好住？我稀罕嗎？我原本在家中不是好吃好住？」她呸的一聲罵道。「也就那賤人運氣好，她長得不如我，也不見得比我聰明，妳說她憑什麼？」

紀嬤嬤急得都要哭了。怎自己這麼命苦要伺候阮良娣！這話要被別人聽見還能得了？

紀嬤嬤看著阮若琳，真是傷心，原先她也不是這樣的，記得阮若琳剛剛入宮時，規矩好，人也長得美，不然當初太子也不會第一個叫她侍寢，怎麼短短工夫，就變了一個人似的。

「主子，您就別說了吧，好好休息，睡一覺，會舒服點兒。」紀嬤嬤已經不知道怎麼勸她。

阮若琳也是很沒精神，去休息了。

靜竹小聲跟紀嬤嬤道：「主子這樣，咱們是不是得看緊點兒，以後……」要她做了什麼出格的事，她們這些宮人都得跟著倒楣。

紀嬤嬤點頭。「是要盯著，妳們一定不能鬆懈了！」

二人都應一聲。

卻說皇太后那裡得知太子去了華津府，但事實上，他並沒有直接前往，而是在路途停頓了一段時間，表面上是巡查沿路民情，可私底下早派了心腹先行去華津府探查。

半個月後，他才進入華津。

懷王得知，萬分驚訝。他知道太子去山東的事，卻並不知會上這兒來，他連忙打點一番，親自去城門口迎接。

叔侄兩個閒話幾句，懷王笑道：「山東事宜必是處理妥當了吧，不然也不至於還有閒心來此。」

「官員們都很盡力，我反倒沒費什麼心。」趙佑樘環視一圈。「早聽聞華津富庶秀美，今日一見，果是如此，剛才沿路也是安定繁華，侄兒真需向三叔多多學習。」

懷王搖頭。「都是華津知府的功勞，前些時間，也有巡撫來此，我不過遊山玩水，能管什麼。」

趙佑樘笑了笑，二人一路閒聊入府。

懷王妃與兩個兒子在此等候，懷王妃笑咪咪道：「佑樘你來這兒竟也不提前告知，這不，都沒什麼準備。」

「也是一時想到淑兒，才來的。」趙佑樘道。「上回你們入京，想必沒料到淑兒會留在京城，侄兒心想順道來一趟，把淑兒平常喜歡的物什帶過去。二來，難得出京，不免起了玩心。」

懷王拍拍他肩膀。「你想得真周到，不過既然來了，就多住幾日吧，三叔帶你去四處走走。」

趙佑樘並不推辭，笑著道好。

這一住又住了好幾日，直到八月底才啟程回京。

回程途中，趙佑樘也不坐車，嚴正給他牽來一匹高頭大馬，他翻身上去騎了一段路，叫嚴正把夏伯玉叫來。

夏伯玉是錦衣衛指揮同知，負責太子出巡一事，除此以外，他也是太子的心腹，之前去探查懷王便是由他部署。

趙佑樘正立在路邊一處茶寮下，見到他，面色溫和。

夏伯玉早前就被派來護衛他周身安全，這幾年也因他暗地裡出力，夏伯玉與禁軍指揮使王齊的官途才會如此順暢。

「以你所見，懷王如何？」趙佑樘問。

夏伯玉派人多方考察，心中已有結果，不疾不徐地說：「懷王此人極不簡單，他在華津府，甚至周邊城縣都很得民心，諸多擁戴，加之懷王曾數次率軍北征，在軍中影響也很大。現華津府有六萬大軍閒置，皆對他唯命是從，就在殿下還未入府時，懷王才親自去視察過將士操練。」他頓一頓。「戰馬也足，多購置母馬，馬欄俱滿。」

趙佑樘越聽，面色越嚴肅，眼眸微微一眯道：「此事不必與其他人提起，我自有主張。」

夏伯玉應一聲，退開了。

嚴正與另外一個小黃門唐季亮互相看一眼，心裡少不得都生了些涼意出來。

他們這些黃門，一般太子只交代些簡單的事情，至於別的事則要用到夏伯玉這類人，所以他們根本不知這事，如今聽起來，這懷王不妥當啊！怪不得太子不直接回京，要來華津府。

但話又說回來，懷王此人溫和似水，彬彬有禮，就連對待他們黃門都不端架子，真會有這種野心嗎？

他們有點兒懷疑。不過依他們的身分，太子不出聲，他們也沒膽子敢主動提這事兒，只把自己當聾子一般，什麼都沒有聽見。他們也只有常變成聾子、瞎子，這命才能長久。

嚴正跟唐季亮又去裝聾作啞了。

趙佑樘在九月初終於回京。

他在山東樣樣事情都處置得當，皇上自然知道，親自迎了他回來，隨行的還有皇太后。

趙佑樘有些意外。

皇上笑著看他。「佑樘，你長大了，朕很欣慰。」

「兒臣也是謹遵父皇教誨。」

皇上滿意地點點頭。

他雖然寵愛胡貴妃，疼愛另外兩個兒子也勝過太子，可他並不是一個昏君，對事情的判斷能力還是有的，不然這景國也不至於有二十來年的平穩，這次見太子做事井井有條，不只安頓好災民，還把瘟疫的事也給處理好了，其間並未出現任何紕漏，作為父親，他很高興。

不過他有疑慮。「沒抓到幾個貪官？」

「兒臣沒查處這些，事有輕重緩急，兒臣只想著先把賑災的事情辦好，這些官員，貪也好，不貪也好，只要能起到作用便可。父皇說過，世上的貪官根本是除不盡的，兒臣也這麼想。」

皇上笑起來。「也是，慢慢來，為今之計是安定百姓，貪官嘛，確實什麼時候查都可以，再說，你親自去，他們也不敢露出尾巴。這一查，耽擱時間不說，人心惶惶，反而生出事來。」

父子兩個難得說得融洽。

皇太后在一旁心想，沒有胡貴妃，只怕皇帝是要把太子放在心上疼的，真是可惜了這孩子！不過依胡貴妃現在這德行，早晚也得把那份恩愛消磨殆盡。

她問太子沿路的事情，噓寒問暖一番。

「孫兒沒事，去見過三叔，三叔好好款待了孫兒，休息好了才回來的。」趙佑樘笑一笑。「淑兒在這兒，孫兒想著興許三叔、三嬸有些東西需要捎過來，果然三嬸拿了好些衣服，還有淑兒喜歡的物什。」

「你倒有這份心。」皇上又誇獎。「淑兒有你這個堂哥也是福氣。」

趙佑樘笑了笑，走幾步，忽地道：「這回瘟疫的事情，幸好有馮良娣提醒，兒臣才多帶了幾位太醫去，不然還真有點兒忙不過來。」

「哦？」皇上挑眉，他想了想，記不起來馮良娣是誰。

皇太后笑道：「是她啊，還挺聰明伶俐。」又對皇帝道：「是懷了你孫兒女的那個良娣。」

皇上哦了一聲，恍然大悟，大笑道：「好，好，那可是我第一個孫兒女啊，賞！」

隨著這聲賞，三人進入內宮，皇后、太子妃、三皇子、四皇子，還有兩位公主都在。

趙佑樘來之前就聽黃益三說了，方嫣很是盡心盡力，他態度自然也好，上去握住她的手道：「這段時間辛苦了，東宮裡大大小小事情都要妳看管著，人都瘦了。我從華津府帶了不少布疋珠玉回來，等會兒妳瞧瞧可喜歡。」

他秀眉俊眼，眸中光華比她頭上髮飾還要來得閃耀，方嫣被他看著，臉忽地就紅了。

她忙道：「也不算什麼，總是分內之事。」

殿中已擺了接風宴，皇上道：「想來你一路也吃了不少苦頭，一會兒吃完飯，好好歇息歇息，這聽課也緩兩日再說。」

趙佑樘謝過皇帝，一眾人往殿內走去。

太子回京的消息傳到宮中各處。

馮憐容萬分歡喜。

她是多想他呢！可是等到傍晚，也沒見太子來，倒是等來了皇帝賞的東西。一柄白玉大如意，十二疋布，兩盒珍珠，雖然不算貴重，可勝在是皇帝親自賞賜的，這就是無上的榮耀了。

鍾嬤嬤笑得合不攏嘴。「是殿下在皇上面前說了主子好話呢。」

馮憐容心裡甜滋滋的，心想他到底是太子，一回來就直接見她這個良娣，那肯定是不合適的，畢竟還有太子妃呢，其實只要他平安回來，只要他心裡記著她就行了。

馮憐容想通了，胃口大開，一連點了八樣菜，肚子吃得圓滾滾地睡去了。

且說東宮內殿，太子正與太子妃閒聊片刻。

趙佑樘問：「馮良娣現身體如何？」

「挺好的，朱太醫說很穩當，殿下可是要去看看？」

妻子是在表現自己的大度，他便順水推舟。「那我去看一眼馮良娣，一會兒再回。」

意思是晚上要歇在她這兒的，方嫣忽略了那點兒不高興，等太子走了，想起一事，問李嬤嬤。「皇上怎麼會突然賞馮良娣？」

剛才太子一直在，她倒是不好問。

李嬤嬤道：「聽說是馮良娣提醒殿下多帶些太醫去的。」

方嫣皺起眉頭來。看來這馮良娣在太子心中的地位還真高，這一回來，雖說沒有急匆匆地就去見她，但還是想著讓她在皇帝面前留個好印象，這會兒又熬不住，仍是去了。

方嫣那點兒不高興越來越大。

李嬤嬤忙勸道：「畢竟是懷了殿下的孩兒，總是不一樣，娘娘再忍忍，等她生下來就好了。」

方嫣沈著臉，好一會兒才說話。「也是，不過仗著姿色嘛，以後殿下還能缺了美人？」

她握著茶盞，像是要捏碎了它。

趙佑樘很快就到了扶玉殿。看門的幾個黃門連忙跪下，讓他一路進去。

鍾嬤嬤看到太子，眼睛一下瞪得老大。「寶蘭，快，快去把主子叫醒了。」

趙佑樘詫異。「她睡了？」又擺手。「別去叫了。」

寶蘭止住腳步。

趙佑樘心裡未免有些不快，他以為馮憐容肯定會等著，他本來不必那麼著急來，這還不是怕她見他不來，心裡難受？這倒好，居然舒舒服服地睡覺去了。

他往裡面走。「妳們在外面等著。」

直到他在床邊坐下，馮憐容還是一無所知。

趙佑樘身子往前傾了一點，藉著窗外透進來的月光看她。

她臉兒胖了，圓嘟嘟的，乍一見到，竟然有些陌生。

趙佑樘挑眉，這是怎麼吃的啊，才分別三個多月，臉就這麼圓了？不過想一想，也好，她吃得多，說明肚裡孩兒也健康，到時候生下來肯定也是胖嘟嘟的。

他伸手就想捏她的臉，要碰到時又移開，只拾起她一縷頭髮，放在鼻尖嗅了嗅，淡淡的清香，正是忍冬花的味道。

他的臉不由自主貼得更近些，好把她看個清楚。

馮憐容仍是沒醒，呼吸均勻，嘴角還微微翹著，好像在作什麼美夢。

他微微一嘆。怎麼就那麼早睡了，竟然也不等一等，他那麼多的話也說不了。

趙佑樘又看了一會兒方才走出屋內。

鍾嬤嬤心頭著急，幫馮憐容解釋道：「主子站在門口等了好久，後來覺得殿下才回來，定是有很多事情要處理，也不方便來，主子才睡下的。主子因殿下平安回來，很高興，比平日裡多吃了好些飯。」

趙佑樘聽著笑了笑，便離開了扶玉殿。

等到第二日，馮憐容起來，聽說太子來過了，急得斥責鍾嬤嬤怎麼不把她弄醒。

鍾嬤嬤冤枉地說：「殿下下令的，奴婢哪兒敢！」

馮憐容拿著小圓鏡照了又照，灰心喪氣道：「嬤嬤，我這臉，躺下來妳知道多難看嗎？又大又圓的，肉都掉下來……」

她無法想像被太子這樣看著，說不定自己懷了孩子，還打呼呢。

鍾嬤嬤忙道：「若殿下覺得醜，哪會看那麼久，早就瞄一眼走了。」

「他看了許久的？」

「是啊，好一會兒呢！」寶蘭、珠蘭連忙作證。

馮憐容這才安心，兩隻手開始揉臉。

翌日，趙佑樘用過早飯，等到皇上早朝過後，他便去求見。

皇上正坐著，剛看完奏疏，見到他來，笑了笑道：「不是叫你休息，怎麼這會兒來了？」

趙佑樘恭謹道：「兒臣有一樁事情，想問問父皇。」

皇帝隨意道：「你問吧。」

「聽聞皇祖父重病臥床時，便讓父皇削弱各地藩王，父皇登基後也聽從了，只兒臣奇怪為何父皇沒有實施到底？現肅王、懷王、晉王、魏王四王，仍是沒有變動，而當地雖有知府，但知府亦聽命於他們，不亞於一個小國。」

皇上怔了怔，手指輕敲桌面道：「你怎會問起這個？」

「兒臣此去華津，略有疑慮。」

皇上唔了一聲，沈吟片刻後道：「那四處常有外夷騷擾邊界，朕是想以不變應萬變，如今四王尚算安分，何必多此一舉？」

趙佑樘微微皺眉，想了想道：「有外夷，何不派遣大將前去坐鎮？」

「那也是一樁麻煩事，如今朝中大將，能堪以大用的也沒幾個。」皇上說著有些不耐煩。

「此事朕已考慮過，如今還不是時候，佑樘，你還得多向朝中大臣學學，這不是一朝一夕就能明白的。」

趙佑樘見狀，自知不能多說，只得應一聲，告退走了。

他走出殿門，抬頭看著高遠的天空，微微嘆了口氣。其實他知道父皇的顧慮，只是這樣姑息下去，總有一日，尾大不掉，會釀出禍端來。可惜，這事兒他還不能與皇太后商量，誰讓懷王是她最疼愛的小兒子呢？

他若說了，興許皇太后會說他多疑，畢竟懷王沒有什麼異動。

見太子心事重重，嚴正也替他擔心。

現在皇上哪一樁事情沒處理好，將來就是個爛攤子，還不是要太子去收拾！

趙佑樘慢慢往外走去，剛出儀門，卻見兩個黃門捧著一疊東西，急匆匆地從對面而來。

因那二人有些鬼鬼祟祟的，趙佑樘不由問道：「這些是什麼？」

小黃門見太子發問，倒不好不答，低頭回道：「是皇上要看的書法、畫卷。」

趙佑樘對皇帝的喜好哪裡不瞭解，皇上特別喜歡搜羅歷朝名家之畫卷、書法字帖，一般都是老舊的，然而現在這畫卷，不管是宣紙還是外面包的布帛，怎麼看都很新，他便有些納悶。

其中一個黃門心虛，手一抖，上頭一卷畫卷便滾落下來，正好滾到趙佑樘腳邊。

趙佑樘本來就疑惑，拾起來略一展開，臉騰地就紅了，他把畫卷重重放回黃門手裡，那黃門嚇得身子直抖。

趙佑樘一句話未說，拂袖而去。

嚴正跟黃益三暗自心想，定是畫了什麼齷齪的東西，不然太子怎會是這種表情？

沒想到，皇上這把年紀，還喜好這一口！

嚴正忽地想到一樁事，這面色越發古怪起來。

黃益三瞧他一眼，本待要問，可這會兒沒時間，只得閉口。

趙佑樘一路疾步而去，好一會兒，氣惱尷尬的情緒才消散。

嚴正跟黃益三兩個跟在後面，跑得氣喘吁吁。

太子停住腳步，回頭斥道：「連個路都走不快，平日裡吃的飯都去哪兒了？明兒開始，一早起圍著東宮跑十圈！」

嚴正、黃益三的臉都綠了。

這東宮可不是一座宮殿，除了正殿，旁邊有扶玉殿、望霞殿，還有春暉閣、絳雲閣等另外四座宮殿，範圍很大，跑十圈不得累得趴下呢？

可他們完全不敢吭聲，畢竟太子不經意發現了皇上的癖好，心裡肯定窩火著，他們這些奴才這會兒自然就是受氣包。

兩個人低聲應了聲是。

趙佑樘哼一聲，往前走了，但此刻他也提不起精神做別的。

黃益三見此說道：「要不殿下去扶玉殿，看看馮良娣去？」

兩個人昨日沒說上話呢，反正現在也不用聽課，閒著也是閒著。

趙佑樘想到馮憐容，心情好一些，這就去了。

黃益三壓低聲音問嚴正：「你老實說，剛才到底想到什麼了？」

這兩小黃門一起進來，一起服侍太子的，互相之間就跟親兄弟一般，誰也瞞不住誰。

嚴正抬頭看看太子，眼見他走得急，才小聲道：「皇上還吃那些藥丸呢，你說說，這年紀了，哪吃得消，但我也不敢跟殿下說，殿下聽了還不得七竅生煙呢。」

黃益三連忙點頭。「不是大事，吃就吃唄，有太醫呢。」

他心想，吃這個吃多了，早點死不是好事嗎？反正不用告知太子，讓他操這個心。

兩個人互相點點頭，趕緊往前走。

此時的扶玉殿中，馮憐容這回沒睡，她還在為昨日的事情懊悔，就算下午睏了，也沒去歇息，結果等來了他。

她笑得比蜜還甜，立在他對面，細細地打量他的臉龐。

「沒有瘦。」她欣慰。

人也還是那樣，他穿著一件湖藍單袍，跟月下青竹般，讓人一看就怦然心動。

趙佑樘見她又是癡傻樣兒，哼了一聲。「昨兒怎麼就睡了？妳便知道我不來？」竟是興師問罪的語氣。

馮憐容忙道：「早知道殿下會來，妾身哪怕瞌睡得要死，也會等著的！妾身只是覺得殿下才回京城，與皇上與許都有好些話要說，妾身這就……」

她越說越覺得心虛，即便他可能不來，她也應該等一等，怎麼自己就去睡了？

她偷偷抬眼看太子，見他正注視著自己，眼神頗為奇怪，馮憐容心裡一跳，交代道：「妾身得了皇上賞的，知道殿下記著妾身呢，這渾身滿足得很，吃飽喝足了，睏得攔也攔不住，就……

就睡了。」

趙佑樘聽得噗哧笑起來。這才是老實話。他往前一步，把她摟在懷裡，跟摸一隻貓兒似的。「這就高興了？沒見著我，妳也能滿足啊？妳也睡得著？」

馮憐容道：「懷了孩子好容易睏的，再說，怎麼會見不到殿下呢，只是早些晚些罷了。」

她伸手抱住他的腰，感覺到他堅實的身體，她安心了許多，把頭埋在他懷裡，輕聲呢喃道：「反正殿下總會來的。」

是啊，他總會來的，她不用急。就算他不來，她也不應該急。

趙佑樘聽到這句，心裡竟有些酸，原本尋常姑娘家嫁入夫家，離別三月，如何不想見一見呢，更別說她還懷了他們的孩兒，可是她只能等著他來。

趙佑樘嘆口氣，抱著她坐下。「以後想見我了，叫李善平他們來說一聲。」

馮憐容吃驚道：「這可以嗎？」

「有什麼不可以的，妳可是我孩兒的娘。」他低頭要看看她的肚子，結果映入眼簾的是一對高聳的胸脯，勒得緊緊的。

趙佑樘的目光定住了。

被人看著那裡，馮憐容的臉紅了，拉一拉裙衫道：「新做的衫兒都好大，妾身穿的還是原來的，有點兒小。」

新衣服不是沒有，方嫣給她做了好一些，不過都不顯身材，專是等大肚子時穿的，可她要見太子，自然要穿得漂漂亮亮的，但衣服就顯得不太合身，她自個兒也被勒得有點兒難受。

「挺好的。」趙佑樘又看一眼，不免有些心猿意馬。

馮憐容低著頭，突然就不知道說什麼了，只覺得身體裡蠢蠢欲動，渾身緊張起來，這呼吸也沈了一些。

趙佑樘聽見，心跳也不由加快，抬起她下頷，就往她嫣紅的唇上壓了下去。

兩人許久不曾這般接觸，彼此的心都是一麻一沈的。

馮憐容身子一下子軟了，只知道緊緊箍住他，好像不抱著，人就會掉下來似的。

這場面香豔旖旎，一旁的宮人們都退開了些。

趙佑樘親了一會兒，就覺渾身燥熱，恨不得把懷裡的人給扒光，不過在這兒不合適，而且，他也不知馮憐容現在能不能同房，萬一傷到孩兒可不好了。

他慢慢放開她，馮憐容還閉著眼睛，一臉沈溺的樣子。

趙佑樘拍拍她的臉，打趣道：「睡著了啊？」

這種時候怎麼可能睡著嘛！

馮憐容捂臉，小聲道：「晚上，殿下見不見妾身啊？」

太子聽她說這個，臉色微紅，咳嗽一聲道：「妳說妳……」可眼見她滿是期盼的目光，那臉兒又嬌豔似花，他改口道：「我先問問朱太醫去。」

馮憐容大喜，就想在他嘴上再啃幾口。

趙佑樘認真問起孩子的事情。

「還沒動靜呢，才四個月，聽說到五、六個月時，會踢肚子。」

的。」

趙佑樘好奇。「踢了，一定要告訴我。」

馮憐容點頭。「妾身現在每日都看棋譜，還唸出來給他聽，以後這孩子下棋肯定很厲害的。」

「妳自個兒學得怎麼樣了？別還指著孩子來贏我。」

馮憐容不服氣。「我厲害一些了。」

趙佑樘哦了一聲，叫人擺棋局。

兩人下了幾盤，馮憐容全輸了，氣憤地看著太子。

趙佑樘只管笑，末了說道：「讓妳，妳又不高興，自個兒慢慢琢磨。」

馮憐容哼一聲，摸著肚子道：「孩子，你給娘爭氣點，以後贏你爹爹啊，知道不？」

趙佑樘輕笑。「沒出息，果然指望著孩子。」

「他可是妾身的心肝肉。」馮憐容笑嘻嘻，又嘆一聲。「可惜朱太醫不肯告訴我，到底是兒子還是女兒，總是說，說不準的。」

「等生下來自然就知道了。」趙佑樘摸摸她的頭，他心裡有數，是男是女對他而言都一樣，又不是只生一個，兒女都全了才好。

「我來了也好一會兒，妳累了吧？快些去休息。」

其實馮憐容不累，她就想黏在他身上，不過太子這麼說了，她也不會講出來，只乖乖點點頭。

趙佑樘走後，她又有點後怕，跟鍾嬤嬤道：「剛才我說那個，殿下會不會生氣？」

她主動要侍寢。現在想想，自己有點兒厚臉皮，哪裡合適這麼說的。

鍾嬤嬤笑道：「不會，生氣的話，哪還會跟主子說這麼多話呢，主子做得很好，殿下也是個男人，這男人嘛，普天下都差不多的。」

馮憐容皺了皺眉，又搖搖頭。「剛才也是我冒失了。」

她太想他了，有道是一日不見如隔三秋，這三個月就跟三年一樣久呢，她才會情難自禁。

第八章

卻說趙佑樘回到正殿，稍後就派人去問朱太醫，馮憐容能不能同房的事情。

朱太醫那眼神，黃益三都不好告訴太子。

按照朱太醫的意思，太子又不是只有馮良娣一個，除了太子妃，還有其他良娣呢，怎麼就非得馮良娣，這不還懷著孩子嗎？胡鬧！

朱太醫就是這個意思。

可黃益三不敢不問啊，還是頂著朱太醫的目光，纏著問了個清楚。

朱太醫就道行動慢一些便可，不要過激，還說了幾個姿勢。

黃益三滿臉通紅地跑回來了，跟嚴正訴苦：「下回換你去問！」

黃益三去告訴趙佑樘，趙佑樘忍了幾日，晚上就把馮憐容接到正殿。

兩人慢慢地，慢慢地熬了一晚上。

太子才發現這真不是好玩的事情，滿足是滿足了，可也磨得人渾身沒力氣。

二人清洗完，馮憐容很不好意思，覺得累著他了，抱歉道：「就這一回了，妾身以後還是好好養胎。」

趙佑樘回想起她剛才的樣子，調侃道：「那比三個月還長得多，妳忍得住？」

馮憐容臉紅，忍不住也得忍啊。

她現在這樣子，果然是不好伺候他的，別說以後肚子還大起來了。

趙佑樘道：「再說吧，先睡。」

兩個人抱著就睡了。

結果她入睡得快，趙佑樘就不一樣了，睡著睡著，就在想，自己半夜會不會撞到她的肚子，又或者翻身碰到她，不免感到後悔了，兩個人不應該睡一起啊！

可是低頭看一看馮憐容，她窩在他懷裡，睡得有多香。趙佑樘不忍心叫醒她，只得自個兒提心弔膽了一晚上。

早上馮憐容醒來的時候，破天荒地發現他竟然還在睡著。要是以往，哪次不是太子先醒的？他向來自律，基本每日到點不用宮人來喚，自己就起來了，可今日，他閉著眼睛睡得很熟。

馮憐容高興地側過身子，好好看了他一回。

趙佑樘面色安然，既沒有平日裡年輕人的神采飛揚，也沒有將來成為帝王的冷峻威嚴，他只是安靜地睡著，不知憂喜，沒有任何戒備地躺在她身邊，離得那麼近。

馮憐容越看越喜歡，只覺自己重生一回，太得老天垂憐了，她興許也該每日燒香拜佛？別的不求，只求每月有那麼一次，她能在太子身邊醒來就好了。

也不知過了多久，趙佑樘才醒，一睜開眼就看到馮憐容一臉癡樣地看著他。

「一大早就犯傻。」趙佑樘摸摸她腦袋。「說說，看了多久了？」

馮憐容道：「也沒多久，就想一直看下去呢。」

趙佑樘好笑。「看著不膩？」

「不膩。」馮憐容搖頭，又笑。「要是孩兒生下來跟殿下一模一樣就好了，妾身天天看他也夠了。」

趙佑樘皺起眉頭。「意思是，有孩子就不要我了，是吧？」

她發現自己說錯了，可又收不回來，那臉兒糾結成一團。

趙佑樘噗哧笑了。「傻，我還跟自己孩兒吃醋呢！」

他一把摟過她，揉著胖乎乎的臉頰問：「早上吃什麼，想好沒有？」剛說完，竟然連打了兩個呵欠。

馮憐容吃驚。「殿下沒睡好啊？」

趙佑樘心想怎麼睡得好，手腳都不敢亂動，他故作嚴肅道：「等妳生下來之前，不准留這兒了。」

馮憐容鬱悶了，不過轉念一想，他之前還溫柔繾綣地抱了她一晚上，這會兒又不准了，定是有原因，她忽然臉上就笑開了花，頭往他的懷裡蹭了蹭，道：「殿下真疼妾身，妾身一定會養好胎的。」

趙佑樘嘴角一抽。「誰疼妳？」

馮憐容只管笑。都為她沒睡好了，不是疼是什麼？

趙佑樘被她看得，臉竟然微微發紅，咳嗽一聲道：「起來吧，還賴著！」

馮憐容笑咪咪坐起穿衣服，看到太子也起，又屁顛顛地給他拿來裡衣，親手替他穿上，繫好，披上單袍，再把自己也收拾好，兩人才出去用早膳。

等她回扶玉殿都巳時中了，鍾嬤嬤拉著她上上下下地瞧，她雖然高興馮憐容得寵，但也擔心她肚子裡的孩兒。

「沒出什麼問題吧？」她緊張地問。

馮憐容摸摸肚子，燦爛一笑。「好得很呢。」

她很想把太子為顧慮她沒睡好的事情說給鍾嬤嬤聽，後來還是打消念頭，這種事，自己擺在心裡歡喜歡喜就行了，說出來，指不定傳出去，那又不好了。

而太子傳喚馮憐容侍寢這件事，方嫣自然不會不知道，故而一大早起來，心裡就堵得慌。

太子在外三個多月，身邊沒帶女人，照理說應該多歇在她這兒，結果才幾個晚上，就要見良娣，而且召誰侍寢不好，竟然召馮憐容？她可是懷了孩子的。有這個必要嗎？

方嫣恨得牙癢癢，不過這當口不可能罰馮憐容，她懷著孩子呢，也只得把這口氣嚥下去。

李嬤嬤開解道：「娘娘千萬別再跟殿下置氣了，殿下這次回來，跟娘娘挺好的，朱太醫都說，您這段時間的調養頗有成效，如今身體也比先前好了，所以娘娘啊，您一定得忍著，人這輩子還長著呢不是？娘娘站穩了，什麼事兒都好說。」

要說馮憐容，她也有羨慕的地方，那就是她懷上孩子了！

方嫣狠狠閉了閉眼睛，緩緩吐出一口氣道：「我聽嬤嬤的。」她叫宮人來。「把殿下從華津帶回的珠玉布疋拿一些送給幾位良娣去。」

李嬤嬤欣慰地笑了，是啊，這時候還得更大度些。

方嫣又添一句：「把好的挑出來，都送與馮良娣。」

她目光微冷。馮良娣得寵，旁的良娣可不一定會服氣！

這些東西很快就送到扶玉殿。

華津富饒，又有多處山脈，玉石是極有名的，尤其是羊脂玉，這批裡面就有兩樣羊脂玉打磨的一對玉鐲、一把芙蓉花擺件，成色都非常好，除了這些，還有十八疋衣料，綾羅綢緞，什麼都有，春夏秋冬都囊括了。

鍾嬤嬤嘴巴張得老大，她不敢相信是太子妃叫人賞下來的，畢竟馮憐容才侍寢過太子啊，不罰都算好的了，居然還賞東西呢？

可宮人也不會胡說，那定是真的。

馮憐容摸一摸這些，也覺得燙手。但她猜得出來，太子妃做這個，多半是為她自個兒，好讓太子另眼相看，馮憐容不會傻得覺得太子妃是真心包容她，事實上，這也是強人所難。這世上，沒有哪個女人是真心願意與其他女人一起共用丈夫的。

馮憐容深知這一點，可她也無可奈何。

「嬤嬤，我用這個給殿下做幾套裡衣好不好？」她看過去，拿起一疋雪白的羅布，這布摸上去軟滑軟滑的，做裡衣一定舒服。

她不知道如何回報太子的寵愛，想來親手做些衣物，應是可以的。

「主子怎麼老是想著這些呢，奴婢早說了，殿下什麼都不缺，主子光伺候好就行了，主子想想，妳這裡衣做了，殿下哪日穿了，正好被娘娘看見，又如何？」

太子什麼東西沒有？這衣服是數不清的，一天一套地換，何必非得要做一套，被發現了招人恨。

鍾嬤嬤說得也有道理。

馮憐容嘆口氣，指指這個。「那用這個給我做幾套吧。」

「這麼多布料，主子再挑挑，反正收也收了，就大大方方地都拿去做算了，等孩子生下來，這又有好多漂亮裙衫穿。」

馮憐容一想也是，高高興興地挑了幾疋出來。「殿下好像挺喜歡柳綠、杏紅這些鮮嫩的顏色，也確實好看，跟春天一樣有生氣，我這就多做幾件吧。還有這個，做些裡衣，全是雪白的也沒意思，有些花色也挺美的。」

鍾嬤嬤叫銀桂都記下來。

馮憐容見轉眼要入冬，又指了一些鮮豔的錦緞做襖子，挑完後，才坐下來吃一點餅，喝幾口瑪瑙糕子湯。

自從有喜之後，她這兒吃的東西從不間斷，花樣也多，每天都不重複，王大廚就怕她吃膩了。

鍾嬤嬤笑著道：「主子真要報答殿下，不妨多想想殿下喜歡什麼，主子就多費些功夫，反正成日裡不是都閒著嗎？」

馮憐容嗯了一聲，托著腮想了半日，過一會兒靜悄悄地進去裡屋了。

鍾嬤嬤站在門口一看，只見她正一臉專注地用自個兒教的法子揉胸呢。

鍾嬤嬤差點就笑出聲來，怕馮憐容發現，連忙走了。

這會兒趙佑樘正在內室看書，皇太后忽然派人請他過去，他當時就有些納悶。

他雖然與皇太后感情不錯，可是皇太后很少會喚他去，除非主動請安或是有大事商量。縱然不清楚所因何事，他卻有預感，這回應是關於馮憐容。

他整一整玄色單袍，前往壽康宮。

皇太后笑著招招手道：「咱們祖孫倆幾日未見，也是好些話沒有講。」太子坐過去。

二人閒說一會兒，皇太后看得出來，太子也知道她要說什麼，當下也不再轉彎抹角了，問道：「聽說你昨兒召馮良娣侍寢了？」

「是。」趙佑樘面色很自然，不覺得有什麼不對。

「她還懷著孩子。」皇太后挑眉。「你這才回來，只在太子妃那裡歇了幾晚上，就召良娣了，你說這合不合適？」

趙佑樘心想，他原本第二晚就想馮憐容侍寢呢，後來還不是忍了幾日，就為這個。

他微微一笑。「馮良娣為孫兒開枝散葉，如今與孫兒分別這麼久時間，這都過了幾個晚上，孫兒覺得見一見也不過分，別說她還立了一功。」

皇太后聽了，拿起茶喝，抿一抿嘴道：「我只是提醒你，佑樘，你父皇寵愛胡貴妃，朝中大臣紛紛反對，你要以此為戒。」

趙佑樘這回沒有再反駁，頷首道：「孫兒明白，也一直銘記皇祖母大恩。」

在這件事上，他不會忤逆皇太后，雖然他心裡清楚，大臣們只是為立太子之事與皇帝產生紛爭，若太子早早立了，又不動皇后根本，皇帝要寵哪個妃子，哪裡輪得到大臣們來干涉？只他現是太子，這話題就不好展開說了。

皇太后看他態度恭敬，笑一笑道：「你從小就沒讓我操心過，這回有了孩兒，我知你是高興，馮良娣也有福氣，這麼快就懷上了，等她生下了，自是要厚待她的。」她話鋒一轉。「不過這孩子，還是得交由嫣兒來養。」

趙佑樘一怔。這句話好像一把大錘突然從天而降，砸得他有點手足無措。

不過等到回過神，他才發現，這又無可厚非。

歷代妃嬪，但凡皇后沒有孩子的，只要她想認養一個，底下妃嬪無人敢不從，而且也一貫遵從這個規矩，不然當初他也不會交給皇后來養大了，他的生母是在他七歲那年才去世的。

如今他的孩兒也是一樣，誰讓太子妃無子？所以皇太后的要求，也不能說沒有道理。

皇太后繼續道：「佑樘，人無完人，嫣兒再怎麼樣，她總是一心為你的，孩兒交到她手裡，沒有什麼好不放心。那馮良娣到底年紀輕，也還不懂事呢，這等時候，怎麼好來伺候？再過幾年，應是會明白些事理，到時候她再生個孩兒，自然也就能養好了。」

皇太后對昨兒那事仍是不滿，她跟太子妃想的一樣，太子不是只有一個良娣，為何非得要馮良娣侍寢？因為前車之鑑，她心裡也擔心馮良娣會成為像胡貴妃一樣的存在。

不過她說得並不重，但凡能留有餘地，她就不說重話。

即便她那麼不喜歡胡貴妃，卻還是能保持好她與皇帝的感情，就因為她知道皇帝喜歡胡貴妃，她不去碰觸那個逆鱗。

然而，她這兒媳婦、孫媳婦的腦袋都不太清醒，一個個原本聰明大方，結果偏偏都犯傻，也不想想，他們這等人，豈會從一而終？不管是皇帝，還是太子，他們注定是要三宮六院、擁有無數女人，作為正室，就該懂得進退有度，掌控全域。

她當年便是這麼過來的，所以才坐穩了皇后的位置，成為現在的皇太后，兒子也順順當當地做了皇帝。眾人皆道先帝寵愛她，可有誰知道她是怎麼熬過來的？先帝難道就沒有寵妃嗎？不，先帝照樣喜歡過很多妃子，只是，那些妃子都沒能成為皇后罷了。

趙佑樘一直沒有說話，皇太后見他如此，心頭微沈。沒想到馮良娣那麼得他寵了，只是換成太子妃來養育，他如此果斷的人，竟還會猶豫不決。

「佑樘……」皇太后又要勸。

趙佑樘此時道：「還望皇祖母恕罪，唯此一事，孫兒不能答應。」

「什麼？」皇太后面現怒意。「佑樘，你別兒女情長，這子嗣問題非同小可，假使當年你不是皇后養大的，如何能做太子？」

她嚴厲道：「太子必是皇后之子，這等祖訓，任誰也不能違抗的！而嫣兒無錯，亦無失德，你萬不能廢了她。」

趙佑樘心中一凜。他知道皇太后句句在理，卻難以狠下心來，想到馮憐容輕撫肚子的表情，心裡竟像被針扎了一般刺痛。

他緩緩吐出一口氣道：「孫兒自小便是被母后養大，對此再清楚不過，天下孩兒，沒有一個不想留在親生母親身邊的，我的孩兒也是一樣。」

這話未免有些大逆不道，皇太后一下坐直身子，質問道：「莫非你在怪皇后待你不好？」

「不，母后待孫兒很好，常教我很多世間道理，最終也造就了今日的孫兒，只是……」趙佑樘的目中閃過一絲哀色，輕聲道：「母后卻也與孫兒稱不上親近。」

短短一句話，暫時讓皇太后的心軟下來。

她哪裡不知皇后的性子，當年太子是她硬塞給皇后養的，就為了讓她坐穩位置，可是皇后顯然沒有把太子當成親生兒子來養大，雖說教他成人，可是像對待永嘉公主的那種感情卻是沒有的。

皇太后看著太子的目光漸漸柔和起來。

說起來，她這孫兒也是命苦，父親不喜，母親不愛，唯有她這祖母尚有幾分真心。

皇太后緩緩說道：「佑樘，你也別生怨氣，當年唯有這樣，你才能做太子！」

「孫兒沒有埋怨，也一直感激皇祖母、母后的大恩，只是總有些遺憾，故而孫兒對此頗是排斥，更何況此事也不太合適。」

皇太后詢問：「怎麼說？」

趙佑樘正色道：「當年母后年近三十才養了孫兒，而阿嫣年紀輕輕，何怕以後無子？孫兒是覺得把孩兒交予她，將來阿嫣自己又有兒子，那長子該如何自處？」

皇太后顯然漏算了這一點。她皺了皺眉，由不得沈思起來。

若馮良娣生的孩兒正如朱太醫說的，是個兒子，把他抱與太子妃撫養，將來被立為太子，以後太子妃又生一個兒子，那是她親生的，未必就不會生出換太子的心思，那麼，兄弟兩個……

退一步講，就算暫時不立太子，兩個孩子都是太子妃養大，等到懂事之後，又豈會不生出相爭之心，偏偏又是同父異母，可比一般的情況來得複雜。

皇太后不敢想下去了。

太子乃國本，容不得半點含糊，除非太子妃真的生不出來，那也罷了，而現在確實是早了一些，她不過才二十二，並不是沒有可能。

皇太后想了好一會兒才道：「也罷，哀家其實何嘗不希望你與阿嫣有個孩兒呢？佑樘，你是將來的帝王，有些事情，是要分清楚的，不可亂了倫理朝綱。」

趙佑樘知道她在說什麼，緩緩點頭。「皇祖母的話，孫兒銘記在心。」

別說他只是太子，就連他的父親身為帝王，要立一個太子也不是隨心所欲，到最後，還不是為大臣左右，立了他嗎？

他雖則年紀輕輕，卻早已明白人生的無奈，所以很多時候，他也只能忍，唯有忍過去了，將來他才能君臨天下。

祖孫兩個說了一會兒話，見皇太后乏了，趙佑樘才告辭，直接去了東宮。

方嫣心裡有數，笑咪咪地迎上來道：「殿下怎麼這會兒來了？」

趙佑樘也是一笑。「剛才祖母與我說話，提起馮良娣的事情。」

「哦？」方嫣略一頓，嘴角微露喜意。「什麼事兒？」

趙佑樘看她一眼，坐下來道：「這段時間妳對馮良娣很是關心，噓寒問暖無微不至，祖母誇妳賢慧，是辛苦妳了。」
方嫣謙遜道：「那孩子可是殿下的孩子，妾身如此，也是應當的。」
趙佑樘道：「祖母還說，這孩子生下來，便由妳養了，妳覺得如何？」
他單刀直入，有些突然，方嫣心想，凡正室無子，妾室生下來的，哪個不是由正室來養？她不覺得有什麼問題，遂回道：「既是皇祖母的意思，妾身莫有不從。」
她絲毫不曾猶豫，奪人孩兒，面色不改。
趙佑樘眸色微沈。他的母后再如何，卻不似妻子這般，何況當年母后也不是主動要養他的，即便養了，也時常讓他去見見他的生母，而他的妻子卻不見得有這等寬和。
她這段時間精心養護馮憐容，醉翁之意不在酒，只是為那孩兒！
趙佑樘挑一挑眉。「不過祖母又改變主意了，這孩兒還是由馮良娣來養大。」
方嫣的臉色變了，手不由自主按在桌面上。
早在之前，她就明白皇太后的心思，知道這孩子必是要給她養的，所以她待馮憐容無微不至，就是希望她能順利生下來，誰想到太子竟然說皇太后改了心意？
李嬤嬤立時為她捏了把汗。
她看得清楚，剛才太子是在試探太子妃呢，如今只要太子妃露出理解之色，也便罷了，可太子妃一直沒有說話。
李嬤嬤著急，忙上前道：「殿下，娘娘……」
「退下！」趙佑樘斥退她，仍是等著方嫣回應。

李嬤嬤雖然沒能把話說出來，可也提醒了方嫣，她深呼吸了一口氣道：「既然祖母如此說了，妾身自然也聽從。」

她說著，想到這幾個月的期待，未免痛苦，淒聲道：「若孩兒在妾身身邊長大，妾身必會把他當成親生孩子一般看待的。」

趙佑樘聽到這句，心頭又忽生憐憫。當年那孩子若保住了，如今早已會說話了吧？

他不由得嘆了口氣，他這妻子雖然不得他的心，可也未必不苦，天底下哪個女人不想要自己的孩子？

在這一刻，趙佑樘原本對妻子的不滿消散了一些。「妳聽朱太醫的，好好養著身體，以後定然會有孩兒的。」

方嫣一怔，她抬起頭看他。

他眼裡有安撫之意。

方嫣的眼睛忽地就紅了，剛才所有的難過好像都沒有了，什麼話都比不上丈夫這一句來得重要。

她拭一拭眼角，嘴角卻滿是笑意地道：「妾身定會養好身體，不讓殿下失望。」

趙佑樘點點頭，轉身離去。

從內殿出來，他感到前所未有的累。

先有皇太后，後有太子妃，都需要他應對得當，作為一個男人，太子當真覺得妻妾成群不是一件好事。

見他面有倦色，黃益三輕聲道：「殿下要不要去歇息一會兒？」

趙佑樘嗯了一聲，結果去的方向竟然是扶玉殿。

這時候已是接近黃昏了，馮憐容正要享用她豐盛的晚膳，就聽說太子來了，她連忙站起來。

趙佑樘一句話不說，邁開步去了裡間。

馮憐容一頭霧水，看向黃益三跟嚴正，這是什麼情況？

兩個小黃門其實也不知道，可既然太子來了，定是要見馮良娣，當下只示意她跟進去。

馮憐容這就去了，鍾嬤嬤往裡探了探頭，只見太子竟然躺在馮憐容的床上，鍾嬤嬤驚得差點一顆心跳出來。

這不合規矩啊！太子不能這會兒，在這裡，叫主子侍寢吧？

可她也不敢進去，只面色緊繃地立在外面。

馮憐容看到趙佑樘躺著，也是驚嚇，坐到他床頭問：「殿下是不是哪兒不舒服？這、這是要……」

趙佑樘輕聲道：「過來。」

馮憐容心想，怎麼過去啊？

「躺著。」

馮憐容哦了一聲，順從地脫了鞋子躺在他身邊。

太子伸手就把她摟在懷裡。

馮憐容納悶得要命，不知道他想要做什麼，可是她感覺太子好似也不想說話，便也不開口，結果只安靜片刻，她的肚子就開始「咕咕咕」地叫起來。

自懷孕四個月之後，她胃口不像以前忽大忽小了，而是非常大，她本來就要用膳呢，沒吃成，肚子自然就不樂意了。

可馮憐容怕驚醒太子，急得要死，拿手輕拍肚子，小聲道：「別吵啊，一會兒給你吃，別吵。」

她嘟嘟囔囔的，趙佑樘噗哧一聲，笑起來。

馮憐容忙道：「妾身不是故意的。」

「妳故意吵醒我，看我還饒妳？」趙佑樘仍是躺著，聲音有些飄忽地道：「妳知道今兒出什麼事了？」

「什麼事？」馮憐容忙問，難怪太子不太正常，那應是大事了。

趙佑樘卻又不知如何說了，忽地嘆口氣道：「算了，也沒什麼。」

馮憐容聽出他的疲倦，柔聲道：「殿下是不是為此勞累了？那要不，妾身再陪你睡一會兒？」

「再睡一會兒吧。」趙佑樘拍拍她的後背。

馮憐容抱住他的腰就要入睡了，結果沒兩下，她的肚子又叫起來。

馮憐容急得，又要去跟肚子裡的孩子溝通。

趙佑樘抓住她的手道：「亂拍什麼啊，這肚子能亂拍？小心出事，算了，去吃飯。」

他起來，馮憐容也忙起來，讓寶蘭她們擺飯。

看這架勢，太子是在要這裡用了，幾個宮人一陣忙活，廚房那裡也多炒了兩道菜過來。
馮憐容確實餓了，才剛入座拿起筷子，就聽趙佑樘道：「餵我吃。」
她這筷子「啪」就掉了下來。別說鍾嬤嬤幾個了，兩個小黃門都像被自己口水噎到了一樣。
馮憐容茫然道：「餵殿下吃？」
趙佑樘挑眉。「不肯？」
原來自己真沒聽錯，馮憐容連忙挾菜。
今兒晚膳有錦纏雞，玉絲肚肺，清蒸魚，豬肉竹節湯等好幾樣。馮憐容拿起調羹，最底下擺蒸香稻米，中間擺一片肚肺，一塊雞肉，上頭再擺白菜，這雞肉也是挑三揀四一番，選著最嫩的腿肉，一起送入趙佑樘嘴裡。
她每一調羹都仔仔細細的，一會兒底下擺魚肉，中間放點兒油菜，上頭再放些稻米，一會兒又上面擺蘿蔔絲，中間擺飯，底下擺豬肉條。
趙佑樘吃了幾口，說道：「以後孩兒生下來了，可不准這麼餵。」
馮憐容一臉不明。
「慈母多敗兒。」趙佑樘道。「讓他該怎麼吃就怎麼吃。」
「……哦。」馮憐容又問：「那餵殿下？」
「繼續。」
馮憐容又餵了幾口，趙佑樘才自個兒用膳，不然像她這樣精細，等他吃飽，飯菜早冷了。
二人用完膳，馮憐容瞧了他好幾眼。

她實在不清楚太子這是怎麼了，好好的竟然叫她餵飯？
不過她挺高興的，餵太子用膳這種事，也算稀奇了，以後還不一定有這個機會。他為她看她滿心樂意的，一臉陽光，就是這黑夜都遮擋不住，趙佑樘心情總算好一點兒了，今兒忤逆了皇太后，她也餵飯給他吃了，算是兩清。不過還是她占了便宜，瞧這歡喜的樣子，哪裡像他，當時手掌心都出了汗。

趙佑樘又想叫她侍寢了，但想想還是打消了主意。

見他要走，馮憐容送他到門口。

今兒沒有星星，只有一輪明月高掛在空中，把宮殿染了一層銀色。

趙佑樘轉身道：「回去吧，一會兒著涼了。」

馮憐容點點頭。

趙佑樘走了，走了好遠，回頭一看，她還立著。

月光下，那個身影已經小小的了，小的只有他手掌那麼大。

趙佑樘忽然明白，她其實一直都在擔心他，他什麼都沒有說，但她後來也沒有問。

他呼出一口氣，嘴角露出淺淺的笑意來，腳步輕快地往正殿去了。

十月，因早就挑選好吉日，安慶公主這便要嫁給謝三公子。

胡貴妃急得晚上都睡不好，可她深知也沒法阻止這事兒，雖說是皇后定下來的，可她背後有皇太后，她能怎麼辦？再加上皇上那裡，還是不見她，胡貴妃想來想去，也只能屈服，總不能賠了夫人又折兵，她這女兒，她還得哄回來。

胡貴妃帶著好些東西去看安慶公主了。

安慶公主只是在嫁人這件事上與胡貴妃不合，心裡還是向著她的，見胡貴妃真心實意地來看她，兩個人自然就和好了。

十月十八日，安慶公主出嫁，宮裡熱鬧了兩日，馮憐容聽鍾嬤嬤說，那嫁妝光是兩匹馬拉的都有二十車，不說別的。

馮憐容心想，萬一她這孩兒是女的，將來就是小公主，也是一樣的待遇呢，就是不知道會嫁給什麼樣的人家？

不過有太子這樣的父親，應該不會差的。

她笑咪咪地摸著肚子，這會兒她的肚子已經很大了，像個球一樣，天氣又涼，就不太出門，只管安心養胎。

朱太醫說，到明年二月，她的孩子就要出世了，馮憐容能感覺到一個生命正在她肚子裡逐漸強壯起來。

而她這裡的關注度也提高了，這日皇太后就派人送來上百斤銀絲炭，說是不用節省，這一整個冬季，任何定額都高了好多，不過多數都體現在吃食上。

馮憐容一看單子，只見上頭寫了四頭羊、兩頭豬、兩頭牛、二十隻雞、十隻鴿子、五隻鵝、四十隻鵪鶉、凍蝦肉十斤、各類魚二十斤、核桃五斤、白糖兩斤、香油五斤等等，寫滿了一張宣紙。

馮憐容瞠目結舌，這她哪吃得完？別說三個月，就算半年，只怕還能剩好多。

鍾嬤嬤笑嘻嘻道：「這大冬日啊，人冷，食量自會上來的，主子別擔心，就算吃不完，又不是扔了，可以挪到下一季去。」

「那倒也是。」馮憐容嚥了一下口水。「那今兒就燒個羊肉吧，還有蝦肉小籠包，鴿子再煮個湯。」

鍾嬤嬤抽了下嘴角，剛才還擔心吃不完，瞧瞧這胃口。她勸道：「這麼多葷腥不能一塊兒吃，奴婢瞧著，就吃個羊肉得了，這冬天一吃羊肉，別的再進嘴裡不就沒味道了嗎？那多浪費，主子要吃鴿子，明兒再做。」

馮憐容想想也對，就光點了羊腿肉，又叫寶蘭把她放值錢物什的盒子拿來，她最近得了好幾次賞錢，還沒細細看過。

寶蘭開了鎖。

馮憐容把裡面的金錠、銀錠數了數，臉上笑開了花，不知不覺，竟然都有二百多兩銀子了，比她想像中存得快，到時候見到父親、母親、哥哥，肯定會有好大一筆錢，她的娘親也不用開什麼酒莊了，夠用好久。

一想到家人，她面上歡喜萬分，可過得一會兒又嘆了口氣，因為不知道什麼時候能見到他們。

她叫寶蘭又收回去。

等到她站起來時，忽地瞪大了眼睛，指著自己肚子，壓低聲音道：「嬤嬤，嬤嬤，真踢了！」

好像生怕驚動肚子裡的孩兒似的，一眾人都輕手輕腳圍上來。

馮憐容站著一動也不敢動，過得片刻又感覺有人在她肚子裡踢了一下。

鍾嬤嬤笑道：「是這樣的，以後經常會動兩下，主子，這孩兒肯定健康呢，是個活潑的小主子！」

馮憐容急著叫大李過來，說道：「你跟嚴正他們說，告訴殿下，孩兒會踢腿了。」

大李應一聲，笑嘻嘻地快步走了。

這會兒趙佑樘已經開始聽課，嚴正等人也不好打擾，直到傍晚才跟他說。

聞言，趙佑樘忙前來扶玉殿。孩兒也很給面子，他一來，就在馮憐容肚子裡活動呢！

趙佑樘把手烘熱了貼在她肚子上，立刻就感覺到幾下彈動，這心裡說不出的歡喜，原來孩子在肚子裡是會這樣的。

可惜當年那一個，還沒長那麼大就沒了。

趙佑樘湊過來一些，哄道：「可要順利長大了，爹爹給你糖吃。」

馮憐容噗哧一聲笑道：「這小孩兒才生下來怎麼吃糖啊，殿下這條件一點兒不誘人。」

趙佑樘斜睨她。「那妳說，說什麼？」

馮憐容撫著肚子，醞釀了一會兒說道：「孩兒啊，你聽著，娘在跟你說話，現在你還小，所以要在娘的肚子裡，但是那裡黑漆漆的，什麼也看不見，可比外面的世界差多了。但是你不要怕，只要你可勁兒地長，很快就能出來啦！到時候想吃什麼吃什麼，想玩什麼玩什麼，還能看見太陽、看見藍天呢，你也不會孤單了，以後有爹爹跟娘陪著你，長大了，還有夫子教你唸書呢。」

她滿臉溫柔，好像真的能看見一個小孩兒似的。

趙佑樘聽著，微微一笑，眸光像是湖泊一樣安靜。

他想到自己的生母，當年懷他的時候定然也是如此，只是不能親手撫養他長大，就是見一面，她也萬分拘謹，不敢說出多少關心的言詞，可是他看得出來，他的生母是愛他的，所以她才能忍住。

有時候，忍受比表達出來要困難得多。

趙佑樘伸手把馮憐容攬在懷裡，摸摸她的頭道：「不要光說孩子，妳也要平平安安的，每日不要吃太多，我聽人說，到時候不好使力，到時候……」他頓一頓，「我也幫不了妳，妳可要自己爭氣點！」

馮憐容點點頭。「朱太醫叮囑過的，我這也吃得不算多，飽了就不吃了。」

趙佑樘心想，飽了，妳也吃不下啊。

馮憐容看他不信，把袖子一捲，伸出光溜溜的胳膊。「您瞧瞧，沒長多少肉，別看著我臉兒胖，其實還好的。」

「妳身上什麼樣兒，我不知道？」

馮憐容這臉就紅了，嗔道：「在說正經事兒呢！」

趙佑樘道：「那妳繼續。」

「朱太醫說，我雖然吃得多，不過腸胃挺好的，下去就消化完了，都會化作力氣的，而且，我也有多走動，所以沒什麼的。」她解釋得很仔細，像是自己想過了。

趙佑樘就放心了。

兩人說一會兒，他才離開。

小鍾嬤嬤跟紀嬤嬤都站在門口看，面上滿滿的嫉妒之色。

如今這馮良娣當真是上了太子的心，懷著孩子，太子照樣不要別人侍寢，她們那兩個主子是廢掉了。

兩個人嘆口氣，各自回屋。

第九章

趙佑樘剛要進正殿，後面一個小黃門追上來，氣喘吁吁道：「殿下，太后娘娘請殿下趕緊移步乾清宮，皇上病倒了。」

趙佑樘一驚，連忙趕往乾清宮，皇后也已到了。

兩人皆不知內情，皇上早先是在惠妃住的永安宮暈倒了，即使太醫來時已經收拾過了，可太醫們是什麼人，一下子就摸出來，皇上才剛經歷過魚水之歡。

畢竟這事兒傳出去，有損皇家體面，皇太后盛怒之下，已著人把惠妃看管起來，也把皇帝移到了乾清宮。

皇太后對兩人不可能說實話，只道：「皇上這年紀，總是有些小病小災，太醫們還在看呢，想必是沒事的。」

她語氣雖是輕鬆，可那擔憂還是藏不住，皇后和趙佑樘忙安慰幾句。

不一會兒，另外幾個皇子來了。

皇太后抬頭看去，竟然見到胡貴妃也跟著趙佑楨、趙佑梧一起過來，她的臉色一沈，說道：「哀家可沒有召見妳。」

胡貴妃哀求道：「太后娘娘，就讓妾身瞧瞧皇上，要不，妾身在外面等，只要皇上無事，妾身自會回去的。」

趙佑楨、趙佑梧也一樣用懇求的眼神看向皇太后。

皇太后暗地咬了咬牙，這胡貴妃她早晚得收拾，只現在還不是時候。她壓下怒氣，說道：「既然來了，那也罷了，坐著吧。」

胡貴妃謝恩，小心翼翼坐在下首，兩個兒子一左一右立在她後面。

皇太后見狀，眼睛微微瞇了瞇，但到底還是沒出聲。

屋裡一時靜默，太醫們好一會兒才出來，皇太后忙問情況。

幾個太醫交換了一下意見，最後朱太醫說道：「皇上這身體需得好好調養了，這段時間務必要靜休，切勿再主持早朝，批閱奏疏過多。」

那可不是小病了。皇太后看朱太醫目光閃爍，心知還瞞著事兒呢，不好當面說，就把朱太醫叫到裡間，只剩他們兩個人了，她才問。

朱太醫嘆一聲。「皇上服用過藥物，恕小人直言，皇上這年紀已是知天命了，可還沈溺女色，委實不應當……」

皇太后大怒。「這些宮人無法無天了！」

她不是不知道藥物的事情，此前也處置過一些宮人，竟然還有人膽子那麼大給皇上尋來。

皇太后的腦袋直發疼。她這兒子，她最瞭解不過，因景國大事不太需要他操心，加之生性浮躁，人到中年，越發是不能自律了，不然又何來胡貴妃這等寵妃，日夜混在一處風流？光這一個還不夠，別的但凡美一些的，也都臨幸過，只忘得也快。

可加起來多少人了，皇上就一個，能行？

皇太后慢慢坐下來，沈默好一會兒才道：「可有得治了？」

朱太醫道：「只要皇上修身養性，還來得及。」

皇太后鬆了口氣。「那就這樣吧，該開的方子你都開了。」又頓一頓。「今兒皇上也是吃了藥？」

朱太醫點點頭，就是吃了藥才龍精虎猛，但這力氣是藉著藥力上來的，一用完，人就垮了，日積月累，自然是受不得。皇太后擺擺手讓朱太醫離去。

皇上也轉醒過來，眾人都進去慰問。

不過片刻工夫，皇上就以勞累的藉口，把他們趕出來，皇后等人連話都沒有說上。

只有皇太后瞭解內情。她這兒子沒有失憶，知道自己是怎麼暈過去的，也覺得羞愧，不好意思面對家人了，早知如此，何必當初？

皇上只見皇太后一個，他感激皇太后把他抬到乾清宮來。

皇太后少不得訓誡幾句，若是往常，念及他的身分，還不致如此，可今兒她也惱火了。

皇上被訓了，自然也不太高興，可到底還是聽完了，說道：「母后說的是，是朕的錯，不過朕見母后，乃是為景國大事。」

皇太后心想，竟然還記得這個，也不算太昏頭！

她心裡早有主意。「皇上要靜養，可文武百官不能少了主子，我看就讓佑樘暫代皇上吧，也好讓他多多學習，看看皇上往常是如何掌管一個大國的。」

皇上本來不是這個意思，他是要楊大人來做監國大臣，畢竟楊大人有經驗，平時好多重大事情也是由他決定，而太子才幾歲，二十出頭的年輕人，能做得好？

皇上皺眉。「朕看不妥。」

皇太后道：「怎麼不妥？那皇上想要誰來呢？」

「自然是楊大人了。」

皇太后冷笑一聲。「楊大人這年紀不比哀家小吧？哀家自問也活不了多久，這楊大人的身體又能好到哪兒去？皇上，似他這種大臣，世間少有，如今全權交給他處理，皇上是想累死楊大人，以後皇上身體好了，再去依靠誰？」

人生七十古來稀，這楊大人也七十好幾，走路都有些顫巍巍，只怕精力確實跟不太上。

皇上想一想道：「那李大人也行啊。」

皇太后一拍桌子。「皇上是想把一整個景國交給這些大臣了是吧？佑樘可是你兒子，你竟不信他？」

「朕也不是不信。」皇上忙解釋。「只是佑樘沒有什麼經驗，朕也是怕他搞砸了，這可不是小事。」

「他山東大旱不是處理得挺好？我看佑樘完全可以勝任。」皇太后不肯退讓。「如今皇上要養病，竟然寧願相信外臣，也不願相信自己的兒子，叫文武百官如何看待佑樘？既是如此，當初又何必立他為太子？再怎麼樣，也該是佑樘，李大人等人不過是臣，最多也就起個輔佐作用，如何能代替皇上掌控天下？」

她步步緊逼，皇上慢慢躺下來道：「朕也累了，不與母后再爭辯，既然母后覺得佑樘可以，那就讓他試試吧。」
皇太后這會兒又柔聲道：「哀家也是為咱們皇家著想，這人的貪心可說不定，皇上一旦放權，以後要收回來也難說，太子再如何，那也是皇上的兒子。」
皇上想一想也是，比起大臣，他這兒子可聽話多了。
「母后說的是。」皇上這回真想通了。
皇太后便叫他養好身體，又叮囑外頭守衛，不准任何妃嬪進入。
朱太醫都說了，現在不近女色還能挽救，再放任下去可難說，皇太后還是關心皇上的，畢竟那是她的兒子，雖然不是很合心意，但她也不願他真的出什麼事情。
不過皇帝身邊的近侍就遭殃了，只一夜工夫，死了十幾個，還有一些，命雖然還在，活罪難逃，一時宮人人心惶惶。
這消息也傳到扶玉殿，珠蘭一大早就在與寶蘭說這件事。
他們這些奴婢，最希望的是得到主子重用，但最怕的卻是受主子連累。因為往往很多事情，是主子吩咐的，但到最後揹黑鍋的都是他們，主子絲毫無損，死的也是他們。
鍾嬤嬤淡淡道：「有什麼好說的，跟哪個主子全靠運氣，這人啊，生來就是這樣，自個兒能怎麼辦？要我說，咱們命都算不錯的，跟著馮良娣呢。」
寶蘭、珠蘭連忙點頭。「嬤嬤說的是。」
馮憐容算是很好伺候，幾乎沒有脾氣，只讓她吃好喝好就行了，平日的要求也不多，最多叫她們陪著下下棋。外頭銀桂聽見，笑著進來插嘴。「豈止不錯呀，現今我出去一趟，遇到好些宮人，他們都主動來搭話呢。」

鍾嬤嬤不免得意。「那是，誰叫咱們良娣受寵，不過妳們在外頭注意點，有句話這麼說的，樹長太高的話，總是容易被大風吹倒，咱們良娣就是，妳們別惹什麼麻煩，哪個不長眼的要妳們在良娣面前提這提那的，一概別理會！」

見幾個宮女都應了聲是，鍾嬤嬤很滿意，又出去跟大李、小李等四個黃門耳提面命一番。

她可是見過很多所謂得寵妃嬪的下場，沒幾個好的，雖說現在良娣很得太子的心，可誰知道以後呢？鍾嬤嬤見過太多的變數，有些得寵個兩、三年，有些得寵個個把月就沒了。

鍾嬤嬤雖常處於高興中，可也常保持警惕，尤其最近主子離生產越來越近，她也很擔心呢，只怕她猜想的那樁事會發生，可她也不敢跟誰提起，萬一被主子知道，會動胎氣也不一定。

這會兒，馮憐容起來了，她現在有喜，也不會定時起床，但也不能太晚，耽誤了早膳，所以一般在巳時前肯定會起。

鍾嬤嬤忙叫銀桂去傳早膳。

馮憐容跟在常一樣，先是與肚裡孩子交流幾句，才拿起筷子開動，方吃到一半，銀桂在外頭說，阮良娣來看她了。

「就說我不便見客。」馮憐容吩咐。

銀桂便與紀嬤嬤說了。

阮若琳聽見，氣得一張臉發紅。她才看見那些宮人端早膳進去，馮憐容肯定是要用的，怎麼竟然說沒空？她瞇起眼睛，惱怒道：「我都聞到飯香了，妳們良娣不正在吃嗎？」

馮憐容聽見，在裡面道：「我不喜歡別人打擾用膳。」聲音直傳到外面，阮若琳轉身就走了。

鍾嬤嬤跟四個宮女都很奇怪。其實馮憐容並不是誰都不見的，像孫秀來，她每回都見，可一旦是阮良娣，她總是各種藉口。不過也好，鍾嬤嬤心想，這阮良娣瞧著就不是好惹的，一次次來，指不定是要做什麼壞事呢。

馮憐容輕輕呼出一口氣。她確實害怕阮若琳，當初阮若琳不得寵，性子就有些瘋瘋癲癲，才會去害別人的孩兒，現在興許還沒到那個時間，可誰也不知道會不會仍是這樣，她不敢冒險。

她伸手輕輕撫摸肚子，自己的孩兒，她一定要保護好。

等到馮憐容用完早膳，黃益三來了，說太子今日開始要早朝，故而最近都不得空來，請她好好養胎，別胡思亂想。

這話裡意思，不是太子不寵她了，只是忙不過來。

馮憐容開心地笑嘻嘻道：「知道了，請殿下注意身體，不要太過勞累了。」又問黃益三。「那泡酒喝完沒啊？」

「也不太多了，奴才昨兒才看太子喝，還有這麼點兒。」黃益三比劃了一下，罈子裡就只兩、三寸高。

馮憐容心想，那又得泡點酒了。

等到黃益三離開，她就讓金大夫來一趟，開了方子讓大李、小李買藥材。

此時閒著，馮憐容喚來珠蘭磨墨，自個兒練一會兒字。

她的字算不得醜，不過她心想孩兒生下來了，太子那麼忙，她總要多花些時間在孩子身上，那教寫字是起碼的，她覺得她現在的字不太好意思拿出手。

結果照字帖寫到兩行字，「不辭橫絕漠，流血幾時乾」時，她的手一頓，筆尖壓下來，染了好大一塊墨漬。

珠蘭驚訝道：「主子，怎麼了？」

馮憐容抬起頭，看著珠蘭，暗道不好，她怎麼把這事兒給忘了！

成泰三十八年，那年太子監國，發生了一樁大事呢！

趙佑樘此時在朝堂上已經待了一會兒了，這龍椅，他還不能坐，故而坐在側邊，這會兒底下大臣在議論朝貢國哈沙被附近真羅侵占土地一事。

有些大臣支持管，有些大臣不贊同，說哈沙平日裡態度就不太謙遜，出事情了才知道示好，天下沒有那麼便宜的事情。兩邊說來說去，激烈時竟一副要吵架的趨勢。

趙佑樘面色沈靜。他現在總算知道，當初父皇是怎麼被那些大臣逼著立下自己為太子的，雖然這事兒他很感激，可內心裡總有隱憂。

如今看來，自己也沒有白擔心，實在是日積月累之下，大臣們的威信有時候比皇帝還強。

趙佑樘趁他們說得口乾舌燥之際，朗聲道：「不管哈沙以往如何，哈沙王既主動求助，也不能拒之門外，不然其他朝貢國必定寒心。張大人，還請你即刻派使者前往哈沙，調停哈沙與真羅兩國紛爭，若實屬真羅不對，本國絕不會坐視不理，叫他們好自為之！」

張大人乃禮部尚書，立時應聲。

別的大臣又要反對，說勞民傷財，但趙佑樘並不理會，問起稅收事宜。為首的魯大人直言道：「殿下初主持早朝，該當廣聽意見。」

趙佑樘看向他，淡淡道：「我已聽了半個時辰，按魯大人的意思，早朝是不是要延遲幾個時辰才對？我雖是第一次參與早朝，但也知道任何決議每拖半分，都有可能引起事態變化。」

魯大人的臉立時黑了，眾大臣終於噤聲。

王大人、李大人、章大人的臉上卻笑咪咪的。他們都做過太子的講官，完完全全的太子黨，這會兒眼見太子鎮得住場面，自然是老懷安慰。

下朝時，趙佑樘感慨，做個皇帝，真不容易啊，尤其是面對這麼一群大臣，不過可以肯定的是，大臣們很是能幹，只是精力太過旺盛，這樣的情況，就是要多找些事情給他們做。

趙佑樘興匆匆地回東宮正殿去了，一點兒看不出來有什麼挫折感，身後兩個小黃門嚴正、李安頓時也高興得很，只有太子穩了，他們才有好日子過。

壽康宮內，皇太后聽人把朝堂的事情稟告了一下，也微微點頭，說道：「把奏疏也拿一部分交給太子批閱，皇上要靜養，奏疏也不能多看。」

宮人就去乾清宮告知執筆太監黃應宿，黃應宿答應一聲，回頭取奏疏。

皇上這會兒還躺著，也真是身體虛，不然平時要他躺上半日什麼都不做，那會要他的命。

「太后娘娘說，要讓殿下批閱一部分奏疏。」黃應宿先行稟告皇上。

皇上點點頭。「拿去吧。」竟是一點不反對。

黃應宿眼珠子轉了轉，道：「聽說今兒殿下在朝堂上很威風呢，一干大臣很是心服口服，殿下也無所畏懼，奴才心想，殿下膽子還挺大的。」

皇上一聽愣住了，他想到當年剛登基時的情形，他第一次主持早朝，要不是皇太后在身邊，肯定都要逃走了，沒想到他這兒子竟然這麼厲害。

黃應宿又道：「看來皇上可以安心靜養了，有殿下在，想必沒什麼問題。」

皇上心裡又是咯噔一聲。

黃應宿拿著奏疏要走，皇上道：「拿來，朕這還看得動呢，都把朕當廢人了！」

黃應宿臉上微露笑意，又把奏疏放回來，輕聲道：「是太后娘娘吩咐的，現在皇上您不准，這要奴才怎麼去回稟呢？」

皇帝冷冷道：「回稟什麼，朕是皇帝，這奏疏不該朕看？」

黃應宿連忙道是。

可皇上並不方便起來，就對黃應宿道：「你唸給朕聽。」

這一天的奏疏皇帝自個兒看完了，但最後很多意見竟然是由黃應宿決定的。

皇太后得知奏疏沒有給太子看，也是大怒，不過她忍著沒有發作。

她這兒子到底是皇帝，論起來她是無權干涉任何政事的，既然皇帝暫時不肯放下這個權力，她也不好強迫他。

而趙佑樘自然沒有什麼反應，他習慣隱忍，在這節骨眼上，他絕不會走錯一步。

這幾日，京城開始下雪了，沒日沒夜地下，地上總是鋪著厚厚一層雪，才剛掃過，一會兒又被覆蓋住。

趙佑樘早朝回來，踩著雪，咯吱咯吱地響。

等他到正殿門口，拍掉袖口上落的雪花，剛要進屋，就見嚴正過來，手裡拿著一封信遞給他，笑道：「殿下，是馮良娣寫給您的。」

趙佑樘怔了怔，他這輩子，還是第一次有女人給他寫信呢！

他尚立在屋簷下就打開了信，信箋上的字體還算端正，透出幾分秀氣。

「早膳有花薑餅，王大廚做得很可口，忍不住吃了三個，結果孩兒生氣，踢了妾身好幾下，妾身的肚子都痛了，看來他很不喜歡花薑餅呢！」

趙佑樘笑起來，又往下看。「孩兒的力氣越來越大，可見十分健康，所以殿下不用擔心，妾身會順利生下孩兒的。只妾身最近莫名地擔心殿下，興許是懷了孩子，望殿下保護好自己，命守衛寸步不離，妾身也就安心了。」

他拿著信，停頓了一會兒，再看後面，竟然只有一句話了——「妾身第一次寫信，字體不雅，請殿下莫怪，等妾身練好字了，若殿下喜歡，會時常寫信，殿下萬安。」

這麼短的信，他很快就看完了，只覺生出一股意猶未盡之感，他把信紙又翻過來看了看，那邊也是一片空白，確實沒了，他心想她又不是沒有閒工夫，既然寫信來，為何不寫長一點？

趙佑樘把信摺好，塞到袖子裡，直接去了書房。嚴正也不用吩咐，挽起袖子就替他磨墨。

趙佑樘提起筆，想到馮憐容低垂著頭，慢慢寫出這些字，嘴角又微微露出笑意，他大筆一揮，給她寫了封回信。

嚴正側頭看去，嘴角抽了抽。

「等墨跡乾了，給馮良娣送去。」趙佑樘吩咐。「再把余石叫來。」

這余石乃禁衛軍統領，亦是太子心腹，此時喚他想必是有要事相談，嚴正應了一聲。

且說馮憐容寫了信，心裡也有些惴惴不安，其實她原本並不想打擾太子，可那件事如鯁在喉，叫她完全無視，根本也做不到。

她只能盡力，就是不知太子看了，可否會放在心上？

結果嚴正一會兒就來了。「殿下也寫信給良娣了。」

馮憐容大喜，幾乎是懷著虔誠的心慢慢把信打開。

鍾嬤嬤也偷偷側過頭看。

誰料到，信上只寫了三個字——勿掛念。

馮憐容忍不住噘嘴，好歹她還寫了幾句話呢，怎麼太子真的那麼忙，竟然就寫了三個字？

不過這字還是挺好看的，一手行楷，風骨瀟落，可能她練上十幾年也未必能有這等韻味。

嚴正看她大失所望，提醒道：「良娣下回不妨多寫一點，現臨近過年，殿下確實也沒空過來。」他是看到太子翻了信紙，這不是嫌信短是什麼？

馮憐容還是不太明白，但她更關心別的。「殿下看了我的信，可做什麼了？」

「見了余統領。」嚴正斟酌一下，還是回答她。

馮憐容心花怒放，說明太子是從善如流的。

嚴正笑了笑，便告辭離去了。

「剛才他說什麼多寫點兒，可殿下不是忙嗎，哪有空看？」馮憐容又跟鍾嬤嬤說這個，不然太子不至於匆匆忙忙就只寫了三個字。

鍾嬤嬤也捉摸不透，可按理說，嚴正不會害馮憐容的，便說道：「那多等一陣子，再寫封去試試，殿下肯回主子，至少不討厭這個。」

馮憐容便說好。

十一月，太子監國整一月之日，有官員在早朝上提出削藩。

關於削藩，其實早在先帝未去世前，他就早料到各地藩王必會成為景國安定的隱患之一，只他明白得有些晚，還未實行下去便撒手歸西。

而現任皇帝也沒有完全聽從，仍留四位藩王握有大權，並且在削弱其他藩王時，還曾安撫過其他四王，意圖不引起紛爭。

趙佑樘想到這個，就有些惱火。當斷不斷反受其亂，既然都動手了，偏只動一半，手段該硬的時候卻軟下來，現在反倒棘手。

他想了一路，正要到正殿時，心內下了決定，又轉過身前往壽康宮。

此時皇后也在，正替皇太后挾核桃。

皇太后一瞧見他，就露出笑容。「正好，膳房送了烏魚蛋來，你也愛吃，坐下吃一個吧。」

趙佑樘行禮後坐下。

宮人給他拿來一碟烏魚蛋，趙佑樘吃了幾口，看皇太后在擦嘴了，便放下筷子道：「孫兒有件事想問問皇祖母的意見。」

皇后這就要走，皇太后忙叫住她。「走什麼呢，佑樘說話還能避著妳？」

皇后只得坐著。

趙佑樘也確實沒有要皇后迴避的意思，當下便道：「今兒有人提出削藩，還把皇祖父抬了出來，說父皇不遵循先帝旨意，是為不孝。」

皇太后的眉頭挑了起來。大臣們支持削藩，她自然是知道的，沒想到皇上都不早朝了，他們還給太子提，真是一群會找麻煩的！

她冷笑一聲。「他們這是亂操心，現四位藩王，有兩位都是皇上的親兄弟，兄弟連心，才能保住趙家的江山，他們外臣自是不希望如此，藩王強大了，地方官勢必要削弱。佑樘，你別理會他們，你二叔、三叔一心為國，打退了多少次外夷？你二叔甚至都負傷了十幾次，他們安安穩穩在京城，自然是站著說話不腰疼了！」

趙佑樘心道，果然皇祖母是向著兩位叔叔，他今日斗膽試探，更加確定了她的想法。

然而，削藩勢在必行，卻是不能拖延。

「孫兒自然清楚各地藩王的貢獻，但藩王權勢一大，不只地方官會受影響，就連皇權也一樣，不然皇祖父當年也不會要求父皇執行此項決議。」

皇太后一怔，可她不是容易被說服的人，只淡淡道：「四位藩王忠心耿耿，如何威脅皇權？你皇祖父是多慮了。」

「只在京城之地，確實毫無察覺，藩王影響之大，本就在外。」

皇太后皺眉，她側頭看了一眼皇后，說道：「妳對此有何見解？」

皇后還在挾核桃呢，只聽咯的一聲，核桃應聲而碎，她剝出完整的核桃肉放在雪白的瓷盤裡，擦擦手道：「兒媳別的大道理不清楚，只知道歷代藩王造反的事情不少，不過兒媳看二叔、三叔應該不會吧，不然當年這皇位也輪不到皇上了。」

此話一出，皇太后跟趙佑樘都露出驚訝之色，這造反一詞，可不是隨便能講的。

皇太后咳嗽一聲。「我瞧妳是越發不成體統。」

趙佑樘卻暗自好笑，也只有皇后敢在皇太后面前那麼直白地說話，而且這話明褒暗貶，什麼二叔、三叔不會？要是不會，皇太后會那麼小心地維持這三兄弟之間的感情？

皇太后就是太看重這三個兒子，又怕他們骨肉相殘，才費盡心機，造就今日的局面，不然皇上能抵得住一群大臣輪番上陣？說到底，最不願削藩的乃是皇太后。

屋裡出現了短暫的靜默，還是皇太后先開口。「先問問皇上的意見吧。」

這等於沒說，趙佑樘最清楚不過，他這父皇的膽小拖延病。

他應一聲，站起來要告辭，皇后也起身。

母子兩個一起走出壽康宮。

趙佑樘頷首。「剛才多謝母后。」

皇后道：「謝什麼，我這說的都是實話，可你祖母聽不聽得進去，那是另外一回事。」

趙佑樘默然。

皇后微微仰頭，看著他。這個她親手帶大的兒子，日益英俊成熟，越發像先帝，其實也難怪皇上不喜歡他，一來因他生母不得寵，二來就是這個原因了。

當年，先帝也不太看好皇上，她是太子妃的時候就感覺得出來，先帝最喜歡的是肅王，而皇太后最喜歡的是懷王，可最後太子立的還是長子，就因為如此，先帝對皇上常諸多挑剔，皇上便很怕先帝，自然對太子也喜歡不起來。

「這事兒你莫要多提。」皇后難得叮囑兒子一句。「讓你皇祖母再好好想想，別著急了。」

「孩兒知道。」趙佑樘眼裡露出高興之色。

皇后很少為他說話，一點也不像個母親，然而，今日他知道，皇后總是關心他的。

見他如此，皇后心裡微酸，想再多說幾句鼓勵，可到底還是說不出來。這些年，她因與皇上的感情糾葛，負了這兒子。

正如她所想的，其實她能為太子做的，便是活得長久些，只要她還活著，太子便永遠都是嫡長子，而胡貴妃做不了皇后，她的兒子便永遠只是庶子！

見皇后走遠了，趙佑樘才轉身回東宮。

結果不到兩日，懷王來京了，就他一人前來，一是為探望臥床不起的皇上，二是順便接趙淑回華津府過年。

這無可厚非，趙淑畢竟是他們的孩子，父母想念也是常理。

皇太后笑道：「淑兒真是乖，不吵不鬧的，還時常陪我說話，不過也是該回去同你們聚聚。」她摸摸趙淑的頭。「等天暖了，再來祖母這兒，好不好？」

趙淑抱住皇太后的脖子。「好，淑兒最喜歡祖母了！」

懷王溫和一笑，又問皇太后：「剛才去看過皇上，好似也不太嚴重，怎麼就起不來了？還讓佑樘監國？」

「別提了，你這大哥一向如此，不見棺材不掉淚呢，現在是好一些，可還得靜養了一陣子，不能累著，故讓太子來暫代。」

懷王笑起來。「也好，佑樘正好同大臣們學學，將來幫皇上多分擔一些。」

「是這樣的。」皇太后面色溫和。「你也不急著走吧，淑兒的一些東西我得叫人收拾收拾，你住上幾日再說。」

皇太后看著懷王，目光略微閃爍。太子與皇后說的話，她是擺在心裡的，今兒這小兒子來了，她是不是應該試探一下？

懷王來的這日晴空朗朗，馮憐容正坐在窗前曬太陽，渾身暖洋洋的，只可惜她的心神不太安寧，一旁的鍾嬤嬤看著她的肚子，也一樣不太安寧。

倒是寶蘭、珠蘭等四個宮人嘻嘻哈哈的，在給馮憐容整理衣物。

剛才尚服局送來新做好的襖子和裡衣，十分精緻，連包邊上都繡了花兒，這襖子還不是一式的長襖，短襖也有，還有兩件薄一些的，腰身很細，一看就是給馮憐容生下孩兒再穿的。

珠蘭對馮憐容道：「這線好些都是金線，亮光閃閃的，主子穿了多顯富貴呢。」

鍾嬤嬤拿來一看，果然是比去年好多了，她嗤笑一聲。「都是些會見風轉舵的人。」又在馮憐容身上比一比。「倒是真合身，主子明兒就穿上，這裡頭看著棉花塞得也多。」

馮憐容點點頭，仍是提不太起精神。

鍾嬤嬤心想，莫不是在盼著太子過來？可太子不是忙嗎，哪裡能像以前？說句大逆不道的，以後皇上駕崩了，太子做了皇帝，那還要忙呢，可不能這樣日日盼著了。

她剛想勸馮憐容一句，就聽見阮若琳的聲音。

鍾嬤嬤暗道：這阮良娣也是傻，主子根本不想搭理她，還三天兩頭往這兒跑，幹什麼呢？

誰料到阮若琳在門口跟銀桂道：「殿下被歹人刺傷了，還不知道是死是活，妳們倒是有閒心，像話嗎？」

馮憐容騰地站起來。

鍾嬤嬤也嚇一跳，可她覺得不可能，幾步走到外面，喝斥道：「阮良娣，妳胡說什麼，還要不要腦袋了？」

「誰胡說，外頭禁軍跟錦衣衛都出動了，聽說殿下……」

馮憐容聽到這句，急得就往前走。

寶蘭跟珠蘭連忙扶住她，寶蘭一向謹慎內斂，頭一個就想到胎兒，握住馮憐容的手就重了些。「主子，您可千萬別著急啊，動了胎氣可不得了！」

這孩兒大了，一旦動胎氣會極其嚴重。運氣好一點，孩子頂多早產，還能母子均安；運氣不好的話，可就沒命了。

馮憐容腳步一頓。是啊，她有孩子呢！可她這心跳得七上八下的，慌得要死，怎麼好？

馮憐容忙問寶蘭：「金大夫說遇到這種情況，怎麼辦？」

她一時竟想不起來。

珠蘭伸手就給她順胸，一邊慢慢吐氣。「像奴婢這樣，主子什麼都不要想，靜下心。」

寶蘭也扶她坐下。「是啊，主子。主子只要想著肚子裡的孩兒就是了。」

這會兒鍾嬤嬤也不理阮若琳了，走進屋內，見馮憐容原本面色紅潤的臉，此時慘白成一片，當下也是一驚，另外兩個皇太后派來的嬤嬤也圍上來，都叫她不要擔心。

阮若琳站在門口往裡看了看，冷笑一聲走了。

馮憐容坐在椅子上，呼氣吸氣，暗道，今兒這事上一世發生過，這次又發生了，那麼太子上一世是皇帝，這一世也還是會登基，一定沒事的，他一定沒事！所以他的孩子也不能出事！

快點靜下來，什麼都不要想了，馮憐容摸著肚子，在腦海裡不停地開導自己。

過得一會兒，她終於平靜下來，什麼都沒有發生，屋裡眾人也鬆了口氣。

鍾嬤嬤道：「起來走兩步，是不是也都好？」

馮憐容走了走，一切如常。

鍾嬤嬤一屁股坐下，摸一把汗，憤憤然罵道：「那阮良娣定是存心的，不要臉的東西！」

她難得罵人，別說罵良娣了，這回也是氣狠了。

馮憐容緩了一會兒道：「快叫大李他們去問問，是不是有這回事。」

鍾嬤嬤年紀大了，這會兒腿有點兒軟，手一揮讓寶蘭去。

四個小黃門一聽事態嚴重，飛快地去了。

這時，太子妃方嫣那邊才派人來。

知春立在門口往裡頭瞧了瞧，輕聲跟鍾嬤嬤道：「剛才出事了，殿下早朝回來遇刺，但無大礙，娘娘叫嬤嬤注意著點，別給馮良娣知道。就算知道了，也說沒什麼事，省得動了胎氣。」

鍾嬤嬤聽到這話，老眼瞇了瞇，面上關切地問：「那殿下是真沒事吧？」

「是沒事，只傷到肩膀。」

「那娘娘派妳來的，妳路上沒耽擱？」

「怎麼會耽擱？這種事兒，我也不敢慢啊，嬤嬤怎會問這個？」

要說他們東宮離早朝的地方還遠著呢，既然太子妃即時告知，按理說也該在阮若琳前頭，那阮若琳是如何得知這樁事？

鍾嬤嬤想不太明白，說道：「只是問問而已，我曉得了，必不會讓主子受到驚嚇。」

而馮憐容早就知道了，鍾嬤嬤也不用瞞著，把知春說的告訴馮憐容。

馮憐容徹底鬆了口氣，只想到他受傷，未免心疼，可惜她卻不能去看他。

鍾嬤嬤安慰道：「等到殿下好了，自會來看主子。」

馮憐容想想也是。

危機解除，太子安全了，她一下也放寬心，終於感覺到餓。

銀桂忙去膳房準備。

第十章

趙佑樘此刻正躺著，肩膀上剛包紮好，皇太后、皇后、太子妃、三皇子、四皇子，甚至懷王都在他身邊。

皇太后這會兒也是渾身鬆懈下來，剛才差點沒把她驚得暈了，她原本正猶豫要不要試探懷王，結果就出了這樁事，實在讓人措手不及。

幸好太子只是傷到肩膀，但想到那支箭若是往裡幾寸，指不定就插在他心口上，皇太后還是後怕不已！

「到底是誰指使的？」皇太后對錦衣衛指揮使陳越大喝道。「查不出來的話，你們都小心腦袋！」

陳越忙應一聲。「下官必會查個水落石出！」

皇太后冷聲道：「這回行刺之人竟會出自錦衣衛，別說你查不查得出，就是你都有嫌疑。」皇太后看向禁軍統領余石。「你帶人協助審問，不管是錦衣衛，還是禁軍，甚至是宮人、黃門，該抓的都抓了。」

余石躬身答應。

皇太后說完，一陣喘息。

趙佑樘弱聲道：「皇祖母，您還是回去歇息會兒，孫兒已無事了。」

這當兒，皇上來了。他顯然身體還沒有好，走這一段路，臉色竟然發白。

趙佑樘見到他就要起來，皇上道：「這等時候，不必多禮，躺著吧。」

其餘人等，除皇太后外都上去行禮。

皇上坐下來，皺著眉頭道：「怎麼會有這種事，聽說還沒查出來？」

「死都不鬆口呢，也不知誰指使的。」皇太后冷聲道。「竟然想要佑樘的命，真是惡毒，我看必是宮裡的人，不然哪能收買到錦衣衛？」

「哦？」皇上一怔，他還不知道是錦衣衛。

皇上聯想到自己的安危，也有些惱火。「豈有此理，是要好好查，錦衣衛一個個的底細都要翻出來。」他說著又看一眼懷王。「三弟來的不是時候啊，讓你碰到這事兒。」

懷王忙道：「不知可有下臣幫忙的地方？」

皇上道：「現今我這要養病，佑樘又傷了，正好無人主持早朝，你不妨多留幾日，等到佑樘傷好了再走。」

趙佑樘聽著，後背忽地就生出一股寒氣。其實他這傷並不嚴重，那箭是擦過他肩膀而去，只破了一點兒皮，說起來，馮憐容的直覺還真準，不過古話說，孩兒通神靈，指不定也真是因為她有孕，才那麼準。

即便是預測了此事，仍是受傷，他的心裡難免會驚詫，到底是何人要他的命？

懷王推辭道：「這如何使得，下臣看佑樘的傷沒什麼事，至多幾日就好了，再說，下臣原本很快就要回去的。」

聞言，皇上就罷了。

方嫣則在袖中捏緊了拳頭，這昏庸的公公，竟然還想讓懷王監國，真是不知道怎麼想的！這是要趁著太子受傷，還想落井下石打壓他的兒子？

方嫣恨死了，忍不住就暗地詛咒皇帝。

皇后這會兒也皺眉，不過她跟方嫣一樣沒有說話，只是心想，懷王如何能暫代皇帝？那些大臣總是喊著要削藩的，懷王一去，那些大臣還不得鬧翻，根本就不可能執行。皇上也是，年紀越大越糊塗，這病了一下，更是講話不著邊。

皇上坐得片刻，感覺累了，這下便要回去，吩咐太子好好養傷，不要急著去早朝，反正還有大臣們撐著。

趙佑樘自然答應。他雖然在早朝上行的是皇帝之事，可奏疏還捏在皇上手裡，聽說黃應宿如今風光得很，皇上累的時候，批閱都是由他代筆。

趙佑樘暗自冷笑，那黃應宿不過是投了皇帝的喜好，才一步步坐上執筆太監的位置，他向來看不順眼，以後也定是要收拾了這東西。

皇上轉身就要走。

門一打開，冷風灌進來，陳越與余石雙雙而入，抱拳行禮道：「回稟皇上，太后娘娘，娘娘，殿下，犯人招了！」

屋裡眾人都豎起耳朵。

陳越似有些猶豫，可到底也不能不說，垂下頭道：「乃是劉衡指使的。」

「渾說！」皇上一聲暴喝。「再去拷問！」

他這大怒來得莫名其妙，可眾人細想一下，便知劉衡是誰。

這劉衡是在長春宮，胡貴妃跟前當差的管事太監。

他被扯出來了，胡貴妃還遠嗎？所以皇帝下意識就否決了。

他不信胡貴妃會做出這等事，雖說他還在生胡貴妃的氣，一直不見她，可刺殺太子，他不能把這件事與胡貴妃聯結在一起。

然而，皇太后是信的。要說太子死了，哪個會得利，自然就是胡貴妃，她那兩個兒子，其中一個必定就是太子了！

皇太后道：「陳指揮使跟余統領辛苦查出來的，怎麼皇上還要他們去查？」她看向那二人。「再接著去問問，這劉衡又是誰指使的，他一個管事公公總不會想不開要尋死？」

皇上壓住怒氣道：「一個公公怎會好端端的要刺殺太子？我看那行刺之人定是胡亂招供的！」

皇太后道：「是不是胡亂招供，問問證據不就得了。」

「他現在身陷大牢，已難活命，還不是想說什麼說什麼？」

皇太后冷笑，問皇帝：「那皇上打算如何，是放著不管了？太子被刺，那是含糊不了的大事，若是姑息養奸，不追根問底，讓文武百官、天下百姓如何看待皇上？咱們這宮裡，豈不是人人自危？」

皇上啞口無言，臉上青筋直跳，忽地看了一眼懷王，問陳越：「那行刺之人為何非得今日刺殺太子？」

這句話自然不是無的放矢。

陳越道：「下臣也拷問了，是因今日懷王來京，原本犯人是想嫁禍懷王，說是他指使的。」

屋裡一時靜默。

懷王卻自嘲而笑。「看來本王成了幕後真凶了。」

皇上問：「那是如何排除此可能？」

這話問得讓皇太后臉色一沈。為了救胡貴妃，她這兒子竟然要自己的弟弟來揹黑鍋！

陳越回道：「因還問了其他宮人、錦衣衛、黃門，有人聲稱犯人常與劉衡見面，還曾收受過劉衡的銀錢，至於誣陷懷王一事，犯人只說是懷王口頭指使，後來才老實交代出劉衡。」

皇上沒有得逞，陳越這番話還把懷王完全摘去了嫌疑。

皇太后忍無可忍，對陳越、余石道：「你們再去查，這劉衡定然非一人，他一個公公要刺殺太子做什麼？」

趙佑楨此刻的臉已然一片慘白，可他一句話不敢插口；趙佑梧雖然年紀還小，卻聰慧無比，也明白他們在說什麼，他嚇得握住兄長的手，渾身都在發顫。

皇上沒有辦法，只得先讓他們去查了。

因劉衡被抓，胡貴妃聞訊而來，跪在門外求見。

此時冰天雪地，一會兒工夫，她的臉就被凍得發紫。

皇太后看著她冷笑，這回胡貴妃不用自己出手，定也是沒有活路了，看她這兒子這回能怎麼辦？

趙佑楨、趙佑梧見母親跪下，也都跪下來，皇上這才讓胡貴妃進來。

胡貴妃哭道：「皇上，劉公公是老實本分的人，他絕不會派人去刺殺殿下，他最大的嗜好也就是喝喝酒，那錦衣衛是在誣陷他。要說他們有過來往，也只是因有回劉公公喝醉酒，摔倒了，那錦衣衛扶他起來，送他回屋的，劉公公覺得他人不錯，才……」她膝行而上。「非妾身看重身邊內侍，要護短，只劉公公委實不是這等人，妾身是希望別出冤案。」

她這一番話情真意切，皇上的眉頭越發緊皺。

皇太后冷笑道：「那為何只誣陷他，不誣陷別人？」

胡貴妃咬了咬嘴唇道：「妾身也不知，妾身只知道，宮裡要妾身命的人並不少！」

皇上順著梯子就下。「也不是沒有這個可能。」

皇太后氣結。

皇上看一眼三皇子、四皇子，這事事關胡貴妃生死，他絕不能退讓，反正太子好好的，何必要人抵命？再說，他瞭解胡貴妃，她不是這種女人，即使有時候耍耍性子，或者為了兒子，會爭上一爭，可是，她不會殺人的，尤其是殺他的兒子！

因他寵愛胡貴妃，胡貴妃也被很多人嫉恨，誰知道劉衡會不會被人收買了？

皇上沈思一番，把目光轉向了趙佑樘，問出了一句叫人十分意外的話。「佑樘，你如何看？」

這話充滿了危險，也讓趙佑樘陷入兩難。整件事來得快如疾風，在這一刻，皇帝卻把選擇權交給他。

趙佑樘覺得自己是在一片迷霧中行走，只是，每走一步，前方慢慢的也就越清楚。

他說出了答案。「兒臣覺得應與胡貴妃無關，劉公公可能是被人誣陷的。」

除了皇上、胡貴妃、趙佑楨和趙佑梧以外，眾人皆露出失望之色。

要知道胡貴妃與太子，簡直是水火不容的敵對狀態，現在只要他一句話，就能把胡貴妃打倒，他卻沒有。而且就旁人看太子這臉色，太子定是屈服在皇帝的威勢之下，其實他心裡不是如此認為的。

皇上卻很滿意，笑著道：「你果然明事理。」

皇太后氣得不輕，拂袖而走。皇后深深看一眼太子，也離開了此地。

懷王暗道，這侄兒看著年少有為，原也不過是個趨炎附勢的膽小鬼，與他這哥哥一樣，做不成大事，只可惜了這一齣好戲！

他伸出手拍拍趙佑樘的肩膀以示安慰。

胡貴妃對趙佑樘的反應是既驚訝又得意；驚訝的是太子竟然沒有落井下石，得意的是太子終究是太子，不是皇帝，可見她的地位牢不可破。

眾人陸續走了，只剩下方嫣一個人。

方嫣已經氣得把手掌都掐出了血，她沒有想到太子臨時退縮，沒有料到太子會那麼害怕皇帝，明明只差那麼一步，就可以把胡貴妃打入萬劫不復之地！

「殿下，剛才你為何……」方嫣忍不住要質問。

趙佑樘淡淡道：「有什麼話以後再說。」

他累了，那句話非他所願，可不得不說。

不管是為將來，為他，為皇太后，他都必須說出來。

方嫣咬牙。「妾身不明白。」

趙佑樘沒有回答她。

方嫣雖然滿心不甘，卻也不敢多說，只得走了。

東宮。

趙佑樘坐在床頭。

嚴正、黃益三等四個黃門，大氣都不敢出，屋裡靜得連天上的落雪都好似能聽見。

然而，趙佑樘的心是灼熱的，就像被烈火烤了一般，他今日當著眾人面前委曲求全，說了那句叫人看不起的話，也許永遠不會被人理解，也傷了皇太后的心，可是，他卻不能讓奸人得逞。

只因在他看來，假如那一支箭要了他的命，得利的絕不是胡貴妃，而是另外一個人。

到時候他死了，胡貴妃一定會被問罪，皇上與皇太后徹底鬧翻，皇上說不定會因胡貴妃之死大病不起，而今二皇子早早封王在外，宮內兩個皇子年紀還小，誰來監國？

那是一箭三鵰之策！

趙佑樘忽地站了起來，他往夜色裡走去，不知不覺就來到了扶玉殿。

只見扶玉殿裡燈火通明，趙佑樘站了一會兒，默默出神。

嚴正跟黃益三只敢遠遠跟著，都不敢上來打傘。

這會兒馮憐容正在燈下翻看花樣，雖說尚服局會給肚裡孩兒做衣裳，但她還是想親手做兩件，想她自個兒小時候，渾身上下哪樣不是母親縫製的。

她翻到一個五蝠圖案，問鍾嬤嬤：「這個不錯，還能辟邪，如今也不知孩兒是男是女，用這個，都能穿。」

鍾嬤嬤嘆口氣，她一直擔心的是將來馮憐容生下孩子會被太子妃抱走，只是她都不敢說，這會兒馮憐容還要做衣服，她心想，會不會做了都白做？

她看馮憐容的眼神有些同情。

馮憐容納悶。「嬤嬤怎麼了，覺得會累著我？」

「可不是會累著，主子何必要做這個？以後孩兒的衣服穿都穿不完。」鍾嬤嬤移開眼神，把花樣書一合。「主子這會兒好好休息就得了，別的什麼都不要管。」

馮憐容噘嘴，又打開花樣書。「那不行，我就得做，哪怕是一套，總要做的。」

兩人正說著，銀桂在門外驚訝地道：「主子，殿下來了。」

馮憐容騰地站起來，因速度太快，把鍾嬤嬤嚇一跳。

趙佑樘已經走到門口了，一眼就看到她的大肚子，忙道：「妳坐著吧，別起來。」

馮憐容見到他俊美的臉孔，整個人都覺得輕飄飄的。

趙佑樘幾步就到她面前，他身上好多雪花，乍一眼看去，就跟羽毛似的。

馮憐容認出來，忙踮起腳，用手給他拍雪。「殿下怎麼傘都沒打，這樣不會著涼？你的傷……」

趙佑樘凝視著她的臉，笑了笑道：「怕妳擔心，這不是來給妳看看的。」

馮憐容聽到這話，眼淚嘩啦一下就掉了下來。

趙佑樘沒想到她會哭，單手把她摟在懷裡哄道：「哭什麼，見到我還不高興？」

「高興，就是高興才哭。」馮憐容哽咽，太子受著傷還跑來見她，她豈能不感動？

趙佑樘抬起她下頷看，果然是又哭又笑的，輕斥道：「當自己是孩子呢，什麼都忍不住。」

馮憐容嘟囔。「見到殿下才忍不住的！」

趙佑樘又笑起來，揉揉她的腦袋問：「晚膳吃了沒有？」

「吃過了。」她仰起頭笑道。「本來擔心殿下，胃口都不太好，結果王大廚燒了羊雙腸呢，可好吃了，妾身以前吃過哥哥在攤子上買的，那時候就覺得很美味，今兒一嚐，真跟神仙肉一樣。」

看她這意猶未盡的樣子，好像一碗羊雙腸就擺在面前，趙佑樘忽地就嚥了一下口水。

他剛才滿腔的心思，一直都沒有用膳。

「去，叫王大廚再燒一盆來。」趙佑樘吩咐。

嚴正跟黃益三高興極了，他們就在擔心太子，眼見他終於餓了，要用膳，黃益三連忙急匆匆地跑了出去。

馮憐容又擔心了。「殿下怎麼這麼晚都沒有用膳呢？是不是傷口疼？」

趙佑樘道：「沒事兒，只是見到妳，就發現餓了。」

馮憐容的臉微微一紅，可是她沒有笨到被太子一句甜言蜜語就糊弄過去，太子應該是為今日的事情煩心了，前世他傷得挺重的，那支箭差一點就戳到心窩，他整整躺了半年才好。那年懷王監國，皇太后因太子受傷一病不起，對太子來說，都是極為沈重的打擊，後來他傷好了，才慢慢重新掌控權力。這一回，他應該不會像以前走得那麼辛苦。

馮憐容覺得自己還是幫上忙了，未免又很高興。

「再上一盤清炒蒿筍吧？那是才長出來的，現正嫩著。」她提議。

太子就叫嚴正去要，過一會兒，羊雙腸跟蒿筍就端來了。

蓋子一打開，熱氣騰騰的，只見白的是湯，綠的是蔥蒜，又有切成半寸長的羊腸，光是看色相就夠誘人，湯味濃郁，蒜香十足，又飄著點辛辣味，趙佑樘更加餓了。

馮憐容忙道：「妾身餵您。」

他肩膀處受傷了，當然不好亂動的，用膳指不定會牽扯到。

她拿了一個雪白的小碗，把羊腸挾起，再端到趙佑樘面前，挾給他吃，吃完又餵一口飯，再餵一口蒿筍。見到他要喝湯，又拿調羹盛了，吹涼一些再餵到他嘴裡，一滴也沒有流下來。

趙佑樘吃得心滿意足，眼神也越來越溫柔。

每回馮憐容把筷子、調羹放在他嘴邊，他就露出一個笑，好看得如同畫中的翩翩佳公子似的。

馮憐容覺得，她餵這頓飯，就算手瘦死了也值得。

眼見飯吃完，宮人就把碗碟都撤下去。

趙佑樘走到書案前，翻開她剛才在看的花樣本，問道：「這是做什麼的？」
馮憐容一說這個就興奮。「這是花樣圖，妾身打算給孩兒做幾件衣服，這些花樣就是繡在上頭的。」她翻到五蝙圖案。「妾身打算用這個，殿下再給妾身選一個吧。」
「妳會做衣服，會繡花？」趙佑樘挑眉。
「當然了，姑娘家都要學女紅的，妾身雖然不擅長，但也會一、二。」
趙佑樘不吭聲了。
馮憐容從他側面看過去，見他嘴角微微抿著，好像有點兒不太高興？
她歪頭想了想。「妾身本來也想給殿下做幾套裡衣，在上頭繡個花什麼的，可鍾嬤嬤說不要做。」
趙佑樘朝鍾嬤嬤看了看。
鍾嬤嬤嚇得忙把頭低下去，弱聲道：「奴婢怕累著主子。」
趙佑樘淡淡道：「會做就做幾套，我喜歡白色的。」
馮憐容高興極了，太子叫她給他做裡衣呢！她連忙把花樣圖給他看，這會兒早忘了鍾嬤嬤提醒過會被人嫉恨的事情了。
「那殿下喜歡哪個花樣？妾身到時候給你繡在衣襬，還有袖口上！」
趙佑樘翻來翻去，選了一個四君子，又選了一個蘭桂並芳圖，暗想兩個差不多了，她這會兒容易累。
馮憐容記下來，然後把花樣圖一放。

趙佑樘看看她。「孩兒的不選了？」
馮憐容這才記起初衷。
「選的！」她連忙又拿起來給他看。
太子的嘴角越彎越大，給她選了一個瓜藤葫蘆的圖案。
馮憐容笑道：「以後他長大了，就給他說，是殿下給他選的。」
「哦？那會兒，這衣服他還能穿嗎？」
馮憐容過得一會兒，道：「妾身從他一歲做到五歲，那會兒總聽得懂了。」
他哈哈笑起來，摸摸她的腦袋。「三歲夠了，我的兒子一定聰明。」
「兒子……」
馮憐容一臉迷糊，心道，你怎麼知道一定是兒子啊？朱太醫說不一定，指不定是女兒呢。
不過兒子會更像太子，女兒的話則比兒子親……她忽然就很糾結。
趙佑樘問道：「在想什麼？」
「妾身覺得兒子、女兒都挺好的。」她一副割捨不了的樣子。
「是兒子，就再生一個女兒嘛，是女兒，就再生一個兒子。」多麼簡單的事情。
馮憐容道：「妾身娘家隔壁的梁夫人生了五個女兒呢，一個兒子都沒有。」
趙佑樘無言以對。「咱們不想這個了，順其自然。」
兩人說得一會兒，馮憐容就累了，即便有趙佑樘在，她也睏得很。
他便叫她去睡覺。

馮憐容臨睡時，確認似地問道：「殿下的傷真的不重？」

剛才她想看看，他偏不給。

趙佑樘搖頭。「不重，不然我能待這兒？」

從酉時到亥時，算是很久了，不過他並不覺得，與今兒白日相比，這短短一會兒實在是飛快，像是轉瞬間就消失了一般，興許，是因為她。

他看著馮憐容，她笑意盈盈，一雙眼睛總是含著溫情，就跟夜晚的燭光一樣，他在她身邊很舒服，用不著去想別的事情。

馮憐容被他這樣注視，心怦怦地跳起來，下一刻，她就見他低下頭，親在自己的嘴唇上。她有點兒暈眩，整個人都軟了。

趙佑樘伸手環住她的腰，想把她貼緊點兒。結果，貼近的是大肚子。

他把頭抬起來。

馮憐容摸著肚子，抱怨道：「這麼快就礙事了。」

以後孩兒活蹦亂跳的，還要礙事呢，她就記得自己好幾次撞破爹娘在做親密的事情。

趙佑樘聽到，噗哧笑了。「瞎說什麼！孩兒聽見了，得生氣。」

馮憐容撇嘴，她本來正享受他的吻呢，因為這肚子，突然就沒了，生氣的該是她。不過再怎麼礙事，她還是會疼愛這個孩子的。

「等以後生下再說。」

現在連親一下都麻煩，別說同房了，肚子太大，他也不可能冒險要她侍寢。

「快去睡，不早了。」他叮囑。

馮憐容雖然捨不得，也只得去睡。

鍾嬤嬤叫寶蘭、珠蘭去服侍馮憐容，她自個兒則跟出來，跟趙佑樘道：「今兒也不知怎麼回事，娘娘那兒沒派人來，阮良娣倒是來了，說殿下受傷，那聲音大得讓良娣聽見，差點動了胎氣。」

鍾嬤嬤平常不得罪人，可阮若琳這回實在太不像話了，這麼大的人，不可能不知道孕婦受驚會動胎氣，她還故意來說，其心可誅。

趙佑樘聞言，想到妻子之前告訴他已經吩咐宮人不要讓馮憐容知道，他還以為沒事，沒想到阮若琳竟敢如此！

他轉頭吩咐嚴正跟黃益三。「找幾個人把她押出來，嘴捂嚴實了！」

這會兒馮憐容要去睡，他可不想阮若琳的尖叫聲打擾到她。

嚴正跟黃益答應一聲，快步走了。

另一廂的阮若琳還不知道自己大難臨頭，正跟紀嬤嬤在說炭的事情，她今年的仍是不夠用，紀嬤嬤氣得要死。

去年已經偷偷給她買過了，這會兒還不知道收斂！

「主子又不是不知道這炭難買，奴婢早說晚說的，主子怎麼就不知道省著點兒用？如今更是不如以前了。」

阮若琳聽了就要發火，只她剛想開口，就聽見靜梅驚恐的聲音。「你們，你們怎麼……」

她轉過頭，連眼前的人都沒看清，立刻就被人扭住了手，下頜又是一痛，痛得她忍不住張開口，一塊布塞進來，堵住了她的嘴。

阮若琳被靜悄悄地帶走了，再也沒有回來。

這麼大的事情，方嫣自然知情。

李嬤嬤道：「打了十幾板子，當時是沒死，現在也不行了，只這事兒原本該娘娘處置，卻要殿下親自動手，娘娘是不是去同殿下說一聲？」

去解釋她為何沒有立刻抓了阮若琳？

方嫣冷笑。「殿下被刺，我還有空管這些？不過想緩一緩，是他自個兒著急，馮良娣又沒有什麼，用得著這麼大驚小怪的！」

李嬤嬤知道方嫣又鬧性子了。

自家相公把一個妾室看那麼重，誰都不舒服，可這妾室不一樣啊，懷了太子第一個孩子，再說，原本這後宅安定也該是太子妃要時刻注意著的，現在晚了一步，太子動手了，難道不是一個警醒？

「娘娘，再怎麼樣，您得表個態！娘娘您別忘了，上回那事，娘娘原本是要養這孩子的，後來太后娘娘改了主意，娘娘前後態度就不一致了，殿下會怎麼想？」

方嫣這才心頭一驚，連忙去往東宮正殿。

由於傷勢不重，趙佑樘照樣早朝，並沒有引起多少注意，恰好她來的時機，他已下朝堂。

方嫣進去後，頭一個就道：「殿下應該休息幾日再去早朝啊。」

趙佑樘笑了笑。「無妨，動動口的事情。」

方嫣入座後，直說道：「聽說殿下懲處了阮良娣，其實這事兒，妾身也是知道的，只當時一心記掛殿下，才沒有著手去辦，倒是叫殿下費心。」

趙佑樘審視她一眼。「那妳可知昨兒阮良娣是如何得知我被刺的事情？」

方嫣一怔。「妾身不知。」

當時東宮離得甚遠，照理說，阮若琳是不會那麼快知道的，可她竟然在她派人之前就已經去告知馮良娣。

趙佑樘看她這樣子，也知是她沒有擺在心上，他這妻子甚為看重別的，興許在她看來，這不過是小事。

他略微皺眉。「阮良娣交代，是她的丫鬟喜兒偷聽到的，可說的人卻不知是誰，沒有見著臉。」

方嫣心頭直跳，聽起來好像是有人故意透露給阮良娣？可要說第一個知道這消息的，也就是她了。

看她面色很難看，趙佑樘安撫道：「我知與妳無關。」

他雖然這麼說，可方嫣仍覺得難堪，那是她沒有管好身邊人，她連忙道：「妾身一定會好好查的，不過阮良娣挨不住打，已經不行了。」

趙佑樘絲毫沒有憐憫之色。「妳安排下後事，扶玉殿正殿那裡，宮人也都可以撤走了。」

方嫣雖然覺得阮良娣那是自討苦吃，心裡卻又有些涼意。為個馮良娣，他倒真是冷血無情！

有阮良娣這下場擺在面前，以後誰敢去碰馮憐容？

方嫣又生了分恨，回去就跟李嬤嬤道：「到底是哪個說出去的，一定要查出來！也是時候給她們提個醒了，嘴巴都封牢一點！」

李嬤嬤不敢怠慢，因事關太子妃管家。

東宮正殿人心惶惶，後來查出是兩個年輕宮人不懂事，知道這消息後偷偷在園子裡說，被出來摘臘梅的喜兒聽見。

方嫣立時就稟告趙佑樘，再把那兩個宮人杖斃。

這件事情馮憐容一直不知情，直到懷王帶著趙淑離開京城，過年前夕，她才發現好久沒有見到阮若琳，平日她心懷鬼胎，沒事兒總要來串門的。

「阮良娣莫非生病了？」她忍不住就問起來。

要說別人不告訴她，也是因為這事不吉利，畢竟人死了，又是大過年的，可她要問，卻是不好不答。

鍾嬤嬤道：「阮良娣已經沒了。」

「什麼？」馮憐容大驚，雖說阮若琳以後也會死，可沒有那麼早啊！「她出什麼事了？」

「她上回害得主子差點動胎氣，自然是要受點苦頭，殿下叫人打了，後來受不住。主子管她幹什麼，她是咎由自取，原本也是要害主子跟小主子的命！」

馮憐容心裡不是滋味。原來這一世，阮若琳竟是因她而死，而不是那個很得太子寵的人。

她低下頭看著為太子做的裡衣，上頭的花繡了一半，忽然就有些難受。阮若琳雖然狠毒，卻也是個可憐的人，她如今死了，興許也算是解脫。
馮憐容嘆了口氣。
鍾嬤嬤卻沒有她這份心思，冷笑道：「主子還為她嘆氣？要奴婢說，她不在最好，清靜，主子不是本來也害怕見到她嗎？」
話是這麼說，可她沒希望阮若琳死。
馮憐容看一眼鍾嬤嬤。「嬤嬤，妳的心變硬了。」
「主子受寵，奴婢這心不硬都不行，不然誰來護住主子不是？」鍾嬤嬤又一笑。「罷了，主子還是心善些好，殿下也喜歡。」
二人正說著，方嫣那裡派了知春來，鍾嬤嬤請她進來坐。
知春不肯進。「娘娘說馮良娣很快就要生產，這偏殿難免就有些小，以後小主子生下來，就顯得擠了，娘娘說，過幾日就給良娣搬到正殿去。」
搬到正殿本是好事，那正殿是比偏殿大多了，可是搬到阮若琳原先住的地方……馮憐容聽著，渾身上下都不太舒服。
鍾嬤嬤也是一樣的想法，可太子妃說的，她怎麼能回絕，只能勉強笑道：「難為娘娘這麼替咱們主子著想。」
知春笑了笑道：「娘娘一向如此，現在提前告訴妳們，就是叫妳們早些收拾好，省得到時候手忙腳亂的，至於打掃的事，也妳們自己安排，正好四處看看，要是覺得家具什麼的不夠用，良娣儘管派人來說一聲，娘娘都會加以添置的。」

鍾嬤嬤道了聲好，可心裡火大得很，但還得安慰馮憐容。「那正殿可比咱們這兒大多了，陽光也好一些。」

馮憐容默不作聲。

「其實阮良娣也不是死在那兒的，沒什麼。主子別往心裡去。」

馮憐容道：「反正也只能搬過去了，嬤嬤叫她們好好收拾。」

說完，她低下頭繼續繡花。

知春正要回去稟告太子妃時，半路上正好遇到回宮的李嬤嬤。

李嬤嬤不比宮裡一般的嬤嬤，她不只伺候過太子妃，也伺候過皇后，不過那時候只是個宮人，還沒升級為嬤嬤，人算老資格了，所以太子妃特准她年前回家一次。

李嬤嬤看著知春像是從扶玉殿過來的，她就比較注意，見到就問：「妳去幹什麼了？」

「去幫娘娘傳話，娘娘覺得馮良娣住的地方小了，想讓馮良娣搬去正殿住，我這是去提前告知一下的。」

李嬤嬤聽到這句，拔腿就跑。

知春在後面道：「嬤嬤您小心點兒，別摔跤了！」

可李嬤嬤心急如焚，這腿腳也比往常一下子靈活很多，只一會兒工夫就到東宮內殿，滿頭的汗，腦袋也有點兒暈。

見她身子搖搖晃晃的，方嫣連忙叫知畫去扶著。

「嬤嬤這是哪兒不舒服，怎麼也不在家裡多待幾日？」方嫣還是很關心李嬤嬤的。

李嬤嬤等到好一些，回頭就叫知畫把門關上，才說道：「娘娘啊，您糊塗了！」
「嬤嬤這話什麼意思？」
「娘娘怎麼能讓馮良娣住扶玉殿的正殿，那是阮良娣住的地方，總是不吉利的。」
方嫣淡淡道：「怎麼不吉利了，阮良娣又不是死在那屋，我也是看那偏殿小了點兒。她又不是什麼世家門第出來的，哪有這麼嬌，一樣是屋子，就住不得了？」
「也不是住不得，只是這節骨眼上，娘娘何必惹是生非？」
不過才幾日工夫，她回去一趟，太子妃就想到這昏招，李嬤嬤也是頭疼得要死，幸好她擔心太子妃，提早回來。
她苦口婆心地勸說：「娘娘早前也是盼著殿下有個孩子，如今馮良娣這都要生了，那是大好事不是？娘娘啊，說句大不敬的話，您以後是要做皇后的人啊，她一個良娣算什麼？娘娘用得著大費周章？平日裡敲打敲打就得了，這大事上，您不能犯糊塗啊！」
方嫣氣恨道：「嬤嬤，連您都不向著我？」
李嬤嬤冤枉地說：「奴婢要不向著您，還費這唇舌幹什麼？娘娘，您要不相信奴婢，就去試試讓馮良娣住正殿，這馮良娣但凡出點事，娘娘，您想到後果了嗎？」
方嫣沒說話。
「這事兒也得告訴殿下吧，娘娘您告知了嗎？」
方嫣又是啞口無言。她確實還沒去說，而且她自個兒也知道去說了，指不定太子會生氣，可她就是不甘心。雖然身為太子妃，早就知道太子必是會有妾室，她只是沒料到太子會那麼寵馮良娣，這叫她不想得不想到皇帝、想到胡貴妃。

胡貴妃多囂張啊，皇后都拿她沒辦法，她不想有一日自己也淪落到這個地步。

方嫣臉上不由自主露出了殺氣。「就算殿下恨我，我也得剷除了那禍根！」

李嬤嬤不是不知道她的心思，可是，還是那句話，不到時候。

李嬤嬤決定給太子妃一下重擊，她吐出一口氣，面色嚴肅地說：「娘娘就不怕殿下先廢了娘娘嗎？娘娘您，可是一個孩子都還沒有啊！」

旁邊的知畫聽到這句，嚇得面無人色，到底是李嬤嬤，竟然敢這麼說。

方嫣的臉也白了幾分，她瞪著李嬤嬤道：「妳剛才說什麼？」

李嬤嬤跪下來說道：「奴婢為娘娘可以赴湯蹈火，也願意為了讓娘娘清醒，不惜一切，奴婢這話是不敬，可娘娘您一定要三思而後行！娘娘嫁給殿下，可不是為剷除什麼小妾的，娘娘，您是太子妃啊，您若生下兒子，那他就是太子，是將來的帝王，娘娘的娘家也有無上的榮耀！娘娘，這些，您可別都忘了！」

方嫣渾身一震。那確實是她的初衷，當年嫁過來時，她躊躇滿志，不只因為太子的英俊才幹，也因為他的身分。她是太子妃，將來的皇后，多麼讓人嚮往的位置！

而她嫁給他之後，也為保住他的地位，每時每刻都不得放鬆。現在，她竟然為一個良娣，浪費了那麼多的精力。

方嫣閉了一會兒眼，身體慢慢軟下來，往後靠了去，過了許久，她微微一嘆。「嬤嬤說得對，您快起來吧。」

了。

李嬤嬤不起，她後背也出了汗，身為太子妃的人，太子妃一旦倒下，她這輩子也沒什麼用

李嬤嬤很清楚自己要做的事情，她的職責便是匡扶太子妃登上后位。

「娘娘，那您想好怎麼做了？」

方嫣此刻已是疲累了，疲倦地道：「暫且讓她得意吧，那正殿就不搬了。」

「那也不行。」

方嫣納悶，又有點兒不耐煩。「說不搬的是妳，現在要搬的也是妳。」

「娘娘都已經與那邊說了，如何好反悔？依奴婢看，索性就讓馮良娣搬到別的殿去住，不是更寬敞呢。」

方嫣暗道，好大的面子，一個人住一個宮殿！不過剛才她被李嬤嬤當頭一喝，也想通了一些。雖然她有皇太后撐腰，太子是不敢廢她，但以後呢？

方嫣在那一刻，想到了阮若琳，她就這麼死了，可見太子無情起來，也是沒有餘地的。捫心自問，她與太子的感情又有多深？

方嫣嘆口氣。「也罷，那就搬到絳雲閣去。知畫，妳再去扶玉殿跑一趟，就說正殿也不太合適，還是單獨的更加安靜些、舒服些。」

此時扶玉殿偏殿裡，鍾嬤嬤還沒開始叫宮人收拾，屋裡的人都不太高興，即使馮憐容沒表現出不樂意，其他人也一樣不願意住到正殿。

故而見到知畫來，鍾嬤嬤的臉恨不得拉長了，以為又要聽到什麼堵心的話，哪料到知畫竟然

說要他們搬去絳雲閣。

鍾嬤嬤驚訝。「妳說真的？可是之前不是說搬去這兒的正殿嗎？」

「娘娘覺得那正殿也不夠大，畢竟小主子要在這兒長大的，還是更大一些比較好。」

鍾嬤嬤心花怒放，聽聽，說小主子要跟馮良娣一起生活，看來不會抱走小主子了！

「娘娘考慮得真周到，咱們這會兒就收拾。」鍾嬤嬤笑容滿面。

等到知畫走了，她連忙告訴馮憐容。

馮憐容鬆了口氣，總算不用住那兒了！她真害怕作惡夢。

屋裡一眾人也興奮起來，以後自家主子不用跟別的良娣住一起，那是獨家獨戶，怎麼都比現在好。

第十一章

卻說方嫣聽了李嬤嬤的話，也主動向趙佑樘說讓馮憐容搬遷一事。

趙佑樘很滿意，其實他早先也想到了，只不過最近皇帝分了部分奏疏給他批閱，著實抽不出空。

他笑道：「絳雲閣不錯。」

「那擇日，妾身就讓馮良娣搬進去，還有合適的奶娘，妾身過幾日也會選好的。」

皇室子孫一生下來，沒有一個是由母親自己餵奶的，皆是由奶娘代勞，宮外也專門有一個養奶娘的地方，那些奶娘除了撫養孩子，也常要貢獻乳汁，當今皇上就喜歡這一口，隔幾日就要飲上一壺。

趙佑樘點點頭。「由妳作主吧，不過奶娘選好了，先讓馮良娣看看，主僕兩個總要性子相投。」

方嫣忍不住腹誹幾句，果然對她不放心，怕奶娘選不好呢！

「妾身知道了。」

趙佑樘也關心幾句。「年關了，妳四處都要顧到，也莫累壞了身體，可以交給下面的，不必都親自去。我這兒剛得了一些松蘿茶，妳父親喜歡，妳拿去一併送了。」

大過年，皇家之人也一樣互相送年禮。方嫣心裡不免有些暖意，她側頭看了李嬤嬤一眼。

李嬤嬤便是說，太子是個明事理的人，絕不會無緣無故寵妾滅妻，只要她做好了，太子也會還之以禮。

可惜她總是太急躁，方嫣又難得自省了一番，態度更加溫和起來。

幾日後，馮憐容遷出了扶玉殿，她還挺興奮的。在記憶裡，她小時候也遷居過一回，一開始他們家是住在一間很小的院子，哥哥連個書房都沒有，直到她七歲，他們兄妹兩個才分房，但也只是在中間隔了一道牆，還是她那半邊大一點兒，哥哥住的地方就很小，安置了床後，就只能再放兩張小椅子。

後來哥哥都在她屋裡看書，過了幾年，父親升遷，他們家才住得寬敞些。

想到現在家裡，母親這會兒可能在窗上貼窗花，哥哥在寫春聯，父親會點評兩句哥哥的字寫得好不好，馮憐容的眼睛就有些紅。如果她在家就好了……

可惜沒有如果。

鍾嬤嬤吩咐四個小黃門陸續把東西搬進絳雲閣。

馮憐容嘆口氣，摸摸肚子，又打起精神，去絳雲閣的正殿、偏殿都看了看，發現這宮殿挺好的。

「真是又大又亮呢！」她指指右邊偏殿。「以後孩兒就住那兒。」

「右邊是好一些，太陽照得多。」鍾嬤嬤看看四個宮人。「不過奴婢瞧著人好像不夠用，主子妳看，孩兒生下來還不得派兩個人日夜守著呢。」

另外兩個嬤嬤感到好笑，其中一個說道：「這個就不用擔心了，孩兒生下來，太后娘娘定會派得力的人來。」

鍾嬤嬤抽了下嘴角，她不太喜歡這兩個嬤嬤，幸好兩人都很識相，平常不說話，像個影子似的。可不管怎樣，她總有一種被監視的感覺，這感覺很不好！

不過太后娘娘是誰？有時候都能壓皇帝一頭的，還是老老實實地受著吧。

馮憐容又去看殿前的院子。以前她們三個良娣住一起，那院子也是分成三等分，現在獨歸她一個，就顯得很寬敞。

院子鋪著灰色發亮的大石磚，對著正殿的院子中央還堆了假山，假山四周都種了花草，不過這季節，也只有松竹還綠著，其他的都是黃蓬蓬一片，只能等春天才好看了。

她四處看看，心想以後孩兒生下來，長大了一些，在院子裡蹦蹦跳跳的，這地方大，很合適。

屋裡眾人一陣忙碌，先把正殿給收拾好，馮憐容剛要進屋，就聽見殿外有奇怪的聲音。

銀桂出去一瞧，笑嘻嘻回道：「主子，是一架屏風！殿下送給主子的。」

馮憐容走去看，只見這屏風有十二扇，不知道是什麼木質做的，黑紫發亮，看起來就很貴氣，每扇屏風的底色全黑，上有不同的花卉，花卉還不是一般描畫出來的，而是用點翠鑲嵌成的。

馮憐容從來沒見過這麼好看的傢什！當然，她家裡窮，也不太去別人家串門，上一世又不受寵，見的本來就少。

抬屏風的黃門累得要死，這東西太重，他們氣喘吁吁的，流了好多汗才把屏風給抬到正殿裡。

鍾嬤嬤抑制不住地笑。她在宮裡頭待的時間多，有些眼力，這屏風可是紫檀木做的，這是有史以來，太子送得最貴重的東西了！

「擺這兒。」鍾嬤嬤指揮，叫黃門再把屏風挪到正堂與裡屋之間。

本來這兩屋也沒門，都是用垂簾隔開，現在有個屏風自然好了。

鍾嬤嬤吩咐完，又讓銀桂拿些銀錢賞幾個黃門，他們一路搬過來，也夠累的，黃門謝過，就告辭走了。

馮憐容伸手摸摸屏風。「這得值多少錢啊？」

鍾嬤嬤好笑。「殿下還會缺這個嗎？給主子，主子就收，等下回殿下來，千萬莫問，倒顯得小家子氣。」

馮憐容應了一聲，又笑道：「我知道了，這是殿下送的搬遷禮！」

可惜，只能收個禮物，人卻見不到。

他這會兒定然很忙，不過這麼忙還能記著這個，她還是很滿足，她笑嘻嘻地叫銀桂拿來針線籠，繼續給太子做裡衣去了。

到了午時，膳房送飯來，馮憐容吃了一口，面露驚異之色。

珠蘭忙問：「怎麼了，主子，哪裡不對頭，這飯……」

「太好吃了！」馮憐容下一句就叫道。「王大廚的廚藝越來越好了，這米飯都燒得很不一般。」

她拿一個碟子給她們嚐嚐，鍾嬤嬤跟寶蘭、珠蘭都吃了一口。

寶蘭點頭。「真跟平日裡不同，很清香，好像還有點兒甜，又不是放了糖。」

鍾嬤嬤吃了一口，噗哧笑道：「哎，一群沒見識的，這是明水香稻，那稻米全用泉水澆灌出來的，自然不一般，平常只有……」

「只有什麼？」馮憐容問。

鍾嬤嬤道：「只有太后娘娘、皇上他們才吃得著。」

馮憐容嚇一跳。「莫不是王大廚不小心端錯了？那、那快點兒送回去。」

鍾嬤嬤又笑：「主子，殿下也吃得著這米飯，就是很少見，一般每年也就上貢那麼一點兒，可能殿下就省著給主子吃了。」

馮憐容感動得淚眼汪汪。「真的啊？」

「真的，主子趕緊多吃點兒。」

馮憐容連忙低頭用膳，一粒米都捨不得浪費，心裡想著如今自己有這等福分，也不知此時此刻，家人在吃些什麼呢？

宮外，文景街上的馮家小院。

唐容剛做好飯菜，丈夫馮澄就從衙門回來了，聞到熟悉的香味，笑道：「今兒燒了鹹魚？岳母來過？」

「是啊，叫她留下吃頓飯，又不肯！」唐容抱怨。

她這母親醃魚是一絕，到冬天，常送鹹魚過來，自個兒倒不捨得吃。

「岳母還不是怕麻煩妳，她最疼愛妳這個女兒了。」

唐容嘆口氣，叫兒子馮孟安出來用膳。

馮孟安本在屋裡看書，聞聲快步出來，叫了聲爹娘，就去幫著盛飯，擺筷子。

看他面色有些疲倦，唐容道：「也不要老這麼看書，以後眼睛看壞了可不得了，你見過你二舅，瞅個人，眼睛老瞇著，多醜啊！」

馮孟安笑起來。「娘，兒子哪回不聽，只是馬上要會試了，自然用功些。」

「是啊，休息一會兒就行了，沒什麼的，咱們馮家人的眼睛都好。」馮澄拿起碗。「快用膳，一會兒涼了。」

今兒兩菜一湯，分別是大蘿蔔蒸鹹魚、火爆大頭菜、菠菜雞蛋湯。

他們尋常吃得都很簡單，幸好唐容的手藝不錯，還是有滋有味的。

唐容吃了兩口，看一眼兒子，對馮澄說道：「相公，今兒劉夫人來過，帶了兩大盒東西，我是沒有要。」

那劉大人與馮澄是同袍，劉大人有個女兒待嫁，兩家原本也不錯，本來唐容看中劉家的姑娘的，結果那會兒劉夫人不太肯，現在又熱絡起來。

「定是知道容容的事情了。」唐容心裡來氣。

馮憐容將來生了孩子，就是皇長子，眼瞅著太子監國，皇上身體又不行，太子登基是指日可待，劉家人也開始心熱起來。

馮澄放下筷子。「是該回絕掉，咱們孟安又不是娶不到姑娘。」

他說著，頓了頓，忽然長長一嘆。「就是不知道容容在宮裡如何了？」

唐容其實下午已經哭過一回，現在眼睛又是一紅。「她這性子，也不知道怎麼熬過來的，在家裡，咱們都疼她，可宮裡，多難啊！她還懷了孩子。」

當年馮憐容被選入宮，她每晚都哭醒，生怕這女兒在宮裡活不久，這宮裡可是吃人的地方，偏偏她這女兒單純，又沒什麼心眼。

後來聽說懷了孩子，真是出乎她意料。

馮孟安安慰道：「娘別擔心了，妹妹懷了許久，一直都沒事，肯定能平平安安生下來的。」

「是啊，別哭了，娘子。明兒妳去廟裡再求支籤，添點兒香火錢，咱們容容是個好姑娘，一定有福氣的。」

唐容抹抹眼淚。「也只能這麼想了，可她生孩子，我不在身邊，她會不會不知道怎麼辦？」

馮澄感到好笑。「宮裡還怕沒伺候的人？那穩婆肯定比咱們請來的要厲害，再說，還有那麼多御醫呢！娘子，咱們那外孫兒女可也是皇上的孫兒女啊！」

唐容想想也是。

馮澄替她挾一塊魚。「別傷心了，快吃，這是岳母的心意。」

三人各自掩住對馮憐容的思念，低頭用飯。

即便知道興許很難再見到馮憐容，他們也只能這樣生活下去，並且在心中期待著有那麼一天，一家人總會團聚。

壽康宮裡，皇后在這兒已經坐了許久。

只聽「咯」的一聲，皇太后目光一掃，皇后又挾碎了一顆核桃，連著肉一起碎。

她今日這般五次了，在平常絕不會發生。

皇太后原本想等著她自己說，可看樣子是不會了，她淡淡道：「回去吧，妳再待這兒，我腦袋都疼。」

皇后抿一抿嘴，放下夾子站起來，深紫色的鳳紋衣襬落在椅子上，微微發顫。她在猶豫，最後還是又坐下。

皇太后詫異，抬起眼皮瞧她。

皇后坐得端端正正的，雙手交疊在膝頭，不疾不緩地說：「母后，上回的事情，您莫要再生佑樘的氣，他來請安幾次，您都把他拒之門外，他該多傷心呢。」

那次過後，她沒有見過太子，但今日一向嘴硬的皇后肯為太子求情，也令皇太后感到安慰。

「那依妳之見，他做的對不對？」

皇后道：「他也沒有辦法，母后您不是不知。」

就算太子要追究，皇上就一定會把胡貴妃處死嗎？她覺得不可能，到時候皇上肯定會想到別的法子。既然如此，太子又何必要為胡貴妃與皇上過不去？

「不過他也該顧念母后之面，這是他不對，還請母后見諒。」

「顧念我做什麼？他從被立太子之日，就該不擇手段地坐穩這個位置。」皇太后冷笑一聲。

「他做得沒錯。」

「那母后……」皇后糊塗了。

她想為太子求情不是一日、兩日了，只是她一直開不了口，怕皇太后還在生氣，原來竟是想錯了。

皇太后看她不明白，微微搖頭，嘆一聲道：「妳就算在宮裡再待上幾十年，也是一如往昔，沒什麼長進。」

皇后很淡然。「兒媳就是這個樣子。」

皇太后又被氣到，但也早就習慣了，斜睨她一眼。「現在佑樘不是可以批閱奏疏了？皇上只要以為，他為胡貴妃得罪於我，便會抱有補償之心。妳年幼時就認識皇上了，他這人是有缺點，可是人不壞。」

「如此說來，皇上是覺得胡貴妃欠了佑樘的人情，幫著她還呢！」皇后不屑一顧，站起身來。「那今日是兒媳多話了。」

皇太后看她如此，也頗為奇怪。「我原也想不到妳會那麼早就來替他求情。」

皇后不語，稍後就告辭了。

皇太后看著她的背影，想到先前種種，心中不由一動，她忽然發現她這兒媳興許也不簡單。

就因為皇后總是對太子表現出一副淡漠的模樣，她才會對太子格外疼愛，覺得他可憐，久而久之，感情自然就不一般。若當初皇后傾心撫養，只怕自己也不會在太子身上花費那麼多的時間與精力，也不會如此維護太子，畢竟她有三個兒子呢。

皇太后閉起眼睛，往後慢慢靠在了大迎枕上。

趙佑樘剛批過奏疏，想起早朝時，前往哈沙的使者回稟，說真羅王十分囂張，並不願割讓土地，且還派兵再次攻打哈沙。

他捏了一會兒眉心，擬了幾個人名出來，全是當朝武將，不過片刻工夫，他又把其中二人給劃掉了。

想起父皇所說，朝中可用將才極少，如今是時候提拔些青年才俊，他又重新寫下幾個人名，拿朱筆在上頭劃了一個大圈。

明兒就派他們前往哈沙，真羅不過是個小國，比起四處外夷，實在是不堪一擊，給他們練練手倒是不錯的選擇，也好從中選出更加優秀的人才。

趙佑樘想了一會兒，把錦衣衛指揮同知夏伯玉添了上去。

夏伯玉得知，吃了一驚。「殿下希望下官去哈沙？」

「是，你充當監軍，把沿途所見、戰況，各將軍表現皆記下來，回頭詳稟。」趙佑樘面色溫和。「只委屈你不能在家過年了。」

夏伯玉立刻接受君令。「為殿下效力，乃下官天職，下官一定不辱使命！」

趙佑樘點點，又問道：「父皇那裡可有何動靜？」

夏伯玉道：「仍如往常一般臥床休息，不過……」他頓了頓。「今兒早上，御藥房進獻了一顆藥丸，皇上服用過後，好似身體舒服不少。」

「御藥房一向進藥，有何不妥？」

夏伯玉道：「時辰不對，本來御藥房都是在午時進藥的，下官為此調查了一番，原來御藥房開了兩班子，說是皇上不滿他們的藥，叫他們立刻研製新藥，不然要砍他們的腦袋。」

趙佑樘心道：這分明胡鬧！御醫都是好好看病的，還能害了皇帝？又不是神仙藥，再說，他這父皇的症狀不是短期造成的，豈能馬上藥到病除？

他沈吟片刻道：「你與余石說一聲，別的不用管，回家好好準備下去哈沙。」

夏伯玉應聲而去。

趙佑樘站起來，在屋裡走了幾步，剛要出門，三皇子趙佑楨來了。

趙佑樘一怔，隨之笑道：「三弟，你曬黑了，可是常去射箭？」

「是啊，不過大哥沒空，不然倒是想邀大哥一起去。」趙佑楨手一招，身後的小黃門立時就呈上兩盒東西。

「我記得大哥喜歡用李廷大師製的墨錠，說用之輕如雲，渾如嵐，清如水，我已試過，確實如此。」

「李廷所製墨錠，如今可不太容易尋到。」

趙佑楨撓撓頭。「確實花了一番功夫，還請大哥笑納。」

趙佑樘沒有拒絕。應是為胡貴妃一事，三皇弟用心選的謝禮。

其實他挺喜歡這個三弟，他單純素樸，沒什麼心機，他自己又沒有同胞兄弟，故而二人在春暉閣時，他對這個弟弟照顧有加。

趙佑樘叫嚴正接了。「我這會兒有空，要去城外圍場，你可想去？」

他最近上早朝，又是埋頭批閱奏疏，也覺得身體怪不舒服，便想去外頭跑馬狩獵，舒展下筋骨。這圍場便是皇家狩獵的地方，可惜當今皇上沒這個喜好，好多年不曾去，反倒是他成年了，常愛去。

趙佑楨眼睛一亮，他到底還是個少年，對新鮮事物倍感新奇，再說，他射箭一向是在演武場，從來沒有射過活物。

那是個刺激的玩樂！

然而，他想到胡貴妃，又退縮了。

「我……我還是不去了。」趙佑楨怕胡貴妃責怪。

趙佑樘不以為意。「那下回你再隨我去，你如今是還有些小呢，那圍場總是不太安全，常有虎豹出沒。」

趙佑楨聽著，卻是眼睛越來越亮，一顆心歡騰跳躍，眼見趙佑樘要走，他叫道：「大哥，我跟你去！」

趙佑樘笑了，拍拍他的肩膀。「走，正好給我看看，你的箭法如何長進了。」

二人並肩出去，命人準備一番，便出發前往圍場。

這次冬獵，他們收穫頗豐，獵物有麅子、野豬、兔子和狼。

趙佑楨意猶未盡，玩得都不想回去，眼見天要黑了，才依依不捨地隨趙佑樘回宮。

趙佑樘叫人把獵物送去御膳房，晚上給皇太后、皇帝和皇后那裡都端一些去。

黃益三這會兒拿來一樣東西。「殿下，馮良娣又給您寫信了。」

趙佑樘掃一眼，只見那信封鼓鼓的，像是塞了好幾張信紙，他微微一笑，把信拿過來，一邊進屋去了。

這回馮憐容足足寫了五張信紙，細瑣地把孩子每天怎麼動都寫清楚，又說明水香稻真好吃，還說膳房做了好些點心吃食給她，就跟辦年貨一樣。最後要他注意身體，別把身體累壞了，還跟他講，要多動動，不能老是坐著看奏疏，她現在坐著就腰瘦背痛，走一走才舒服些。

趙佑樘看完，叫黃門磨墨，正待要寫什麼，忽地想到一個主意，叫黃益三找一張紅紙來。

黃益三立刻去尋來了。

趙佑樘又叫他裁成方方正正的，才挽起袖子寫了一個字在上頭。

嚴正一看，想到上回馮憐容見到三個字時的失望，這回才一個字，他忍不住就道：「殿下，您不多寫點兒？」

「物以稀為貴。」

他叫嚴正送去絳雲閣。

馮憐容這信是中午寫的，結果就聽說太子去狩獵了，她還以為等不到回信，沒想到晚上送來了。

她興高采烈地去看，結果就見一個「福」字。

討厭，小氣！她寫那麼多字，他居然才回一個，然而氣過後，她又樂呵呵地叫寶蘭貼到床對面去。

鍾嬤嬤皺眉。「哪有把福字貼那兒，怎麼也得貼門上啊。」

「這樣每晚睡覺，起來就能看到啊，我不管，就貼那兒。」馮憐容堅持，寶蘭只得去貼。

嚴正聽著，笑著告辭了。

馮憐容見寶蘭貼好，立時就躺在床上看，心想，這福字寫得真好看啊，她看著看著，越發覺得心裡暖烘烘的。以前在家裡，春聯、春牌啊，都是哥哥寫的。

殿下好像哥哥，給她寫春牌呢！她摸著肚子傻笑。

馮憐容躺著看了一會兒，鍾嬤嬤過來道：「剛才膳房派人來，說殿下狩獵打了好些野味，有兔子、野豬、麅子、狼肉，問主子想吃什麼？」

「打了這麼多啊！」馮憐容流口水。

這野味可不比一般的雞鴨牛羊，平常吃不到的，兔子好一些，像野豬、麅子、狼就少見了。

「野豬。」馮憐容頭一個就道。「燉個野豬蹄湯。」

她最近胃口大，還偏好這種濃肉湯，一點兒也不覺得油膩。

「那得好幾個時辰呢，明兒再吃吧，主子晚上想吃，得弄些簡單的。」

馮憐容略失望。「那就麅子好了。」

「麅子肉味道大，得泡一天才行。」

馮憐容瞟鍾嬤嬤一眼，這不是在逗她嗎？一共就四樣，兩樣都不能吃，她氣呼呼道：「那隨便好了。」

鍾嬤嬤笑起來。「要不奴婢給主子出個主意，做個撥霞供？」

「撥霞供？」馮憐容稀奇道。「什麼東西？」

「那是咱們老家人常吃的，這撥霞供啊，就是兔肉片，吃得時候用暖鍋吃，兔肉片到時候叫王大廚切得薄薄的，用酒醬椒料醃一會兒，等到暖鍋安置好，裡頭的香湯一熱，就把兔肉片放進去……」

鍾嬤嬤還沒說完，馮憐容就催道：「那快去、快去，一會兒得晚了，好餓。」

鍾嬤嬤就知道她聽了要吃，趕緊讓黃門去御膳房說。

王大廚這會兒早就把幾樣野味簡單處理了一下，就等著那邊說吃什麼，結果來了一個撥霞供，王大廚心想，這主意好啊！

撥霞供也算是名菜了，聽他師父說，前朝很盛行，當時野兔得高價才能求得，可見多少人食之。不過這道菜，兔肉固然重要，蘸料卻更費心思，他想了一會兒，才開始動手。

馮憐容千盼萬盼，終於見一個暖鍋先端上來，聞一聞，湯味濃郁，可往裡一看，湯水清澈，也不知放了什麼。

一會兒兔肉片也拿來了，馮憐容挾起來一看，薄得都透明了，能從這頭清楚看到對面的珠蘭。

王大廚果然好手藝，就憑這刀工，在御膳房都得穩穩的。

她正想著，金桂、銀桂又依次進來，在桌上擺上一碟碟蘸料，五花八門，反正馮憐容不知道都是什麼，一樣樣吃過去，愛吃哪個就吃哪個，以後王大廚心裡也有個底。

金桂又端了好些蔬菜進來，白菘、蒜苗、韭菜等等，馮憐容看得眼花撩亂，等到湯水滾了，寶蘭給她挾兔肉片放進去，只見一會兒工夫，這兔肉的顏色就跟雲霞一般美，湯水恰恰成了澄清的天空。

「難怪叫撥霞供。」馮憐容選了一味蘸料，叫寶蘭替她蘸。

十二種蘸料沒有相似的，這頓飯當真是吃盡了天下滋味。

眼見吃不完，她又叫鍾嬤嬤跟四個宮人一起嚐嚐。

香味飄出來，大李幾個黃門在門口直嚥口水，大冬天的，他們可沒有這麼好命了，結果正當饞得要死呢，金桂拿了個大碗公出來，裡面放了好些。

「主子賞的，說也要過年了，大夥兒都吃好一點。」

四個黃門笑嘻嘻地謝過，大李接了大碗，與其他三人拿筷子分享。

正當馮憐容這廂吃飽喝足之際，另一廂的趙佑樘見到嚴正，頭一個就問：「貼了？」

「馮良娣立刻就貼了，貼在……」

「貼在床對面？」

嚴正傻眼。你怎麼知道！

趙佑樘哈哈笑了。「傻，就知道她貼那兒。」

他一邊想像馮憐容傻乎乎、喜孜孜地看著他寫的福字，不知為何，他雖然忙得沒空多見她，她卻總是那麼鮮活地出現在他腦海裡，就像親眼見到了一般。

「真傻！」他又低語。

嚴正看過去，只見太子雖然說傻，可是那笑容卻是前所未見的明朗。

眼瞅著明兒就初一了，若是往常，馮憐容也得去拜年，可如今有這大肚子，皇太后體恤，也不要她去了。

故而早上起來吃過新年膳，她就等著上頭發賞，她們這些良娣，每年過節也都有賞錢的，還有布料、首飾，都是一致規格，果然一會兒就有小黃門過來傳旨賞東西。

馮憐容謝恩過後，寶蘭忙把裡頭的青銅盒子拿出來，她已經瞭解馮憐容的習慣，每次得了這些都要數一數，然後小心再存起來。

今年比去年，她得更多了，金錠、銀錠換算起來有一百二十兩，數數這一年得的，馮憐容嘴巴大張，真是成倍地往上漲。

但這回她沒有全收回去，只放了金錠進去，還拿了些銀錠出來，分成九份，給鍾嬤嬤、四個宮人、四個黃門一人一份，鍾嬤嬤有四十兩，其他人一律二十兩，加起來也是一大筆錢。

鍾嬤嬤忙勸道：「主子何必這樣，伺候主子是咱們分內之事，哪裡能賞這麼多。」

「不多，我今年得了好幾百兩銀子，嬤嬤不是說，以後孩兒生下來，還有很多嗎？這些算什麼，都拿去吧，不然我得生氣。」

馮憐容一直記得前世的事情，她身邊這些人跟著她可苦了，什麼好處都沒有，出去還盡讓人欺負，現在她好一點，自然對他們也要好些。

將心比心，她以前那麼落魄，他們也沒有嫌棄過她，還是一直好好照顧著。

鍾嬤嬤見此，也只得收了，宮人跟黃門都來道謝。

馮憐容還給另外兩個嬤嬤一份紅包，算是答謝這幾個月的看護。

兩個嬤嬤喜笑顏開，她們每隔一段時間都會去與皇太后稟告，過了十五，這便又去了。

皇太后聽完，點點頭。「一切無事就好了。馮良娣如何？」

她派這兩個人去可不只為馮憐容肚子裡的孩兒，也想瞧瞧她是什麼樣的人，雖然太子說服她暫時不動那孩子，可馮憐容要是不好，這孩子斷是不能給她養的。

兩個嬤嬤忙道：「馮良娣挺好的，毫無架子，沒什麼心眼。」

皇太后心想，當年胡貴妃也表現得沒有心眼，這不，孩子一生下來，就跟什麼似的，爭這個、爭那個。有時候，人變起來，快得很。

「繼續看著。」

兩個嬤嬤應一聲。

胡貴妃最近的日子不好過，因太子監國，她眼瞅著兩個兒子是沒有指望，難免心生恐懼，想當初她是怎麼跟皇太后、皇后作對，以後太子一旦登基，還有她的活路？

胡貴妃這日就去求見皇上。

原本皇太后下令不准任何妃嬪求見，可胡貴妃到底不一樣，就連黃應宿都得幫她忙。

上回太子被刺一事，皇上明白自己的心始終是向著胡貴妃，二人又再一次和好了。

然而，胡貴妃一見到他就哭。「皇上這病，真是叫妾身擔心，昨兒還夢到皇上的病嚴重了，妾身驚醒後就一直沒有睡著，才急著來見皇上。」

皇上笑起來。「妳這是胡思亂想，朕不是好好的？」

「可為何那麼久都不曾痊癒？」胡貴妃道。「整個景國還需要皇上呢，妾身就不信這些御醫一個都治不好皇上。」

皇上嘆口氣，他這不也著急，不然也不會叫御藥房煉藥丹了，他實在不想整日休養，連女色都近不了。

「一群庸醫！」皇上生氣。

胡貴妃趴在他膝頭。「可要說庸醫，也不全是，他們治好了多少病，太后娘娘、皇后娘娘，還有妃嬪，甚至是宮外的王公貴族，他們不知道救了多少人，為何皇上的病，他們一籌莫展？這都好幾個月了！」

皇上也不是笨人，聽到這話，怔了怔。

胡貴妃察言觀色。「不過皇上也莫要著急，幸好有殿下，裡裡外外都處理妥當，這不，連過年都不耽擱，常請好些重臣商議大事，還有御藥房那裡，殿下也很關心的，常派人去看。皇上最近，身體是不是還好一些了？」

這話一出，皇上不鎮定了，轉頭問黃應宿：「可是真的？太子當真請過重臣入宮？」

黃應宿道：「是請過。」

王大人雖然是講官，但也是重臣，他這不算欺騙。

皇上臉色一沈，又問：「御藥房，太子也當真去視察過？」

「皇上，如今錦衣衛、禁軍，哪個不聽殿下的命令，別說是御藥房了，天下調兵遣將，也在殿下手中，上回殿下還派人去了哈沙。」
皇上大怒，啪地把書案上幾卷畫軸扔在地上。
「難怪怎麼吃都吃不好，豈有此理，都在盼著我死！」他氣血浮躁，整張臉都成了豬肝色。
皇太后這會兒正在小憩，就聽景華焦急的聲音在耳邊響起來。
「太后娘娘，不好了，皇上出了乾清宮，去御藥房了。」
「怎麼？」皇太后坐起來，頭還暈乎乎的。
景華下一句就道：「已經殺了三位製藥的師父，兩位御醫，還要殺朱太醫！」
皇太后心頭一震，連忙起來，連衣服都沒有收拾整齊，急匆匆就去往御藥房。
錦衣衛指揮使陳越正等候在路邊，皇太后見到他就問道：「皇上不是一直在養病嗎，怎麼會突然去御藥房？」
陳越恭聲回道：「早上胡貴妃來過。」
皇太后冷笑起來，原來如此，看來又給她這個兒子灌了迷魂湯了！
她疾步前往御藥房。
製藥師傅與太醫院的太醫們跪了一地，為首的正是朱太醫，皇上這會兒要殺他，正要叫人拉出去，就聽皇太后來了。
眾人鬆了口氣，有些膽小的剛才一身都已經濕透。
皇上心情很不好，對皇太后道：「母后來此作甚？」

「皇上是打算把所有人都殺了？」皇太后坐下來，喘了幾口氣道。「我這把年紀，也不知道什麼時候就不行了，故而時時都離不開御醫，如今皇上要把他們都殺了，那不是要哀家的命？」

皇帝可不敢背上弒母的罪名，忙道：「朕沒有這個意思，只這些庸醫竟敢糊弄朕，試問朕如何能姑息下去？」

「怎麼糊弄皇上了？他們兢兢業業地給皇上、給哀家看病，何時犯過錯？」皇太后緩緩道。「就拿朱太醫來說，皇上在三十二歲的時候，曾經有膽絞痛，是朱太醫每日給皇上用針灸，足足兩個月才治好；在皇上四十八那年，又得過紅斑病，又是朱太醫翻遍多少醫書才治好皇上的，在皇上五十歲那年……」

這些事情歷歷在目，皇上皺眉道：「朱太醫起來吧。」

朱太醫卻不起，磕了三個頭道：「下臣年事已高，死不足惜，下臣請求皇上饒過別的太醫，下臣願意一命換一命。」

皇上惱火，還有不怕死的人！

皇太后看他一眼，繼續說道：「皇上三十八歲時扭到腰，是劉太醫一手推拿功夫給揉好的，四十歲時腹瀉嚴重，又是吳太醫細心治好。皇上您從出生到現在，哪回不舒服，不是太醫看好的？雖說是他們的職責，可皇上，您不能如此濫殺無辜啊，得叫多少人寒心！」

皇上咬牙道：「那為何這會兒看不好了？」

「皇上這病本來就需長期調養，怎會一下子就痊癒？世間病都那麼容易治好，還會有人離世嗎？更何況，皇上這病不算嚴重，還請三思！」皇太后聲音柔和下來道。「若皇上覺得耽誤了朝政，那麼就一邊早朝，一邊休養，只是不要太過勞累，畢竟咱們景國不能少了皇上。」

皇太后十分清楚皇上的心思，他哪裡真是想殺人，不過是立威，讓眾人都知道他還是皇帝，只不過御醫倒楣，成為殺雞儆猴的對象罷了。

如今她請皇上再次執政，自然是要先安撫好他。

皇上的面色果然緩和了一些。

「佑樘到底年輕，還是要皇上好好教他，他自己也同我說，有些事情棘手，他不知道如何處理，所以有些是我幫著出主意的，又叫他請教朝中大臣，說皇上在養病，不要事事都去打擾。」

這又是幫太子說話了，解釋了一些皇太后覺得在這時候，應當要解釋清楚的事情。雖然她並不清楚胡貴妃如何挑撥皇帝，可是憑著這些年的經驗，她還是摸準了門道。

皇上點點頭。「這段時間也是辛苦他了，他是該再跟學官多學幾年。」

皇太后知道皇上的火氣已經過去，人也鬆懈下來，只是一股疲憊感席捲而來，差點讓她暈倒。

終歸是老了！也真不知道自己還有多少年好活，可是，這兒子怎麼辦呢？

皇太后真不放心皇帝，怕她死了以後，會亂成一團，她強自振作。「皇上去歇息一會兒吧，我這也累了。」

皇上告辭，一眾人這才紛紛謝皇太后救命大恩。

皇太后看著朱太醫，笑道：「你這是一滴汗都沒流呢，果然好膽子。」

朱太醫嘆口氣。「下臣一早就知這是腦袋繫褲腰帶的活兒，無愧於心便罷了，只可惜下臣沒能勸得了皇上。」
他是惋惜那幾個枉死的人。
皇太后也嘆了口氣，吩咐下去好好厚葬，撫恤家人。
下午之時，趙佑樘求見。
皇太后道：「皇上明兒開始要早朝。」
趙佑樘面色平靜。「孫兒知道，已去見過父皇，把事情都交代好了。」
他一早得知就前往乾清宮，除了探望皇帝外，也表明自己的態度，對於皇上重新親政，深表高興。
皇上自然也沒怎麼，反正一切又回到他手裡了。
皇太后身子靠在椅背。「這些年都委屈你了，不過佑樘，人只有經歷過這些，才能成長起來，你將來自會明白的。」
「孫兒無事，只是怕父皇的身體承受不了。」
皇太后輕嘆。「那又如何？哀家是勸過了，是皇上自己聽不進去。」
這一刻，她面色冰冷。
趙佑樘看著皇太后，心頭一跳。他又想到今日之事，回頭叮囑余石，再次加派人手，暗中盯著胡貴妃以及她的心腹，還有皇帝身邊那一干黃門宮人，甚至是皇帝的親軍侍衛。
他知道，生死之爭很快就要開始了！

第十二章

到得一月，馮憐容已經做好了給太子的裡衣、孩兒的衣服，這會兒正拿出來仔細檢查，看看有沒有什麼地方沒有繡好的。

鍾嬤嬤笑道：「好得很，瞧瞧這花兒繡得多精緻，主子費了不少功夫。」

馮憐容斜睨她一眼。「嬤嬤就會哄我，我都不敢跟尚服局的衣服擺一起，那些才叫好，花都跟真的似的。」

「那怎麼同，她們是奴婢，主子是主子，主子這樣已是很不錯了。」

「是啊，顏色也配得挺好的。」幾個宮人都道。

馮憐容笑嘻嘻，雖然知道一半是奉承，還是挺高興的，畢竟是自己親手做的。

她伸手摸摸肚子，已經在想孩子穿起來會是什麼模樣，只又有些擔心，問另外兩個嬤嬤：「太后娘娘請了穩婆沒有？」

「請了，早請了，一等主子有動靜，立刻就能來。」其中一個嬤嬤笑道。「那穩婆可厲害了，在京城不知道多有名氣，那些王公貴族都是由她接生的，因此才能選到宮裡。」

那就是很有經驗的人了，馮憐容稍稍放心。

就在這當下，銀桂笑道：「主子，殿下來了。」

馮憐容也知道現在趙佑樘不監國，當時也為他傷心過，可她知道將來的發展，相信他會很快振作起來，也就不再擔心。
她笑咪咪地立在原地等太子。
趙佑樘一進來，看到她的臉，心情就好，像麵團子一樣，好捏啊！
他上去揉她的臉。「白乎乎的，跟包子似的，裡頭什麼餡兒啊？」
一來就被打趣，還問什麼餡兒，馮憐容氣得眼睛瞪得老大。
「蘿蔔餡兒的，裡頭好多蘿蔔絲呢。」
趙佑樘不喜歡吃蘿蔔餡兒的包子，她知道。
誰料太子哈哈笑了。「哦，沒吃過這種，讓我咬一口。」
他當真就咬下來，馮憐容小心肝一顫，生怕自己被咬痛了，結果太子在她臉上輕輕啃了啃，就移到嘴上去了。
趙佑樘這方面作風豪放，時常當著眾人就這樣，故而那些嬤嬤、宮人見到他來，很自覺地就紛紛迴避。
馮憐容被他親得上氣不接下氣，被放開時，臉都憋紅了。
她大口喘了一下氣，才恢復正常，真好奇他怎麼不用中間休息一會兒。
「殿下，裡衣做好了。」她本來就想送過去，太子來了，正好給他看。
趙佑樘在身上比劃一下，見剪裁很合身，就是這繡的花好像有點兒不那麼精緻，不過她又不是繡娘，也算可以了。
「還行。」他點點頭。

馮憐容臉就垮下來。還行，就是不行的意思，她哪兒聽不出來，不然肯定說很好！

趙佑樘看她嘟著嘴，笑道：「我回頭就穿上，咱小良娣做的，肯定舒適。」

馮憐容又高興起來，兩人說說笑笑，趙佑樘忽然想到一事，走到她臥房一看，只見那福字還貼著，當下就皺起了眉。「上回不是叫妳拿下來，這都一個月了，早過完年了，放這兒多不合適。」

「挺好的，可以放到明年過年呢。」馮憐容不覺得有什麼。

趙佑樘雖然高興，可每回來看到這裡貼著福字，他總覺得很奇怪，太不協調了！

「算了，我給妳畫幅畫。」

馮憐容大喜。「真的？畫畫？」

「還騙妳呢，現在就畫。」

趙佑樘說做就做，立刻叫嚴正去把他書房裡的筆墨紙硯都拿過來。

馮憐容心想，真挑剔，她這兒也有筆墨紙硯，他居然不用，還非得用自己的。不過他用的肯定都是最好的，她這些也比不了。

嚴正拿來後，挽起袖子磨墨。

趙佑樘醞釀了一會兒，開始作畫。

馮憐容在旁邊一站，呼吸聲都小一些，生怕打擾到他。

過了好一陣子，他才畫完。

馮憐容探頭一看，畫上一個美人兒正躺在花叢裡睡覺，人是側著的，面如白玉，眉目如畫，睡得很香、很甜，好像正在作一個美夢，旁邊的花兒再好看，也只是襯托她的綠葉。

馮憐容看得目不轉睛，忽然之間叫道：「殿下，這不是我嗎？」

怪不得這麼眼熟，她笑道：「原來妾身畫在畫上，那麼美啊！」

趙佑樘看她一臉陶醉，挑眉道：「誰說我畫的是妳，妳睡起來就跟小豬似的，這人哪裡跟妳像了，沒見過這麼自吹自擂的人。」

馮憐容氣得跳腳，忍不住伸手捶了他一下，輕聲道：「討厭，真討厭。」

她不敢大聲罵他，雖然很想，哪個人會喜歡被人說成是小豬。

趙佑樘吩咐嚴正。「把福字拿走，貼這個。」

屋裡換了一幅畫，立刻增色不少，比原先那個福字是好太多了。

馮憐容看著也喜歡。「果然還是畫好看，殿下畫得真好。」

她伸手挽住他胳膊，歪頭問道：「不過這真的不是妾身嗎？妾身看著就是！」

趙佑樘嗯了一聲。「不是，妳想多了。」

趙佑樘暗自心想，那天晚上，他看到的就是這樣，不過這會兒胖成這樣，她還覺得是她嗎？

他笑著把她摟過來。

馮憐容暗道，不是她就不是她了，反正都是太子畫的畫，管這麼多呢！

他給她寫福字，又畫畫，她夠滿足的了。

二人擁著，好一會兒才放開。

根據朱太醫說的，馮憐容大概還有半個月左右就要生產，故而絳雲閣所有人等都分外謹慎，絲毫不敢鬆懈，因天開始暖了，她住的又是單獨的宮殿，馮憐容最近倒是時常在院子裡散步，就是肚子沈甸甸的，走不了多久就得回屋休息。

那兩個嬤嬤也很忙，在絳雲閣與壽康宮兩地來回奔波，這幾日陸續就有孩兒的東西送來，一會兒是床，一會兒是被褥，一會兒連照顧孩子的宮人都提早放過來，還有穩婆。

皇太后說，在壽康宮還是有點兒遠，生怕來不及，所以叫穩婆也住在絳雲閣。

這話倒是令馮憐容有些害怕，不至於那麼些距離，自己就不幸出事了吧？

鍾嬤嬤安慰道：「也是這麼一說，主子們尋常生個孩子，大多是無事的。」

這宮裡，要麼就生不下來，要麼是生下來了，養不活。

其實因難產而死的妃嬪真不多，畢竟比起宮外，宮裡的御醫不是拿來看的，可比外面的大夫厲害多了，還有穩婆也是一樣，再者，各主子每日都是被精心伺候著，生產也順利點。

「主子切莫害怕，這一怕，肚子裡的小主子也是知道的，可不是不好？」鍾嬤嬤換了個方式勸。

馮憐容點點頭。「嬤嬤說得對，我這孩兒身體很好，不會有事的，我現在也有力氣呢。」

「可不是嘛，主子放寬心。」

二人正說著話，知春領著一個人來了。

鍾嬤嬤看來人打扮不像是宮人，就知道是奶娘。

「娘娘千挑萬選出來的，太后娘娘也看過，良娣您瞧瞧，可合心意？」

馮憐容一問，知道是給孩子餵奶的，這心裡就不太喜歡。

雖然她也知道宮裡頭都這樣，孩子都有個奶娘，沒有反而不可能，可她卻不太願意自己的孩兒給別人餵大，她跟哥哥都是喝娘親的母奶，怎麼宮裡就那麼麻煩？

「不能不要嗎？」她還是存一點兒希望，問鍾嬤嬤。

鍾嬤嬤搖頭，斬釘截鐵地道：「不行，就得有個奶娘的。」

「可我也會有奶啊，我餵不就行了。」

鍾嬤嬤小聲在馮憐容耳邊道：「這一餵，就不好看了，主子，不是奴婢說妳，主子這輩子就是伺候好殿下，妳莫要忘了，這孩兒一天到晚的要喝奶，主子能忙得過來？就算主子少餵一些，小主子到時候認奶，就不喝別的，那也不成。」

馮憐容嘆口氣，果然還是沒辦法。

「那我喝喝她的奶，成不？」她忽然道。

屋裡所有人都吃了一驚。都是孩兒喝奶，主子喝什麼啊！

馮憐容也有些不好意思。「我……我就嚐看看，好不好喝。」

鍾嬤嬤無言，看看那奶娘。

知春掩著嘴，有點兒想笑。

奶娘俞氏很淡定，躬身道：「那奴婢就給主子嚐嚐。」

珠蘭忙給她一個碗兒。

俞氏拿著去側間，不一會兒工夫，端來小半碗奶汁。

奶汁濃白，聞著一點腥味都沒有，馮憐容就算不瞭解，也看得出來，這應該是好奶，不過她還是覺得喝一下才放心。

馮憐容遲疑片刻，就把碗放到嘴邊，淺淺嚐了一口。味道挺好，有淡淡的甜，但不似牛奶、羊奶那麼濃郁。

她把碗遞給鍾嬤嬤。「嬤嬤也嚐嚐。」

鍾嬤嬤嘴角又在抽，勉為其難喝一口，大讚道：「很好，這奶不錯。」她問奶娘：「妳以前奶過幾個孩子？」

「兩個。」俞氏被誇讚了，也頗高興，不過眉宇間又有傷懷，畢竟自己的孩兒還沒長大，這就入宮了，只為掙點銀子。

鍾嬤嬤點點頭，對馮憐容道：「就她吧。」

馮憐容又看看俞氏，俞氏生得濃眉大眼，身上有一股爽利氣，她笑道：「好，那就妳了，記得以後好好帶孩子。」

俞氏應道：「是，主子。」

知春回去東宮內殿，稟告方嫣。

方嫣聽到馮憐容還喝奶，心道，這是怕自己害她孩子呢，這麼謹慎，不過她現在也沒心思跟馮憐容計較，她正為太子的將來擔心。

本來太子好好地監國，誰曉得皇上突然不顧自己的身體，又要重新親政，這不是怕太子奪權嗎？也許在不久之後，皇上指不定還要廢了太子，這不是沒有可能的。

方嫣很焦急，甚至還寫信回娘家，希望她父親也有些準備。

這般過了半個多月，馮憐容有日起床，剛吃了一個八寶饅頭，肚子就開始疼了。

鍾嬤嬤見狀，連忙把穩婆叫過來。

穩婆問道：「剛疼的？」

馮憐容點點頭。

穩婆就道：「再等等。」

馮憐容捂著肚子，不可思議，她疼呢，還要叫她等等，一會兒孩子生下來了可怎麼辦才好！

鍾嬤嬤也是有經驗的人，安慰道：「別怕，主子，這是才開始，妳這會兒疼不算什麼，一會兒更疼了才是要生了。」

「是這樣的，別慌，疼的不一樣了，主子再叫。」穩婆吩咐幾個宮人、黃門去側殿準備生孩子的東西。

不慌不忙，太有大將風範了。

可馮憐容只想哭，雖然不是很疼，她也怕啊，她這會兒好想娘親在身邊，好想爹爹和哥哥。

見她眼睛紅紅的，鍾嬤嬤拍著她的手。「主子，沒事的，別怕，肯定會順順利利的，小主子不是常在肚子裡動嗎？這就是要出來了，妳很快就要當娘了啊，主子。」

馮憐容聽她安慰，忽然覺得鍾嬤嬤挺像她的外祖母，外祖母就是這樣臉圓圓的，眼角周圍全是皺紋，眼神又特別慈祥，她想著，又覺得安心了一些。

雖然沒有家人在，可是鍾嬤嬤和身邊的人都對她很好，一會兒她生了，太子肯定也會知道，她不能讓他們失望，馮憐容又有了勇氣。

等到將近兩個多時辰後，馮憐容這痛才加劇，鍾嬤嬤趕緊叫人扶著去側殿。

皇太后等人那裡也都得了消息。

「一會兒妳得有孫兒了。」皇太后朝皇后笑。

皇后躬身。「也恭喜母后成為曾祖母。」

皇太后哈哈笑了，同時頗為感慨。「倒是從未想過我能活到這把年紀，四代同堂，也算是難得！等會兒馮良娣生了，這些東西都拿去賞了。」

皇后懶洋洋起身。「那我也得去瞧瞧我那些壓箱底的。」

「也不可太重，莫要叫嫣兒傷心。」

皇后回應了一聲。

太子妃才是正妻，馮良娣自然不會大賞，但為太子開枝散葉也算是一功，該得的還是得有。

東宮正殿裡，趙佑樘正坐立不安，好幾次想去看看，卻都忍住了。畢竟他身為男人，尋常人家都不合適去探望，更別說他還是個太子。

「怎麼到現在還沒生下來？天都要黑了，」他問嚴正。「你再去瞅瞅。」

嚴正剛去，方嫣來了。

「殿下，莫要著急，這不是等閒工夫就能生下來的，妾身聽說，有時候快一些三、四個時辰，有時候一天也不一定。」

趙佑樘聽了心裡咯噔一聲，生孩子不是很疼嗎，疼一天還能得了？

看他這臉色，方嫣自然不太高興，但這會兒她也不可能吃什麼醋，畢竟馮良娣是在生孩子，這是件大事兒，弄不好，是要出人命的。

她就說些好話。「聽朱太醫說，馮良娣身體很健康，這穩婆又是有本事的，聽說從未失手過。」

趙佑樘唔了一聲，坐下來。

方嫣瞄到他書案上的宣紙，便伸手拿起來瞧，只見寫了好幾個名字，她笑道：「殿下在給孩兒取名字？」

不光有男孩的，還有女孩的，不過正常情況，皇子的孩兒都由皇上賜名。

方嫣心裡暗暗嘆氣，太子不得皇帝的喜歡，這孩子也一定是，怪不得他自己先就取好了。

趙佑樘笑了笑。「是的，就是還未定下。」

方嫣指著其中一個道：「妾身看叫本意不錯。」

趙佑樘不置可否。「以後再說。」

方嫣略不快，把宣紙放回去。

嚴正很快就回來了，這會兒是滿臉笑容，老遠就在喊：「殿下，恭喜殿下，馮良娣平安生下孩子了，是個男孩！」

趙佑樘大喜，拔腿就往絳雲閣去了，方嫣只耽擱一會兒，再出去，他人影都已不見。

這廂，鍾嬷嬷正在誇馮憐容。「主子，您真厲害，生得那麼快，就連穩婆都在說，本當主子養尊處優，總要多花費些時間，誰想到那麼順利。」又把孩子抱給她看。「剛才喝了點兒溫水，不哭了，主子看看，在睡覺呢。」

馮憐容納悶道：「沒喝奶呀？」

「才生下來，不用急著喝的。」

馮憐容哦了一聲，探頭去看孩子。只見這孩兒皮膚紅紅皺皺的，五官看起來既不像太子，也不像她，可不知為何，看著就好親切，她叫鍾嬤嬤拿過來一點，側頭往孩兒臉上親了親。

「還好，頭髮好黑呢。」總算這個長得不錯。

正說著，趙佑樘大踏步進來，鍾嬤嬤第一個時間就把孩子給他看。

趙佑樘驚訝地盯著自己的孩子，怎麼這臉這麼紅，他問道：「這樣沒事嗎？請太醫來看看。」

鍾嬤嬤笑著解釋。「殿下，剛生下來的都是這樣，等過段時間，五官才清楚，慢慢地就看得出來長什麼樣子了。」

趙佑樘笑起來。「那妳好好抱著。」

他轉身去看馮憐容了，只見她躺在床上，滿臉疲憊，不過見到他時卻是笑嘻嘻的，好像一點兒沒有受苦的樣子。

「不疼嗎？」

「疼啊，差點都疼得我暈過去，好像有人拿刀割我呢，一陣陣的，就像真的有塊肉從身上掉下來。」

趙佑樘聽得心一顫，連忙握住她的手道：「辛苦妳了，阿容。」

馮憐容卻又一笑。「也沒什麼，生孩子都要疼的，幸好孩兒沒什麼，就是……孩兒長得不像殿下。」

即使是自己孩子，馮憐容也還是覺得有點兒醜。

果然跟他一樣的想法，趙佑樘笑道：「剛才嬤嬤說了，以後就長好了，只是現在有點兒不好看。」

馮憐容鬆了口氣，她好怕孩子不像太子，男孩子總是要像爹比較好。

趙佑樘伸手給她攏一攏頭髮。「吃過飯沒有？」

「沒吃呢。」馮憐容一摸肚子。「啊，剛才疼得都不知道餓，就想休息休息。」

趙佑樘沒法想像她生個孩子是怎麼挺過來的，原本以為他一來，她定是哭得唏哩嘩啦，誰知道一副沒心沒肺的樣子，他現在才發現，馮憐容其實有他所不瞭解的堅強。

「快去膳房要，還愣著！」他斥道。

鍾嬤嬤忙過來。「殿下，要過了，因不知道主子什麼時候生完，所以也沒有提早端來，這會兒肯定要到了。」

趙佑樘臉色緩和了些。

馮憐容不太想說話，把頭挪過來一點，靠在他的胳膊上。

趙佑樘一下一下順著她的頭髮，忽然發現這頭髮竟然有點濕，他一開始以為她洗過了，後來才想到，應是疼得流汗，把頭髮都給弄濕了。

那是流了多少汗，得多疼。他微微一嘆，恨不得把她給緊緊抱在懷裡。

方嫣這時來了，一眼就瞧見這幕情景，心裡頭難免窩火。

馮憐容見到她，不敢放肆，把頭移了回去。

趙佑樘仍然坐著，胳膊的位置沒有動。

方嫣深吸一口氣。「妾身瞧過孩兒了，果然是健健康康的，馮良娣，妳好好養身體，最近也不要走動，要吃什麼，儘管派人來說一聲。」

馮憐容忙謝過太子妃。

方嫣也就是來過個場，表達關心，其實哪裡有話跟馮憐容講，她看著趙佑樘。「殿下也莫要打擾馮良娣休息了。」

趙佑樘嗯了一聲，雖然勉強，但還是要同妻子去皇太后、皇上、皇后那裡一趟。

他站起來，朝馮憐容看了一眼。「妳吃完就睡一會兒。」

馮憐容點點頭。

他又加一句：「我稍後再來。」

馮憐容的眼裡露出笑意，滿是高興。

方嫣暗地咬了咬牙，這才與他離開了。

寶蘭端著一碗蓮藕粥過來。

珠蘭扶馮憐容坐起，拿個枕頭放在她後背。

「聞著真香。」寶蘭舀一舀調羹，吹吹涼，送到馮憐容嘴邊。「太醫跟穩婆都說剛生完孩子不能吃太油膩的東西，所以膳房只煮了這個。」

馮憐容點點頭。「我現在胃口也不太好，吃完就睡了，妳們幾個也去休息一下，剛才跟著受驚了吧？」

寶蘭跟珠蘭都笑起來。「主子生孩子，是有點兒驚慌，不過更多的是高興，幸好主子跟小皇孫都平安。」

「是啊，小皇孫很乖，一喝完水就睡了，奶娘說抱著好重呢，得有七斤。」珠蘭笑嘻嘻道。

「我瞧著也挺胖的。」馮憐容問。「那邊人都在看著？」

「嬤嬤已經吩咐過了，叫那四個宮人輪流，現在有兩個先去睡了，主子放心，晚上她們也得守著，再說，還有奶娘呢，咱們得空也會去瞧，主子就好好坐月子。」

鍾嬤嬤也過來道：「是啊，坐月子可不能有一點閃失，不然以後可有罪受，主子要看孩子，說一聲便是。」

馮憐容應了聲，讓珠蘭替她拿走枕頭，鍾嬤嬤見她要睡，忙道：「再等會兒，一會兒賞賜該來了。」

果然沒多久，皇太后、皇后、皇上等人賞的東西都陸續送過來，不過她現在情況特殊，來封賞的黃門只在門口宣讀旨意就算了，她口頭道謝一番，用不著下床。

鍾嬤嬤等黃門走了，笑道：「好些東西，金銀珠玉、綾羅綢緞都有，主子先睡，一會兒再起來，奴婢詳細報知。」

馮憐容也實在沒力氣，撐不住，頭剛沾到枕頭就睡著了。

且說皇帝得了一個皇孫，也算高興，一見趙佑樘和方嫣到來，笑著道：「你如今也做父親了，做事須得更加沈穩些。」

趙佑樘應了聲是。

皇上吩咐下去。「把孩兒抱來給朕瞧瞧，看看什麼樣子？」

皇太后忙阻止。「皇上，這孩子才剛生下來，不能受涼的，怎麼好抱出屋子？還是等幾日再說，我也是想看呢。」

皇上點點頭，不再多說。

皇太后抬眸看他一眼，見他頗為疲累，眼睛下面發青，臉龐也是有些浮腫，故關切地詢問道：「皇上最近身體可好？聽說早朝多有停頓？」

皇帝聞言，挺直腰桿道：「朕沒什麼，比起往前，精神還好上許多。至於早朝，朕是覺得沒必要天天如此，官員有什麼事情，可幾天回稟一次，還節省了時間，多做些實事。」

真是歪理啊，虧得她這兒子說得出口。

皇太后拿起茶盞，微微笑了笑。「那看來太醫們的藥起效果了，皇上莫要覺得好了，便忘記服用。」

其實自己的身體，自己最清楚，皇上面色有些尷尬。

他其實哪裡好很多，反而更差了，昨兒在長春宮歇了一晚，早上就起不了床，頭暈眼花的，然而他也不好停下來養病，又叫太子監國。

皇上如今是有些騎虎難下，只好減少早朝的次數，而且批閱奏疏，也是力不從心，常讓黃應宿唸，他躺著聽聽，再作些決定。

從壽康宮出來後，趙佑樘一直沒有說話。

方嫣陪著走了一段路，問道：「殿下現今有何打算，難道就只看著不成？」

她是沒發現太子有什麼舉動，每日還是進出絳雲閣，也還有閒心跟馮良娣花前月下，作畫寫詩。

趙佑樘淡淡道：「這等時候不能輕舉妄動。」

可方嫣很著急，她怕皇帝又出昏招，比如廢了太子，皇上真要這樣，他們也只能坐以待斃。

趙佑樘看她一眼，安撫道：「妳別擔心，急的未必是咱們。」

方嫣怔了怔。這話什麼意思？難道急的是胡貴妃？

趙佑樘也不點破，他看起來雖然平靜，可是，又如何真的能平靜如水？只是，他知道急躁不能解決問題。

有時候，便只能等，等著最合適的時機到來。

趙佑樘止步。「妳去歇息一會兒吧，最近很多事都讓妳費心了，我去趟絳雲閣。」

方嫣皺了皺眉，可對他這光明正大的態度，她也不好說什麼。「那妾身就先回了，不過馮良娣正在月子裡，殿下莫要忘了。」

她說著，心念一轉，又抬一抬下頷。「如今馮良娣已生了孩子，可別的良娣竟還有未侍寢過殿下的。殿下，您對待她們，亦要公平些。」

趙佑樘嘴角挑了挑，她也活學活用，知道光明正大來提醒他了。

「我記住阿嫣的話了。」他微微一笑。

夜空下，這雙眸子真比星光還璀璨。

方嫣望著他，臉忽地就紅了。在她心裡，他永遠都是世間最英俊的男子，不然當初她也不會那麼想嫁給他，只是，這幾年，他們並不融洽，她總是摸不透他的心思。

如今，偏偏又多了一個馮良娣。

方嫣眸中閃過冷意，她低下頭道：「殿下記得就好，妾身告辭。」

趙佑樘略微停頓，過得片刻，才去往絳雲閣。

馮憐容這會兒正睡著，趙佑樘自然沒讓人弄醒她，只坐在床邊。

屋裡十分安靜，周圍的宮人都退得遠遠的，連嚴正、唐季亮等人也都在門口等候。

趙佑樘就這麼坐了好一會兒，誰也不知道他想什麼，就見他忽然站起來。

那是要回去的意思了，嚴正二人連忙站直身子。

結果趙佑樘剛走了兩步，馮憐容把眼睛睜開來，頭一句就喚道：「殿下，您要走了。」語氣裡難掩失望之色。

趙佑樘笑了，轉過身道：「妳怎麼這會兒醒了，倒是巧。」

「才不巧呢，就因為殿下說稍後要過來看妾身，妾身這就沒睡好，就算睡著了，還老是夢到殿下，剛才就是覺得殿下坐在旁邊，看著……」馮憐容說著連忙半坐起身子，她這臉胖的啊，她不想他看到她睡著時的樣子，實在是醜。

趙佑樘急著扶住她後背。「妳突然亂動什麼，不會扯到傷口？」

馮憐容哎喲一聲，果然下面疼了，她捂住肚子，又是一聲驚叫。「嬤嬤，我的肚子怎麼還是那麼大！」

她之前太累沒想那麼多，誰曉得醒過來，肚子還是好大，她不是生下孩子了嗎？

這裡一驚一乍的，鍾嬤嬤不得不過來。「主子，妳這肚子得好幾個月才小下來呢，哪裡會這麼快。」

馮憐容一聽，別提多沮喪。臉大不說，肚子還大，她可憐兮兮地看太子一眼。

趙佑樘噗哧地笑了。

鍾嬤嬤扶馮憐容坐好，又退回去。

趙佑樘坐在床頭，揉揉她的臉道：「大也沒什麼，我這除了揉小包子，還能揉大包子了。」

馮憐容聽見都要哭了，這算什麼安慰的話啊！

看她心情一片灰暗，趙佑樘知道她在傷心什麼。

「我不嫌棄妳，怕什麼啊。」

馮憐容又高興了，雖然不知道是真是假，可太子願意哄她嘛，她還是要好好瘦下來，不能真的那麼胖。

「殿下看過孩子沒有？」她問。

「一直在睡呢，怕他醒了，還是過幾日再說，現在也還小，讓他多休息休息，妳也不要老纏著看。」趙佑樘心想，真的是好小一個孩子，看起來很脆弱。

他臉上流露出父親的關心，那是不同於平日裡對她的溫柔，大概血緣就是這樣神奇。

馮憐容湊過來一些，握住他的手臂搖了搖。「殿下，孩子的名字您想好沒有？」

「想了幾個。」他垂眸看她。「不過我挑來挑去，覺得承衍比較好。」

「承衍？」馮憐容眼睛閃亮。「趙承衍？真好聽！」

這名字她從未聽過，前世太子的孩子沒有一個叫這個名。

趙佑樘笑了笑，見她臉上沒有一絲猶豫，全然的歡快，可見很喜歡這個名字。

「以後就叫他承衍。」他低下頭，在她額角親了親。「現在我來過了，妳能好好睡了吧？」

馮憐容點點頭，手卻抓著他的胳膊不放。

趙佑樘好笑，她這是捨不得他走。「那我再坐一會兒，看著妳睡。」他故意逗她。

馮憐容的表情立時糾結起來。她不想他看到自己的睡臉，可是她又很想他留下來。

她想了想，咬牙把身子慢慢側過來，臉也側著，再把半個臉貼在他的胳膊上，這下整個臉就只露出一點點。

趙佑樘見狀也是無言了。

好嘛，還要想個兩全之策，但是剛才他早就看飽了，好不好。

他輕聲發笑，馮憐容當作沒聽見，抱著他的胳膊，只覺得好安心，就跟自己的家人在身邊一樣。

趙佑樘坐著一動也不動，今日她生孩子，一點兒也沒有同他訴苦，就連哭都沒有，這條胳膊就借給她一下好了。

也不知過了多久，馮憐容的手才鬆了，趙佑樘慢慢移出手來，卻碰到她的臉頰，忽地一頓。她的眼角竟是濕的。

他低頭看去，原來她在夢中睡得並不安寧，他不由想到馮憐容的第一次哭泣。

是不是，想家了啊……

趙佑樘回去後就吩咐嚴正，明兒拿二百兩銀子，二十疋布料給馮家，算是馮憐容生完孩子後的賞賜。

原本按照慣例，妃嬪生子，只賞妃嬪個人，故而趙佑樘叮囑：「不要大張旗鼓。」

嚴正自然明白。

趙佑樘想一想，又補充一句道：「還是等到休沐日再去，馮大人若是在家，容許他書信一封。」

雖然他當時答應過馮憐容會讓她見到家人，然而，現在不是時候。

他已經忤逆過皇太后一次，如今再為她求這個人情，對馮憐容也不是好事，只能退而求其次了。

嚴正答應一聲。

過兩日，嚴正親自出宮一趟，去了馮家。

唐容打開院門，只見外頭立著一個白白淨淨的小黃門，心裡頭難免吃驚。

嚴正笑道：「馮夫人，小人是奉殿下之命。」

唐容一聽，連忙請他入內，一邊喚馮澄與馮孟安二人出來。
嚴正身後還跟著兩個禁軍，抬了個箱子。
馮澄、馮孟安與他見禮。
嚴正道：「因馮良娣順利生下皇孫，這是殿下的心意。」
他沒有說賞賜，而是說心意，馮澄是個聰明人，當即就理解了其中的意思，賞賜有時是與規制聯繫在一起，但心意就不必，說明這些東西是太子私底下送與他們的。
馮澄連忙道謝。
「馮大人有空的話，不妨寫封家書，小人可以帶回去。」
馮澄大喜，一迭聲地道：「有空，有空。」
馮孟安忙去書房給父親磨墨。
唐容請嚴正坐下，給他端來茶水，因離過年也不算遠，家裡頭還有些點心，她也給端來。
嚴正四處一看，只見這馮家當真簡陋，堂屋裡除了必要的桌椅外，什麼擺設都沒有，他想起那次隨太子去山東，那山東知府的府邸，就算收拾過，都比這兒富麗得多。
而馮澄本身也是個五品官，只比知府低一品而已，看來是個清官。
嚴正對馮澄不免多了幾分敬重。
唐容坐不住，對嚴正道：「公公請在此等一等。」
嚴正點頭，心想，這馮夫人應也是有話要跟女兒說。
這時，馮澄已經寫了一大頁的內容，唐容進來急著道：「相公，容容正在坐月子，我有好些話要叮囑，你得給我都寫進去。等坐完月子，還得要好好鍛鍊，把人瘦下來，不然就一直胖著，她在宮裡可不容易，不能生個孩子，人就毀了。」

馮澄道：「好，好，妳快說。」

唐容講了一大堆的話。

這樣就三頁信紙了，馮澄看看馮孟安。「你呢？」

馮孟安道：「兒子沒什麼好說的。」

馮澄吹鬍子瞪眼。「難得能給容容寫封信，你竟然沒話說？」

馮孟安一笑，拿了個印章出來。「把這個給妹妹就行了，我想說的，都在上面。」

三人拿了書信與印章給嚴正，馮澄又是一番道謝。

嚴正告辭走了。

唐容眼睛紅紅地道：「今日總算是讓我放心了，看來殿下對咱們容容還是挺好的，不然也不會送這些來，還讓咱們寫信。」

馮澄嗯了一聲。不過他不比婦人，作為馮憐容的父親，他自然希望太子可以一帆風順地登上帝位，只不過最近形勢有些複雜，皇上抱病親政，應是對太子的不信任，太子可算處於下風。

幸運的是，皇上並不得人心，最近早朝又不常來，越發引得百官不滿，而京城各處又有些異動，不只是兵部，甚至包括五軍兵馬司，那兵馬司的指揮使乃是胡貴妃的父親鶴慶侯。

不知道，事情最後到底會演變成何樣？

馮澄心思重重。

第十三章

嚴正帶回信與印章，挑了個時間又去了絳雲閣。

因有皇太后的人在，他只單獨與鍾嬤嬤說話。

「這是馮良娣家裡捎來的，殿下也送了賞賜，嬤嬤注意些，再給馮良娣。」

鍾嬤嬤聽得萬分高興，連忙應了。

她要找機會並不難，那兩個嬤嬤與其他四個宮人，現在基本都在看著皇孫，不太注意主子，她很快就把東西給馮憐容。

馮憐容當時都不敢相信，把信打開來，只見字跡大開大合，遒勁自然，正是父親寫的無疑。

她的眼淚一下子落下來，等看完信，都哭成了淚人。

又再看印章，那是哥哥親手雕刻的，因哥哥除了看書，也喜畫畫，每回畫完，總會拿個印章出來，蓋上自己的名字，她年幼時，就纏著向哥哥要，哥哥說她還小，以後大了自然會給她刻一個，沒想到他還記得。

印章上，馮憐容三個字刻得特別工整好看，四個側面，每個側面都雕刻了兩尾魚，她的眼淚又忍不住湧出來。

她哥哥的印章上就是有兩尾魚，她問起的時候，哥哥說，大的是他，小的就是馮憐容，他會永遠護著她這個妹妹。

見馮憐容哭得不成樣子，鍾嬤嬤忙道：「莫哭了，主子，月子裡哭久了，眼睛會瞎，如今主子看到這些，應是知道家裡都好了，別再哭了，不然殿下可不是好心做壞事？」

馮憐容抽抽噎噎地停下來。

母親在信裡也說，不能哭的，她的眼睛不能壞，她要讓自己再變得美美的，好好伺候太子。

馮憐容把信認真疊好，與印章交於寶蘭，放在盒子裡鎖起來。

鍾嬤嬤拿來熱手巾給她擦臉。

不過月子裡，倒還不能少吃，也不能急於動，馮憐容要瘦下來的念頭只能等到坐完月子了。

再過幾日，小皇孫從娘胎出來，也適應好了，最近睡得沒有以前多，馮憐容就能多看看他，沒事兒就同他說話。

不過趙承衍實在太小了，完全沒法回應她，但光看著他，就夠她高興的了。

這日，銀桂進來道：「主子，永嘉公主來了。」

馮憐容嚇一跳。她怎麼來了？

這永嘉公主作風高調囂張，在太子登基後，越發是京城裡首屈一指的風流人物，也頗得新帝信任，當年聽說永嘉公主府前車水馬龍，門庭若市。

可是，這些都與她沒有關係。

只見永嘉公主大踏步進來，神采飛揚。她天生是個得意人，雖然母親不受寵，可是皇后地位穩固，她同時又得皇帝、皇太后喜歡，婚姻也是順遂無比，又生得兩個兒子，沒有人不羨慕的。

馮憐容頷首道：「妾身見過公主。」

她還在月子裡，不便下床。

永嘉公主對此沒有說什麼，只看著馮憐容懷裡的孩子，吩咐道：「孩子給我瞧瞧。」

馮憐容手一緊，不過很快就鬆開了。

永嘉公主是趙承衍的姑母，要看他再正常不過。

鍾嬤嬤把趙承衍抱過去。

永嘉公主低頭看一眼，嘴角就上翹，嘖嘖兩聲，道：「哎喲，真是個俊小子，以後肯定像你爹爹的。」

她語氣格外溫柔，馮憐容也笑了笑。

永嘉公主又伸出手，把趙承衍從鍾嬤嬤手裡抱來，一邊微微搖晃，輕聲跟趙承衍說話，看得出來，她很喜歡這個孩子。

馮憐容也越來越放鬆，身子往後微微靠去。

永嘉公主看了一會兒，目光朝她投來。

馮憐容坐月子中，自然是沒有做任何打扮，又因生過孩子，人胖了一圈，頭髮又沒梳，實在沒什麼看頭。不過五官擺在那裡，永嘉公主心想，就是這樣，也稱不上醜，看來果真是個美人，也難怪她這皇弟寵她，如今又生了孩子，更是不一樣。

永嘉公主看著馮憐容說：「這孩兒我一會兒抱去，給皇祖母、父皇、母后看看。」

馮憐容笑道：「孩兒是時候見見他皇曾祖母、皇祖父與皇祖母呢。」

永嘉公主微微發笑，低頭又看看趙承衍。「我覺得我這侄兒本也不應當住在這兒。」

馮憐容一怔。不住在這兒？

永嘉公主看她吃驚的樣子，想到胡貴妃，當初胡貴妃生了孩子，皇祖母原本想要養，結果她死也不肯，父皇寵溺她，成全了她，如今胡貴妃的野心越來越大，就想她其中一個兒子當皇帝！

永嘉公主近乎用欣賞的表情看著馮憐容在這一刻的驚慌。

馮憐容自然是想到了什麼，她一個妾室，生了孩子，太子妃如果想養，也無可厚非，這是作為妾室的悲哀。

馮憐容想到太子，頓時不慌了，假如太子妃當初要抱走，那早就抱走了。

她無條件地相信太子，只因他是一個君子，他不會讓她蒙在鼓裡，然後再給她當頭一棒。

所以她很快釋然。「公主，孩子還小，您抱出去的時候當心點兒，別受涼了。」

永嘉公主本來還想看看她要說什麼，結果只是那麼一瞬間之後，她竟然就當沒有聽見，說起這個來了。

永嘉公主不曉得她在想什麼，冷笑一聲道：「我生過兩個孩兒，妳當我不知道？我坐著輦車過來的，能受什麼涼。」

她抱著孩子就走了，屋裡眾人都不太舒服。

鍾嬤嬤氣道：「永嘉公主就是這般，一點兒不把人放在眼裡，也不知道為什麼會是她來抱孩子。」

鍾嬤嬤是老資格了，對永嘉公主如何長大的，十分清楚。

永嘉公主的身分，注定她可以高高在上，馮憐容深知這一點，她坐在床上，反而安撫鍾嬤嬤。「公主只是看我不順眼，既然是要抱去給太后娘娘他們看，想必也沒什麼。」

馮憐容心想，永嘉公主再不喜歡她，也不至於要害太子的孩子，她瞭解這姊弟倆的感情，再說，她要攔也攔不住，到時候反而嚇到孩兒也指不定。

不過永嘉公主那句話仍是縈繞心頭，太子妃到底有沒有生過那份心？假如她想要，她這孩子也留不住，還是太子阻止了這件事？

如果是，馮憐容真覺得自己要高興死了！

另一廂，永嘉公主抱著孩子一路就前往壽康宮。

皇太后見到她，略有責備。「妳這急性子，我只是說說，妳就立刻抱來了，有沒有吹到風？孩子還小呢！」

「輦車都圍了帷幔，哪裡有風？我給遮得嚴嚴實實的。」她把孩子給皇太后和皇后看。「瞧瞧，長得真好，人也乖，路上不吵不鬧的。」

皇太后看著，滿臉的慈愛。

「這頭髮真黑，與佑樘小時候一樣。」皇后笑道。「說起來，馮良娣長得也好，這孩子定然是個俊哥兒。」

說到馮憐容，永嘉公主冷笑一聲。「皇祖母，您怎麼就把孩子給她養？就是放在自己身邊，都比給她養好吧，要不，就給阿嫣妹妹，母后，您說是不是？」

皇后微微皺了皺眉。「婉婉，妳這話可不妥。」

「哪裡不妥？她難道想學胡貴妃不成？」

皇后沈下臉。「跟此事無關。婉婉，這關乎母親與孩子，奪別人孩兒總不是一件好事，就算是良娣，她也是做娘的，若是有人搶走妳的孩子，妳會樂意？」

永嘉公主不服氣。「她能跟我比？」

在永嘉公主心裡，妾室算不得什麼。

皇太后聽這母女一番話，知皇后心慈，當年她也是這樣說的，不肯撫養太子，如今她的態度仍是沒變。

永嘉公主撇撇嘴，抱著孩子搖一搖道：「女兒也是怕馮良娣母憑子貴罷了，母后就不擔心？」

皇后淡淡道：「有何擔心，妳覺得佑樘跟妳父皇像嗎？」

永嘉公主一怔。

皇太后擺擺手。「好了，為個馮良娣，妳們吵什麼。」她提醒永嘉公主。「婉婉，這事兒妳莫在佑樘面前提，現嫣兒還年輕，不怕以後沒孩子，真要輪到這事了，再說。」

永嘉公主想了想，點點頭。

眼見要到午時了，孩子才送回來，且是由趙佑樘親手抱回的。

馮憐容歡喜道：「殿下，您怎麼來了？」又問：「衍衍沒事吧？」

趙佑樘把孩子給她，笑道：「沒事，今兒天暖。」又對鍾嬤嬤道：「把奶娘叫來。」

馮憐容抱著孩子仔細細地瞧過，雖說她覺得應該沒什麼，但到底還是擔心。

瞧她這樣子，趙佑樘嘆了一口氣。永嘉公主就是心急，他心想剛才馮憐容肯定受到驚嚇，也是委屈她了。

俞氏很快就到，抱著趙承衍去餵奶。馮憐容聽說吃得很歡，才徹底放心。

趙佑樘問道：「最近身體可好一些了，還疼不疼？」

「不疼了，已經慢慢好了。」馮憐容挪過來，抱住他的胳膊，輕聲說道：「殿下，謝謝您啊。」

趙佑樘知道她是說她家那件事，當下逗她道：「光是說說就行了？」

馮憐容把臉在他胳膊上蹭了蹭。「妾身好了，會好好伺候殿下的。」

聽到伺候這詞，趙佑樘的心免不得有些熱，兩個人好久沒有同房，他有時候也想，只是沒法子，她實在伺候不起來。

「盡說些沒用的，沒誠心。」趙佑樘嫌棄，拔出自己的胳膊，又不是現在能伺候，還非要說，這不是挑逗人嘛。

馮憐容急了，也不管有沒有宮人在旁邊，就爬起來抱住他脖子，往臉蛋上親。

趙佑樘僵住，鍾嬤嬤則扭過頭，跟幾個宮人輕手輕腳地走了。

馮憐容這一主動，很熱情，差點沒把他的嘴給咬破。

趙佑樘立刻就反攻起來，雖然不能同房，可沒有說不能摸，這手就把她渾身上下到處摸了一遍，兩人氣喘吁吁才停下來。

見馮憐容手腳還纏在他身上不放，趙佑樘斥道：「別胡鬧了，我下午還要聽課。」

剛才聽說永嘉公主來了，還抱了孩子給皇太后幾個看，他正好午時休息，就去一趟壽康宮。

至於親自送過來，也是不放心馮憐容，特來探望，見她好好的，他自然就要走。

馮憐容被他一罵，不敢造次。

趙佑樘的慾火被她勾了出來，可這是大白天，也不合適，他不敢再跟馮憐容膩在一塊兒，站起來就走了。

一走出絳雲閣，趙佑樘吁出一口氣，真有些惱火。他血氣方剛，這方面雖然克制，可一旦有想法，沒滿足也會難受。

他大踏步地前往春暉閣，半路上遇到夏伯玉，不免驚訝道：「還以為你明兒才到。」

他派出去征討真羅國的大軍打了勝仗，真羅國已臣服，盡數歸還哈沙土地，也願意每年進貢。

其實進貢對他們小國的好處並不少，景國地大物博，得了貢品，照樣會還禮，那都是小國所欠缺的物資。

夏伯玉行禮後，笑道：「這兩日連夜趕路，故而提早到了。」

趙佑樘點點頭。「你先回去歇息歇息，回頭再同我詳稟。」

夏伯玉應聲走了。

趙承衍很快滿月了，皇太后賞了東西下來，其中有兩件金鎖，個個都沈甸甸的，皇后則是送了兩雙虎頭鞋來。

馮憐容很高興，先就給趙承衍換了虎頭鞋穿，不大不小正正好。

趙承衍好像也喜歡，竟然咧嘴一笑。

馮憐容看見，喜不自禁，又逗他，結果這孩子偏不笑了。

又過了十幾日，馮憐容的月子算是坐完了，不過眾人還是仔細照顧，生怕她哪裡沒養好，以後虧了身子。

馮憐容自個兒倒是粗心起來，菜吃得多，動得也多，甚至也不管那麼多宮人，常親手帶孩子。

鍾嬤嬤勸道：「主子，您這是何必，主子只要服侍好殿下就行了，皇孫有得是人來帶，這樣主子也不辛苦。」

「殿下來了，我自然會伺候好，不來，我就帶孩子。」

馮憐容是聽了她娘親的話，唐容上回在信裡說了，要瘦下來就自個兒帶孩子，一來與孩子的感情好，二來這也鍛鍊到了，別太養尊處優，弄得太精細，身體反而會不好。又說宮裡有太醫，吃上面可以精細些，但要吃得飽，別為了瘦，不好好用膳。

馮憐容就是這麼聽從，鍾嬤嬤也拿她沒法子。

這主子什麼都好，就是有點兒不太聽話，她一旦決定了，就難以改變，便只叫她注意休息，帶歸帶，不能累到。馮憐容這個還是聽得進去。

只是不到一陣子，又得開始請安，請安這種事，馮憐容已經一年沒有做，一下子還真有些不適應，可是也不能不去，只有改掉晚起的習慣。

誰想到，過了半個月，知春過來道：「娘娘說了，以後都不用來請安了。」

鍾嬤嬤納悶道：「怎麼回事？」
知春笑咪咪道：「咱們娘娘有喜了啊，這是要養胎了。」
言下之意，妳們都不要去打擾娘娘。
鍾嬤嬤連忙恭喜一聲。
馮憐容聽見，高興得差點跳起來。
她真心實意為太子妃歡喜！這一年，她大概都不用煩什麼了。
因為按照上一世的情況，太子妃就是這樣，什麼都不管，把這孩子看得跟寶貝似的，生怕有一丁點兒的閃失，所以那一年，是所有良娣過得最自由的時候！
太子妃有喜，可不比馮憐容，馮憐容那會兒，也就太子、太子妃來看看她，別的就甭指望了，但這次不一樣，皇太后、皇后都親自前往東宮內殿。
那是嫡子，到底是不同。
皇太后高興地千叮嚀、萬叮囑。「妳有上回的事情，這回一定要注意。」
方嫣紅著眼睛聽。她得知自己有喜，一開始還不敢相信，早當無望，結果卻是真，當時就哭了一場，滿心都是幸福。
原來她也能當娘呢！
「孫兒媳知道，會好好養著的。」方嫣一臉溫和地撫摸著肚子。
皇后看著她的動作，笑道：「母后為妳這事兒也操碎了心，總算如願，可見妳還是有福氣的，我已叫人去告訴妳家裡，請親家過來。妳要是樂意，叫妳母親住在這兒一段時間，也無不可。」
方嫣連忙道謝。
隨後趙佑樘來了，也是關心一番，要她多加休息，能不管的就不要管。
方嫣其實自個兒也是這麼想的，現在孩子最大，所以叫良娣立規矩什麼的，她根本就不在意。她現在一心只想要養胎，然後把孩子順順利利地生下來。
不過她還是很關心孩子的性別，一等眾人都走了，就急著問李嬤嬤。「剛才朱太醫可與皇祖母說清楚男女了？」
朱太醫來把脈的，說暫時看不出來。
李嬤嬤道：「就是不知道，好像是因娘娘上回落胎，影響到了，不太好辨別。」
其實李嬤嬤聽到一些，朱太醫說太子妃的胎兒脈象有些弱，他較為擔心，但這話自然不能跟太子妃說，不然太子妃還不得急死，橫豎也不是嚴重的事情，只要稍加注意，他常來給太子妃看一看，好好保住就行了。
方嫣沒有得到自己想知道的，未免不快。
「娘娘也不用糾結是男是女，有了這一個，以後自然還有下一個，孩子是越多越好，總會有男兒。」
方嫣嘆口氣。「要是頭一個是男兒，不是更好？」
李嬤嬤笑道：「興許就是，等月分大了，再讓朱太醫看看。」

眼瞅著時間一天天過去，胡貴妃著急得都開始掉頭髮，現在雖然是皇帝親政，可太子還是趙佑樘，不是她的兒子，那麼，之前所做的又有什麼用呢？

胡貴妃與皇上很親近，看得出來，他這身子是一天不如一天，說得難聽些，雙腿一伸之後，太子照樣登基，那她跟兩個兒子都危險了。

胡貴妃一咬牙，這日把黃應宿請過去。

黃應宿能在宮裡混到今日這位置，自然是個人精，不用說，也知道胡貴妃的意思，而他也清楚一旦太子登基，一朝天子一朝臣，他這執筆太監是絕對當不了的，興許命也保不住。

畢竟皇上如何對待太子，他看在眼裡，以黃應宿自個兒的想法，有怨報怨，有仇報仇再正常不過。那麼皇上身邊的人，太子又如何容得下？

故而不等胡貴妃說，黃應宿把一早想好的計策就呈了出來。

胡貴妃有些吃驚。「這行得通？」

「奴才也看過史書，應是能行，只需有信得過之人。」黃應宿道。「想必在宮中，娘娘的心腹也不少。」

胡貴妃徐徐道：「就這麼定了。」

黃應宿微微一笑。「那奴才最近可不能出現在娘娘這兒了，娘娘請保重，有什麼要說的，請人傳話。」

他告辭走了。

胡貴妃看著窗外，面上露出少有的凶狠之色。

劉衡一拐一拐走過來，因太子被刺一事，他在拷問中瘸了腿，此刻勸胡貴妃道：「娘娘為何要冒這個險？以小人看，殿下乃寬厚之人，將來得繼大統，必不會太為難娘娘跟兩位皇子……」

話還未說完，胡貴妃就喝斥道：「你給我住口，你也說不會太為難，那總是會為難的！將來我兒，指不定就被發配到邊疆去，我老死在冷宮，又有什麼意思？」

劉衡不敢說了。

胡貴妃道：「事已至此，不是他死，就是我亡。」

她頓了頓，冷笑一聲道：「不，是他亡才對呢！」

劉衡面如死灰，他知道這主子已經入了死胡同，十頭牛都拉不回來。他又能做什麼？

一到夏末，蚊蠅漸漸少了，就是天氣還熱得很，屋裡銅鼎的冰仍是堆得滿滿，馮憐容這會兒在洗澡，水裡放了好多花瓣，香噴噴的。

今兒太子要她侍寢，距離上回侍寢，她已經算不清多久了，只覺得急不可耐。

馮憐容洗完就趕緊穿上衣服。

鍾嬤嬤也很高興，這是主子生產後第一次侍寢，剛才她與寶蘭幾個光挑衣服就好一會兒，現在看看成果還是滿意的。

馮憐容左右照照鏡子，笑得跟朵花似的。

她已經瘦下來不少，有以前八分的樣子，總算能看看。她在梳妝檯上掃一眼，自己找出一根白玉簪插頭上。

鍾嬤嬤笑道：「可漂亮了，走吧，別讓殿下好等。」

馮憐容腳步一頓，問道：「嬤嬤，能帶孩兒去嗎？」

「去什麼啊！」鍾嬤嬤斥道。「殿下要看孩子什麼時候不能看，妳帶個孩子還怎麼伺候？快走吧，孩子有咱們，主子不用瞎擔心。」

馮憐容撇撇嘴，不就是想一家在一起嘛，這麼凶。

她又去看了一眼趙承衍，聽他格格笑兩聲了才出去。

正殿裡，趙佑樘真的是在等，他靜不下來，這種心情很少有，剛才翻了好幾卷書，怎麼換都看不進去。

正當這時候，就聽嚴正說馮良娣來了。

他的心一下子歡悅起來，立在臥房門口，只見馮憐容蓮步輕移，因她穿了一身粉色帶白的裙衫，遠遠看去，就像不染塵埃似地飄進來。

「殿下。」不過等她走近了，這感覺立時就變了。

趙佑樘還沒說話，她整個人就撲到他懷裡。

他感到好笑，能不能矜持點兒啊！本來還想誇她好看。

趙佑樘想得很開，立刻就把她腦袋抬起來，親了下去。

兩個人什麼話都不說，只知道抱著親吻、撫摸。

馮憐容迷迷糊糊地想，剛才白打扮了，這看都沒看呢，就這樣了，那是她們細心給她選的衣服。

不過想歸想，她自個兒一點也不比太子好，太子脫了她的，她也伸手替太子脫衣，兩個人都急匆匆的，幸好他還有點兒理智，想到朱太醫叮囑的，動作後來放慢了一些。

當然，這是第一次，後面就不太一樣了，趙佑樘發現她恢復得挺好的，該瘦的瘦了，不該瘦的也沒瘦，而且那個時候挺享受，一點兒沒發現不能太猛，所以他也不收斂了，按著她弄了好幾次。

馮憐容到最後腿都軟了，跟爛泥一樣躺在床上，一動不動。

趙佑樘也累了，好久沒那麼爽快了。他躺下來，把馮憐容往懷裡一摟。

馮憐容順勢就抱住他的腰，把臉貼在他胸口上。

趙佑樘低頭在她耳邊問：「剛才舒服不？」

馮憐容累得連話都不想說，點了點頭。

他逗她。「還要不要？」

馮憐容嚇得啊一聲，把頭搖得跟波浪鼓似的。「不要了，殿下！」

她也算侍寢了好多次的人，從來沒見過他這樣。不過舒服的時候還是挺好的，就跟飛上天一樣，但要她再來，她真的沒有力氣，他太用力的時候，感覺她就要被頂穿了一般。

趙佑樘哈哈笑了，低頭見她桃花一樣嬌豔的臉頰，只覺動人，他摸摸她的頭。「先睡吧，反正也不用早起。」

馮憐容還有點迷糊，一臉歡快，笑道：「是啊，娘娘有喜，不用請安了。」

趙佑樘抽了下嘴角，就為個不請安，那麼高興？

結果馮憐容忽然又爬起來。「我不能在這兒睡，小羊會不習慣的。」

趙佑樘奇道：「小羊？」

「是我給孩兒起的乳名，小孩兒就是要有個這種名字，才好養大。」馮憐容笑笑。

「那為什麼叫小羊，叫猛虎不是更威風？」

馮憐容忍不住噗哧笑了。「哪裡能叫虎嘛，鍾嬤嬤說，就是要叫弱小一點的名字才好，再說，咱們孩兒長得白白的，性格又乖，就像隻小羊。」她回憶起來。「我小時候還叫小魚呢，後來大了，娘才叫我容容。」

「小魚？」趙佑樘笑起來。「容容？嗯，還是容容好聽一些。」

馮憐容問：「殿下的乳名叫什麼？」

趙佑樘愣了愣。

馮憐容看出來了，他沒有乳名。

這可憐的孩子，剛生下來就由皇后養了，皇后性子一直冷冷的，怕也沒給他起一個。

馮憐容充滿愛心的道：「殿下，妾身給你補一個好不好？」

趙佑樘無言。不過看她躍躍欲試的樣子，他默許了。

馮憐容想了想道：「殿下現在又聰明、又英俊的，小時候一般都是叫醜蛋。」

趙佑樘整個人都呆了，幸好自己沒有乳名！

不過等他看到馮憐容捂著嘴，笑個不停時，才反應過來，她這是沒安好心，故意逗他的。

趙佑樘猛地撲上去，把馮憐容壓在下面，惡狠狠地道：「剛才說不要的是不是？哼哼，我這會兒想要得很！」

馮憐容又被好一陣蹂躪，後來直接睡著了。

第二日早上，趙佑樘醒了，用完早膳，正神清氣爽地去春暉閣聽課，結果剛到殿門口，就見夏伯玉、余石正等在那裡。

這二人算得上是他的眼睛，無時無刻不注意著宮中每個角落、每個時刻發生的事情。可今日不同尋常。

趙佑樘感覺到了，面色也嚴肅起來。

夏伯玉道：「胡貴妃見過黃公公之後，又分別見過幾位黃門、錦衣衛。黃公公也是如此，昨夜還調派過人手，在春暉閣四處查看一番，應是已定下計謀。」

余石道：「昨日下午，胡貴妃求見過皇上，昨日傍晚，胡貴妃之父鶴慶侯入宮，過得半個時辰才出宮。」

趙佑樘若有所思。「你們再盯著，隨時回稟，勿論時間。」

二人明白他的意思。

其實昨夜他們就想稟告，只是太子正與馮良娣纏綿，他們才等到早上，那麼今日開始，就不同了，哪怕太子在聽課，該打擾的就得打擾。

趙佑樘又問：「父皇可有什麼異常之舉？」

余石道：「沒有。」

他監視皇帝也有一段日子，有時候真覺得浪費時間，只因皇上比起胡貴妃、黃應宿等人，實在老實得多，也難怪他這樣一個皇帝，還能令天下太平，有時候，平庸也有好處，當然，前提是臣子必須能幹。

趙佑樘又吩咐幾句，便踏入春暉閣。

馮憐容睡得死沈死沈，過了一個時辰才醒來，見太子果然不在了。

現今這王大廚還是給她用，倒也不稀罕這兒的飯菜，故而她穿上衣服就回絳雲閣用早膳。

鍾嬤嬤估摸時間，早給她點了幾樣平日裡愛吃的，因此馮憐容剛到，就有熱騰騰的飯菜，心情大好，吃得精光。

鍾嬤嬤看她回的比預想的還要晚一些，也是高興，可見太子很寵愛她，兩個人定然睡得也晚。

不過如此說來，主子伺候太子，應該累得很，到底是產後，鍾嬤嬤又叫珠蘭替主子到處揉捏揉捏。

馮憐容立刻又舒服了一些，問道：「孩兒還在睡？吃過奶沒有？」

「吃過了，剛睡下，早上醒來兩隻眼睛滴溜溜的，到處找主子呢。」

馮憐容笑起來，果然孩子認得她了。

鍾嬤嬤這時才說：「剛才太后娘娘派人來說，叫主子得空抱皇孫過去一趟，說想看看皇孫。」

馮憐容一愣，如果只是單純要看皇孫，抱去便是了，為何要叫上她？

「嬤嬤。」她直起身子道。「妳說太后娘娘是有什麼事？」

鍾嬤嬤想一想道：「主子到底是皇孫的娘親，興許太后娘娘就是想見見主子吧，主子莫擔心。」

馮憐容吐出一口氣。「算了，躲也躲不過。」

她穿上鞋子，便抱著趙承衍去壽康宮。

趙承衍原本還睡著，這會兒也醒了，睜著黑亮的眼睛到處看。

馮憐容拿出一個小鈴鐺給他玩。「小羊，要去見你皇祖母了，高興嗎？」

趙承衍小腦袋歪了歪，去拿鈴鐺，不過他的力氣好小，拿不穩，總是掉下來。

馮憐容笑著看他，比起前幾日，孩子多拿了一會兒，可見他一天天在強壯。

到了壽康宮，馮憐容下了輦車，殿裡宮人迎她進去。

馮憐容看到院子裡的美人蕉開滿一片，跟趙承衍道：「小羊，看這花多紅、多豔，這叫美人蕉。」

她抱他過去，聞了聞，笑道：「香吧，這是花香味，跟娘身上搽的香粉可不一樣呢。」

趙承衍眨巴著眼睛，拿手摘了一片花瓣下來。

馮憐容高興地抱著他又往前走。

宮人抿一抿嘴輕笑，這會兒要見皇太后了，馮良娣一路還有閒情逸致地教孩子呢。

趙承衍抓著花瓣，小胖手揮啊揮的，格格笑個不停，等見到皇太后了，還在笑。

皇太后聽到小孩兒的笑聲，臉上露出笑容，問道：「怎麼那麼高興？」

馮憐容見禮後才道：「像是見到花兒歡喜呢。」

皇太后哦喲一聲。「還會摘花啦？」

趙承衍朝她瞧瞧，小手一伸，花瓣上還帶著汁液，一下就黏在皇太后的臉上！

馮憐容嘴角抽了起來。兒啊，你往哪裡扔不好啊？扔你皇祖母臉上。

皇太后愣了一下，就哈哈笑起來。「這花是送給我了？」

趙承衍咯咯一笑，他的眼睛又大又圓，就跟黑葡萄一樣。

皇太后越看越喜歡，跟皇后道：「這下看得出來了，長得像佑樘呢，不過性子倒不像，我記得那會兒剛見到佑樘，盡在哭。這孩兒不愛哭，愛笑得很。」

她派去的幾個嬤嬤宮人都是這麼說，今日一看，果然如此。

皇后點點頭。「是啊，佑樘幼時是不太好養，後來才慢慢好的。」

馮憐容聽了，暗暗得意，孩子是像她，娘親說，她小時候就愛笑，所以長輩都喜歡她。可惜，她長大後，祖父就去世了，外祖母現在也見不到。

皇太后與皇后看了一會兒，皇太后才與她說話。「聽說妳常親自抱他，就連睡覺，也是放在身邊？」

馮憐容回道：「回太后娘娘，妾身是這麼帶的。」

皇太后眯了眯眼睛。這宮裡，母親一旦與孩子太親，以後就越難處置，尤其是妃嬪這種身分。

皇太后並不確定，馮憐容將來會不會變成像胡貴妃一樣的人，她抱著趙承衍微微搖了搖，道：「這孩子真討人喜歡，以後隔三差五，來我這兒住上一段時間吧。」

馮憐容微微一怔。原來皇太后叫她來，是這個意思。

她看了看皇太后手裡的孩子，一時情緒複雜，過得片刻，才笑道：「太后娘娘喜歡他，是他的福氣。」

皇太后一直在看著她，也見到她的猶豫，又問道：「那妳可捨得？」

馮憐容眸色微暗。「妾身自然不太捨得，畢竟是妾身十月懷胎才生下來的。」她說著，眼睛有些紅了。「只是，太后娘娘是他的皇祖母，得享天倫之樂也是人之常情。」

皇太后微微一笑，看著天真單純的一個人，原來也是會說話的。

「妳若是實在不捨，也罷了。」

馮憐容搖搖頭。「就算孩兒大了，他遲早也會離開妾身，住到別處。別說您是他的皇祖母，就是尋常家裡，又有何不同？妾身小時候也常在祖父膝下承歡，妾身長大後，只恨祖父去世得早，不能盡孝。太后娘娘，妾身雖然是有些不捨，可是心裡並沒任何不願，再說，您對殿下那麼好，也一樣會愛護承衍的。」

她這一番話叫皇太后吃驚。

過一會兒，皇太后的手輕輕揉了揉趙承衍的腦袋，笑了笑道：「這孩子妳養得不錯，白白胖胖的，討人喜歡，以後常抱來給我瞧瞧。」

馮憐容也不知道這話什麼意思，難道又不要孩子住她那兒了？

她應了聲是。

等到馮憐容抱著趙承衍告辭走了，皇太后轉頭問皇后：「妳瞧著這良娣如何？」

皇后道：「挺好的。」

皇太后唔了一聲。「再看看吧。」

馮憐容依循著原路，乘著輦車，抱著孩子回到絳雲閣。

鍾嬤嬤連忙上來，輕聲問道：「太后娘娘說什麼了？」

馮憐容照實說了。

鍾嬤嬤瞪大了眼睛，原來是皇太后不放心馮憐容，生怕她跟胡貴妃一樣，養大了孩子，野心勃勃，胡亂折騰。

「後來叫我時常抱去，您說，太后娘娘還要不要小羊住她那兒了？」

「奴婢也不知道。」

都說聖心難測，這皇太后的心也是一樣的。

其實在鍾嬤嬤看來，皇太后有時候比皇上更像皇上。

她年輕時，早聽過宮裡老嬤嬤說起皇太后執掌大權時的事情，若沒有她，皇上能不能坐上皇位，都難說得很，也不一定有現在的太平日子。

鍾嬤嬤叮囑道：「得罪誰都不能得罪太后娘娘，就算太后娘娘真要孩子，主子也得給，不要有什麼怨言。」

馮憐容心想，她是沒有怨言啊，太后娘娘是孩兒的皇祖母，疼也是真心疼愛。

而且，她看得很清楚，沒有皇太后，趙佑樘就做不成太子，如果可以，她不願意趙佑樘為她與皇太后起衝突。

她看著趙承衍，輕聲道：「小羊，就算哪一日，你不在娘身邊了，娘也一樣會想你、疼你的，你一定要乖，皇祖母也會喜歡你的，知道嗎？」

趙承衍只看著眼前一雙溫柔美麗的眼睛，伸出手，啪的一下按在上面。

馮憐容疼得差點哭了。

「壞蛋！」她拿手輕捏趙承衍的臉蛋。

趙承衍格格笑了。

「壞傢伙還不怕疼。」她咬牙。

鍾嬤嬤忙抱過來。「主子，他那麼小，又不是成心打主子的。」

她剛才多傷心跟他說這番話，他居然還打她？

馮憐容氣得看書去了。

第十四章

過得一陣子，宮裡出了一樁事。

馮憐容起來，就見金桂、銀桂兩人在窗外嘀嘀咕咕地說什麼，那表情看起來透著一股詭異，有點兒像以前說起日蝕的樣子。

馮憐容感到納悶，叫她們兩個過來。

金桂道：「主子，咱們宮裡有會用巫術的人。」

「什麼？」馮憐容吃驚，她印象裡沒這回事。「妳說說清楚。」

金桂就道：「胡貴妃被人用巫蠱害了，病了好幾日，後來有人揭發，是一個昭儀嫉妒胡貴妃，用木偶人詛咒她，昨兒晚上就被搜了出來。」

馮憐容仔細想一想，還是不記得聽過巫術、木偶人這種詞。

不過前世在這時候，太子因被刺而傷勢嚴重，胡貴妃被皇太后打入冷宮，就連皇上都救不了她，故而，這歷史也早就改變了。

馮憐容皺了皺眉，隱隱生出一種不祥之感，可是她又說不準是什麼，她本來知道的那些事情，都已經與現在不太相同。

而此刻，胡貴妃正跟皇上說被人害的事情。

她眼淚漣漣地道：「妾身幾個晚上都睡不好，渾身都沒有力氣，請了御醫來看，一點用都沒有的，只說吃幾味藥試試。」她嘆口氣。「要不是有人說出來，妾身只怕慢慢就要死了。」

皇上本來的認知裡，也覺得巫術不可信，問道：「真的會不舒服？」

「是啊，後來被搜出來，妾身立刻就好了。」胡貴妃面露驚恐地道。「所以有些病治不好，指不定就是被人偷偷害了也不一定的。」

皇上有些相信了，胡貴妃又跟他說了好一些巫術的事情。

結果當天晚上，皇上就作夢了，夢到有人也弄了一個木偶人來詛咒他，早上醒來，他的頭更加疼了。

黃應宿見狀，連忙請朱太醫來看。

朱太醫還是老樣子，皇上這病本來就是要慢慢調理，他自己不聽，非得要去處理政務，還不禁慾，所以照舊吃藥。

皇上惱火了，把朱太醫臭罵一頓道：「又是開這些藥，你們這些庸醫，朕要你們幹什麼，給我滾出去！」

朱太醫很鎮定地退下了。

皇上的腦袋繼續發疼，再加上前一晚作了關於巫術的夢，他忽然覺得這是神靈托夢，便跟黃應宿說：「朕這病有點不正常！」

黃應宿道：「奴婢也覺得如此，皇上本來龍精虎猛的，哪裡是會病那麼長的人。」

「會不會也有人弄了木偶人在詛咒朕？」

黃應宿沈默，過得一會兒才道：「奴才可不敢說。」

道袍的人。」

看他臉色猶豫，皇上怒道：「你瞞著朕什麼了？還不說！」

黃應宿連忙跪下來。「皇上，其實，其實奴婢早有些懷疑了，奴才有日瞧見嚴正領了一個穿道袍的人。」

「嚴正是誰？」

「太子身邊的人。」

皇上大怒，果然他這兒子一直在盼著自己死，可惜他一次又一次饒過他，這回，他不能再心軟了，那太醫肯定也是同太子一夥的。

皇上道：「你立刻派人去查。」

黃應宿顫聲道：「奴才能查什麼？皇上，奴才不過是個黃門，殿下身邊那麼多親衛呢，能容許奴才？」

皇帝心想也是，把禁軍大統領與錦衣衛指揮使都叫來，說道：「你們與黃公公一起去徹查此案，務必翻得水落石出，宮裡到處都給朕找找，掘地三尺也得查個清楚！」

大統領何可修，問：「皇上的意思，是要把殿下抓起來？」

皇上陰沈著臉。「他若是不配合，你們看著辦。」

何可修應了一聲，與陳越走出去。

黃應宿趾高氣昂地跟在後面。現在只要去趟春暉閣，把地翻一翻就行了，到時候把木偶人給皇上一看，皇上還能不相信是太子所為？

結果三個人還沒走出去多遠，就聽外頭一陣喧鬧。

余石大步過來，身後跟著幾十個禁軍，說要求見皇上。

黃應宿下意識就覺得不好，忙道：「皇上在休息呢，你稍後再來。」

余石不聽，直接就推門進去。

皇上剛要斥責，余石便跪下來，把手裡東西呈上去。「剛才有人揭發胡貴妃用巫術之法，詛咒皇上與殿下，證據在此。」

皇上大驚，而立在門口的黃應宿只覺得自己被一道雷劈了，半天回不了神。

這不是他們的計劃嗎？怎麼胡貴妃反而變成幕後真凶？

余石又道：「屬下是在長春宮後院一棵樹下尋到的……」

他還沒說完，皇上已經一聲大喝。「你聽誰的命令，為何此事朕一點不知？混帳東西，光憑一個木偶人就能定罪？」

余石面色平靜。「因皇上身體欠佳，太后娘娘知道此事後，便命屬下……」

皇上一拂袖子，直奔壽康宮。

他絕不信胡貴妃會害他！胡貴妃是愛他的，就算她想要自己的兒子成為太子，她也不會害自己，這一定是誰設計陷害胡貴妃，要她的命。

皇上深深知道，這罪一旦落實，胡貴妃必定會沒命，他不能讓此事發生！

是誰？到底是誰？

皇上不停地思索，是太子，還是他的母親，皇太后？

沒錯，他們都要胡貴妃的命！

黃應宿見皇帝不但沒有懲處胡貴妃，反而還斥責余石，大喜，乘機就上來道：「皇上，那殿下……」

「照舊去查！」皇上下令。「有任何妨礙之人，殺無赦！」

余石、何可修和陳越三人面色一變。看來皇上今日是動了真怒，也露出了要動太子的心思。眼見皇上走了，他們互相看一眼，領兵前往各大宮門。

黃應宿驚得眼珠子都掉下來，在後面叫道：「不是要徹查殿下，你們去哪裡？」可無人聽他的。

倒是余石走了兩步，吩咐下去。「把幾位公公請到別處，好好歇息一下。」

黃應宿一聽，嚇得臉色慘白，急忙要溜走，結果他哪裡跑得了，被禁軍一抓，塞住嘴就拖了出去，還有皇上身邊的黃門，沒有一個能逃過。

陳越這時道：「我去西門。」

西門吳僉事是皇帝心腹，同為錦衣衛，他很瞭解。現在，他們要比的就是誰快。

余石跟何可修也有各自要應付的目標，分路而走。

皇太后聽說皇帝的反應，她長長嘆了一口氣。

這兒子是她一手扶持上來的，這幾十年，她盡全力護衛著他，讓他坐穩這個位置，如今看來，真是不值得。

他何曾瞭解過她的苦心？為一個女人，步步走錯！

皇太后看一眼身邊的皇后，淡淡道：「今日之事，妳不要插手，我一把年紀了，誰恨我都沒什麼，妳到底還是他們的母親。」

指的是三皇子、四皇子。

皇后躬身，慢慢退下。

皇太后拿起桌前一盅鴆酒，本想按照慣例說出那些罪行，結果到嘴邊，化作輕輕一嘆。「賜下去吧。」

那個人，到底是她兒子深愛的女人。

景華舉起銀盤接下，帶著兩位嬤嬤，腳步匆匆地前往長春宮。

而此時，皇上正往壽康宮來。

他一進去就叫道：「母后，什麼巫術，根本不關胡貴妃的事情，她上次還被人詛咒，她自己怎麼會做出這種事情？」

皇太后坐在金背大椅上，居高臨下看著急慌慌的兒子。她微微笑了笑。「皇上，你不是為胡貴妃殺了那個昭儀，怎麼就不容許她來辯解？現今證據都在，不管是木偶人，還是親眼看見胡貴妃埋下偶人的宮人，都有，如何不關她的事？」

皇上急道：「那是有人誣陷！」

「誰會誣陷她？」皇太后問。

皇帝一時說不出來。

皇太后並不著急。她看著這個兒子，忽然又有些可憐他，堂堂皇帝，為一個女人落得如此地步！當初，自己到底是怎麼教導這個兒子的？

皇太后站起來道：「皇上，哀家已經處置了胡貴妃，如今說下來，也是沒有意義，請皇上節哀。」

皇帝聽到這話，只覺腦袋裡轟隆一聲，眼前的世界一片漆黑。

等到清醒過來，他轉頭就朝長春宮飛奔而去。

然而，為時已晚。

那杯鴆酒被強行灌入胡貴妃的口中，不到片刻，人便香消玉殞。

皇上立在門口，看著躺倒在地上的胡貴妃，看著那些宮人給她蓋上白綾，看著胡貴妃被抬出去，他的腦袋一陣暈眩。

在這一刻，他沒有想到要給胡貴妃報仇，沒有想到派遣宮中的禁軍，沒有想到以後的事情，他只在恍惚間，想到那日在魚樂池邊出現的胡貴妃。

那時候，她還年輕，國色天香。她看見他，臉上滿是嬌羞，又有些手足無措。

他當時便喜歡上了，從此往後，誰也入不得他的心，只可惜，最後，他還是辜負了她。

他堂堂一個皇帝，立個太子，都無法決定；他堂堂一個皇帝，連她的命都保不住……

皇帝心中沈痛，整個人往後倒下去。

宮人大驚，連忙去稟告皇太后。

皇太后臉色一變，猛地站起身，但是，她又慢慢坐了下來。

「扶去乾清宮，請太醫看看。」

今日她賜死了胡貴妃，便已經準備好。這個位置，皇帝是時候讓出來了！

宮人們都是人精，立刻就明白過來，匆匆而去。

皇太后安靜地坐著。作為一個母親，要這樣對付自己的兒子，著實是一件痛心的事情，可是她不僅僅只是一個母親。

作為母親，她已經盡力了。這些年，她付出了多少心血！這個扶不上牆的東西！到這一步，他還想忤逆她，就為了保住胡貴妃。

皇太后的手指緊緊握住椅把，身子微微發顫，過得好一會兒，她才平靜下來，慢慢吐出一口長氣。

宮裡冷清清的，一片死寂。

皇太后閉起眼睛，依稀記得那時候三個兒子還小，常在一起唸書，閒暇時，會圍在她身邊，說說笑笑。她教他們友愛團結，她讓他們互相討教，她說哥哥要讓著弟弟，弟弟要敬重哥哥……

皇太后想著，想著，眼淚流了下來。

一個人再如何，始終是預測不到將來的事情。

皇太后坐直身子，命人把太子請來。

因皇帝暈倒，什麼命令都沒來得及下，任何人都不敢輕舉妄動，故而幾位禁軍統領與錦衣衛很快就控制住形勢，該抓的抓，該封口的封口，宮裡很快恢復平靜。

此時此刻，趙佑樘正立在正殿門口，面色沈靜如水。

當初，他猜到胡貴妃的計策，曾經不屑一顧。在宮裡，要誣陷一個人，說難也難，說容易也容易，就看權勢在誰的手裡。

他嘲笑過胡貴妃的幼稚，身在此處這麼多年，竟然還沒有看清楚形勢。

他這父皇算什麼呢？就是他，又算是什麼？

趙佑樘抬頭看了看天空。

今日晴天，陽光燦爛，原本這樣初秋的天氣，是會讓人有個好心情的。

然而，他彷彿已經聽到了哭泣聲。

他的兩個弟弟，注定會永遠都記得這一天。

景琦殿裡，趙佑楨抱著驚恐的趙佑梧。

「母妃真的死了？」

趙佑楨先把自己的眼淚擦乾，才摸摸他的頭道：「四弟，以後不要再提母妃，咱們再也見不到了。」

趙佑梧哇的一聲大哭起來。

趙佑楨的眼睛也是紅通通的。他已經長大了，知道胡貴妃是怎麼死的，可是他卻沒有皇弟那麼驚慌，胡貴妃一直想要他成為太子，他是清楚的。

如今母妃因此而死，也像是預料中的事情，他只是有些茫然。為何母妃非得要去求那些求不到的東西？為此，甚至不惜犧牲自己的命？

他不解。

趙佑楨思索了一會兒，嘆了口氣，看向自己的同胞弟弟。

比起他，弟弟還小，他原本還需要母妃的關懷，母妃也一直比較疼愛他，這對於弟弟來說，確實是一個很大的打擊。

可是，他只能學著堅強起來。

「四弟，你記得，以後千萬不要在人前提母妃。」他叮囑道。

他知道父皇病重，兩個最大的依仗都沒有了，從此以後，他們會過得很是艱難。

趙佑梧抽泣道：「為什麼不能提母妃？」

「提了，咱們興許會被趕出去，然後沒有飯吃，會餓死。」趙佑楨不知道怎麼同弟弟解釋，弟弟雖然聰明，可到底對世事還瞭解得太少。「四弟，你不想沒飯吃，冬天也不想被凍死吧？」

趙佑梧嚇一跳，連忙搖頭。

「那就聽哥哥的，不要提母妃去世的事情，你在心裡記得母妃就好了。」

趙佑梧還是不太明白，但也點了點頭。

趙佑梧把他抱得更緊一些。以後，他們二人就要相依為命了。

趙佑樘經傳喚後，很快就到壽康宮。

皇太后道：「明兒開始，景國就交給你了。」

在胡貴妃死的那一刻，趙佑樘就已經預料到皇太后的心思。

他這祖母已經作了決定。現在，是他踏出第一步的時候！

他沒有虛偽地推辭。「鶴慶侯那裡，只怕會出亂子。」

皇太后伸手捏捏眉心。「你去處置。」

「是。」趙佑樘也看出她的疲累，皇太后作出這個決定，不是那麼輕易的，那畢竟是她的親生兒子。「那孫兒就不打擾皇祖母了，您好好歇息歇息。」

皇太后擺擺手。

趙佑樘退出去，剛回東宮正殿，就把陳越、何可修、余石叫來。「派人捉拿鶴慶侯，胡氏除女眷外，一律收押。」

他頓一頓，寫下手令給余石。「余統領，你暫任五軍兵馬司指揮使，接替鶴慶侯。」

這是叫余石肅清五軍兵馬司中鶴慶侯的勢力。

三人得令，立刻領兵出發。

另一廂，鶴慶侯本來還在等女兒的消息，結果剛剛得知惡耗，隨之而來的便是禁軍與錦衣衛，他甚至都沒來得及反抗，就被抓住了。

胡氏男兒全部擒獲。

而皇上還在昏迷中，什麼都不知，胡貴妃因罪被賜死，厚葬已無可能，胡氏一族被清理乾淨，不過皇太后念及胡貴妃給皇帝生了兩個兒子，仍是葬在皇陵附近。

方嫣聽聞消息，摸著肚子笑，她等這一日等了很久，不免胃口大開，一連點了二十幾樣菜。

老不死的，早該有今天！現今胡貴妃死了，她那兩個兒子再也成不了太子了！

李嬤嬤也高興，暗自心想，皇上現在病倒了，以後肯定別想好了，就算好了，只怕也只能做個太上皇，太子這皇帝是當定的。

方嫣笑道：「嬤嬤，快請殿下來。」

李嬤嬤派人去正殿。

聽說是太子妃的意思，趙佑樘雖然這會兒忙，但還是抽空去吃了頓飯。

方嫣頗為殷勤，噓寒問暖。

趙佑樘道：「阿嫣，妳還是多關心自己。」

「妾身沒什麼，昨兒朱太醫才來看過，說胎兒很安康。」方嫣笑意盈盈。「妾身是怕殿下累了，明兒不是又要監國了？」

趙佑樘笑了笑。「皇祖母那裡，妳得空也去看看。」

方嫣點點頭。

等到趙佑樘走了，方嫣才道：「看什麼皇祖母呀，我現在不好出門，萬一有點兒事，這孩子就保不住的。」

她現在是足不出戶，雖然朱太醫叮囑要多走走，可她這走，也是在屋裡晃晃。

「娘娘，壽康宮也不算遠，再說，坐個輦車就不用走了。」

方嫣搖頭，堅決地道：「還是等孩兒生下來再說，皇祖母又不是不知道我懷了孩子，哪裡會介意這些？每回去，也是叫我好好養胎呢。」

李嬤嬤知道她是怕保不住孩子，上回落胎那事對她的打擊太大了，所以她這次小心得有些過分。

但李嬤嬤沒有再勸，也知道勸不了。

且說皇帝暈倒了兩日後，總算醒過來，不過人迷糊得很，一醒就說要見胡貴妃，幾個黃門被折騰得很。

皇上後來又發現這黃門不是自己慣用的，大發脾氣，把手邊的東西扔了滿地，飯也不好好吃，一會兒要胡貴妃，一會兒要黃應宿，一會兒又說要畫畫，乾清宮被鬧得亂七八糟。

朱太醫回稟皇太后。「怕是得了癔症。」

那是瘋了。

皇太后道：「治不好？」

朱太醫搖搖頭。「尋常都不得治，另皇上身體又不行，得了癔症，更是無法養病，一刻也安靜不下來，只怕……」

皇太后沈默，過得一會兒道：「罷了，你盡力便是。」

朱太醫應聲告辭。

兩日後，皇太后召見禮部左侍郎秦大人，命他親自前往壽山皇陵視察工程，秦大人這心裡咯噔一聲，看來皇帝這病好不了了！

歷代皇帝在登基之日，很快就會定下自己將來要埋葬的陵墓，而景國自開國以來，已經有兩位皇帝埋在壽山之下，如今又要多一位了。

陵寢工程其實早已完畢，說是視察，實則是年代有些久遠，得重新修葺打掃一番，秦大人奉命在那裡待了半個月才回宮。

這半個月裡，文武百官也是漸漸清楚了形勢，這隊伍是再也不會站錯，如今皇上病重，太子要做皇帝那是板上釘釘的事情，哪個不要腦袋的人還會想著三皇子、四皇子？

倒是以前一味給皇帝拍馬、曾經贊成換太子的人，嚇得心慌慌，有些膽小的人直接就辭官溜走了。

趙佑樘重新掌權，不敢鬆懈，就這般忙碌了一段時間，才發現很久沒有見到馮憐容。

這日早朝回來，他問嚴正。「沒寫信過來？」

嚴正搖頭。「沒有。」

趙佑樘略感失望，心想，她有點兒不像話，這都多久了，就不惦記他？怎麼也不傳個話過來？他還跟她說過，想見他，隨時派人告訴幾個小黃門一聲。

趙佑樘頓足，轉身往絳雲閣去了，結果大老遠就聽到馮憐容的笑聲。

他忽然就有些惱火，大踏步地往裡走去，要通報的宮人都沒有他走得快。

「笑什麼？」

趙佑樘一到，冷峻的聲音在房內響起。

馮憐容轉頭一看，見太子立在門口，一張俊臉陰沈沈的，就跟要下雨的天氣一樣，她趕緊穿鞋下床。

「殿下怎麼突然來了？」她問安。

趙佑樘挑眉。「我不能來？」

屋裡宮人都默默退了幾步。

馮憐容也有些奇怪，心想，他是不是遇到什麼煩心的事情了？畢竟現在一團亂，他不是皇帝，又要管理政務，皇帝的病也不知如何？

她轉身把趙承衍抱過來。「殿下，孩兒前兩日會說娘了！我正教他喊爹爹，結果他說不清，老是說成『得得』。現在，他沒事兒就『得得得』的，說得又慢，剛才拿著小鏡子看自個兒，還『得得得』的呢。」

趙佑樘抽了下嘴角，正要說話，就見趙承衍小嘴一張。「得，得……」

他沒忍住，噗哧一下笑了。

「這都說得什麼啊。」他伸手把趙承衍抱過來，捏捏他的小臉蛋。「又長胖了，看這肉都多出來，跟小豬似的。」

趙承衍聽見，咯咯咯地笑，兩隻眼睛盯著趙佑樘看來看去。

「他這是在認你呢。」馮憐容道。「這是爹爹啊，小羊，爹爹太忙，沒空過來，你好好看看他，下回就認識了。」

趙承衍歪著小腦袋。「得，得……」

看起來蠢笨蠢笨的，可是小孩子天真，怎麼看怎麼可愛。

趙佑樘笑得彎下腰，他咳嗽一聲，又站直身體，看馮憐容一眼道：「都怪妳，我小時候早會喊爹娘了，他肯定像妳。」

馮憐容心道，你就吹牛吧，皇太后跟皇后都說你是個哭屁蟲呢！

可是她不能不給他面子。

「都怪妾身不好。」馮憐容賠罪道。「妾身一定會好好教他的，下回殿下再來，他肯定會喊爹爹的。」

趙佑樘又看看趙承衍，把他交給馮憐容。

馮憐容接過來，輕輕拍了拍趙承衍的後背，哄道：「該睡了啊，等會兒再玩，娘陪你一起睡。」

趙佑樘這臉又陰了。「妳要睡了？妳每天都陪他睡？」

馮憐容想一想。「殿下在，妾身就不去了，叫奶娘陪著好了。」

趙佑樘沈聲道：「他是男兒，老是要娘陪著一起像什麼話？以後能擔當大任？我早說了，慈母多敗兒！」

馮憐容皺眉。「可是他只是小嬰兒啊，什麼男兒，他才六個月大！」

「那也不行。」趙佑樘道。「妳以後少花些時間，教歸教，別的都叫她們去，不然要奶娘幹什麼？」

「妾身反正也閒著。」馮憐容給趙佑樘看臉。「我帶孩子瘦了呢，跟以前差不多，要總是什麼都不做，會長胖的。」

現正是八月，不冷不熱的時候，她穿一件杏紅色並蒂蓮花的夾衫，裙子是月白的挑線裙，頭上鬆綰一個髮髻，十分家常的打扮，可自有一股說不出的閒適慵懶。

趙佑樘瞄一眼，淡淡道：「我給妳找些事情做。」

「什麼事兒？」馮憐容眼睛亮亮的。

趙佑樘回頭吩咐：「把孩子抱出去。」
鍾嬤嬤連忙叫俞氏過來，只片刻工夫，屋裡已是空蕩蕩。
馮憐容心頭一驚，他該不是想在這兒……
她不由自主就退了一步。
他往前一步，她又退一步。
一直退到書案前，竟是無路可走了。
馮憐容身子抵著案桌，臉蛋漸漸發熱，像是傍晚霞紅一樣嬌豔。
趙佑樘抬起她下頷，問道：「怕什麼，退到這兒？」
馮憐容扭捏道：「殿下不能在……從來沒有的……」
「沒有什麼？」趙佑樘看著她。
落日餘暉從身後窗口灑進來，在他身上像是鍍了一層絢爛的光，他的臉有些模模糊糊的，卻讓馮憐容的心更加快速地跳了起來。
他把人撤走，不就是這個意思嗎？可是，大白天在良娣住的地方，好像挺不合適的，不過她也推不開他。
趙佑樘看她猶豫的樣子，伸手握住她的腰，就把她壓在書案上。
馮憐容上半身躺著，臉都白了。
不只在屋裡，還要在桌上？她瞪著水汪汪的大眼睛，一顆心怦怦直跳。
趙佑樘一隻手撐在桌上，俯下身看她，看了一會兒才問：「妳怎麼不寫信給我了？」

「怕打擾殿下。」她也想寫信，可是宮裡出了那麼多的事情，她哪裡敢要太子分心，只好帶孩子了。

趙佑樘冷笑一聲。

以前才多久沒見，又是寫信，又是泡酒的，這會兒光知道孩子呢，他莫名覺得很不高興。

他猛地壓下來，狠狠親了她一通。

馮憐容瞬間覺得自己的嘴腫了。

趙佑樘又把頭移到她胸口，蹂躪了一番。

馮憐容心想，還好沒有奶，不然流得到處都是，多難看啊。

最後，趙佑樘消停了。

「等以後再收拾妳。」他直起身體時，兩側的烏髮垂下來，在馮憐容臉上一掃，馮憐容只覺得渾身發癢。

這就好了？

馮憐容心想，不是要在屋裡，要在桌上的嗎？怎麼就以後收拾了？

她的慾望一上來，一著急就把他給夾住了。

趙佑樘一怔。她那兩條細長的腿難免會叫他想到別的地方去，他的某處本來就很不安分。

他忙沈聲道：「放開，我還要去春暉閣。」

下午他打算召見幾位大臣，商量些事情，這會兒來絳雲閣，原也不是初衷。

馮憐容滿臉通紅，噘嘴道：「那殿下來幹什麼？逗人玩呢。」

趙佑樘冷笑。他整一整衣裳，轉身就出去了。

馮憐容氣得恨不得拿手捶桌子。

屋外幾個宮人也納悶，只那麼一會兒，太子就出去了，原來不是那個意思。

鍾嬤嬤還擔心，這次馮憐容在絳雲閣侍寢，傳到太子妃耳裡，只怕又要被嫉恨，畢竟於禮不合。

要是皇帝的妃嬪也就罷了，位分高一點的妃子能有這等殊榮，可自家主子只是良娣。

「殿下剛才是與主子說什麼話了？」鍾嬤嬤來試探，她覺得應該是體己話，或者太子要叮囑馮憐容事情。

馮憐容都不好意思說。明明是要她侍寢的架勢，結果挑逗完她就走了。

沒見過這麼讓人討厭的！

她一下午心情都不好，後來想了想，提筆給太子寫了一封信。

趙佑樘忙完了，用完晚膳，黃益三興匆匆地拿著信過來。

「馮良娣寫的。」

趙佑樘嘴角挑了挑，拆開信，只見上頭就寫了一行字——「殿下，妾身求侍寢。」

幸好他沒在喝茶，不然得噴了一地。

他仔細看看字跡，確實是馮憐容寫的。她最近常練字，水準還是提高了一些，比往常寫得好看多了，不過怎就那麼不矜持？

頭一回聽說求侍寢的，但是趙佑樘沒理會，把信一摺，塞到袖子裡去了。

黃益三道：「殿下？」

「你把剩下的奏疏拿來。」

現今皇上這狀況，根本也不可能批閱奏疏，如今景國正如皇太后說的，確實是落在了他的身上。

黃益三去拿奏疏。

趙佑樘等他走了，又把信拿出來看了一下，越看越好笑。雖然他今兒也想她侍寢，不過他現在挺想看看馮憐容還會做什麼？

這廂趙佑樘正埋頭批閱奏疏，那廂馮憐容還在絳雲閣等，結果沒有一個人來。

看來這封信白寫了。

馮憐容又有些後怕，難道自己太直接了？

可她想來想去，覺得太子是因為她不給他寫信才生氣的，加上她真的想侍寢，這就寫了一封信去。

怎麼沒有奏效？難道自己會錯意了？

鍾嬤嬤道：「主子，您到底給殿下寫什麼了？」

往常寫什麼，太子就算字寫得少一點兒，也必會回的，這回竟然完全沒有反應。而且，自家主子寫這信時，還不給她們看。鍾嬤嬤也是擔心。

「沒寫什麼，能寫什麼啊？就是問候殿下累不累什麼的。」馮憐容臉一紅，起身去抱趙承衍。

她這回大膽了一次，以後也不敢這麼大膽了。

明顯太子不喜歡。

可是，她不知道，太子正等著她出後招。

一連好幾日，馮憐容都沒有動靜。

趙佑樘每回忙完國事，夜晚躺在床上的時候就想到她寫的那封信。

原來膽子也只有這麼大啊，再也不敢做點別的了。

趙佑樘覺得這樣下去不行，多日積累下來的火得降一降，當機立斷就派人去接她。

馮憐容本來還在後悔，覺得自己這信沒寫好，惹得太子不喜歡，結果太子就要她侍寢了。

馮憐容高高興興地打扮好去東宮正殿，趙佑樘看到她這歡喜樣子，這回真壓在桌上做了一回。

馮憐容背上被弄了好幾道印子，痛得眼淚汪汪。

趙佑樘叫她趴下，命人取來去瘀的藥膏，沾一些給她慢慢抹上。

馮憐容半閉著眼睛，忽然覺得好舒服。這輩子真是沒有白活，太子親手給她塗藥膏呢！

見她傻乎乎地笑起來，趙佑樘抽了下嘴角。「不疼嗎？還笑。」

「不疼，這藥膏很清涼呢，就跟夏天吃西瓜一樣。」她翻了個身，抱住他的胳膊，瞧著他俊美的臉，越看越覺得不可思議。

原先只當太子很不容易接近，現在這一年多相處下來，她覺得不是，他有時候真的很親切，不過不知道當上皇帝以後，會不會還是這樣？

前世太子是皇帝時，她已經沒有再侍寢過，有時候皇后舉辦盛宴，她見到他一面，都覺得他身上威壓甚重，只有在幾個妃子面前才會露出幾分溫柔。

馮憐容想到這兒，心莫名一痛。

看她神遊天外的樣子，趙佑樘捏捏她的臉問：「在發什麼呆？真當我是宮人了，瞧妳享受的。」

趙佑樘發現自己好像在服侍她一般，皺一皺眉，把藥膏一扔，拿了綢巾擦手。

馮憐容回過神，嘻嘻一笑。「殿下，妾身上回的信，殿下是不是……不喜歡呢？」

有則改之，無則嘉勉，他真不喜歡，她下回再也不這麼寫了。

趙佑樘在心裡嘆氣。不喜歡，他還要她侍寢幹什麼？

見他面色很奇怪，馮憐容低聲道：「是妾身無禮了，有失婦德。」

趙佑樘聽了忍不住笑。還婦德呢！他感覺她哪怕生過孩子，還是跟小丫頭似的，跟婦人完全沒關係。

「算了。」他大度地摸摸她腦袋，跟她說起一件事。「妳哥哥考上進士了，妳知不知道？現在戶部觀政。」

這事兒是好事，不過馮憐容身在宮中，怕是一直未知。在前世，一直到太子登基那年，允許她們這些妃嬪新年時與家人通信，她才瞭解。

這一世，哥哥考上了，馮憐容還是很高興，心想哥哥果然厲害，不管什麼時候，都能當官。

「謝謝殿下告訴妾身，哥哥在家中一直都很勤奮，這也是他該得的。」

趙佑樘笑了笑。「勤奮未必都有回報，妳哥哥算是聰明人。」

他重掌大權之後，對各衙門官員都瞭若指掌，有回看到戶部人員，見到馮孟安的名字，當初因家書一事，他從嚴正口中得知馮家的大概情況，便猜測那是馮憐容的哥哥，後來一查果然是。

他剛好想起，就把這好消息告訴馮憐容。

馮憐容得意道：「咱們一家都很聰明的，爹爹在二十二歲就考上了進士，我娘什麼都會做，燒飯、燒菜可好吃了，還會釀酒，爹爹那會兒在外面當知縣，娘一個人帶大我跟哥哥……」

趙佑樘認真聽著，這會兒道：「就妳最笨。」

馮憐容被他忽然打斷，一下子被口水嗆了，咳了半天。

他一邊給她拍背，一邊笑。

馮憐容心道，真是個壞蛋，看她咳成這樣了，還笑！

正當二人歡鬧著，嚴正忽然在外頭，用抖索的聲音道：「殿下、殿下，皇上……太后娘娘請殿下過去乾清宮。」

趙佑樘猛地坐起來。

馮憐容愣在那裡。皇上要駕崩了嗎？比以前提早了大半年！

「妳先回去。」

他沒有空跟她說什麼，連忙穿上衣服就走了出去。

乾清宮裡，燈火通明，亮得像白日一樣。

趙佑樘的心一下子沈重起來，他走入殿內，只見皇太后正坐在床頭，皇帝微微閉著眼睛，嘴角泛出白沫，兩個小黃門不停地給他擦拭。

朱太醫跪在地上。

「皇祖母，父皇他……」趙佑樘的聲音不由自主哽咽起來。

雖然父皇不喜歡他，可他永遠都是他的兒子。

人死如燈滅，即便那是不愛他的父親，以後他想見一面，也永不可能了，他的內心湧上深深的悲涼之情，那是一種切膚之痛。

皇太后垂著眼簾，聲音悲切地道：「這是最後一面了，沒想到他一下子病得那麼重，我原本只當……」

她伸手握住皇帝的手，眼淚掉下來。趙佑樘亦垂淚。

皇后與太子妃此刻也來了，其身後還跟著皇子、公主們。

不到一會兒，楊大人、張大人、秦大人等幾位重臣也都到場，跪了一地。

很快，哭泣聲就越來越大。

皇后遠遠站著，看著那個即將死去的男人，她心中好似無悲亦無喜，多少年的恩怨終於消散。

此刻，她也明白，她早已不愛這個人，他的離去，她竟然覺得一陣輕鬆。

是啊，就讓他去陪伴胡貴妃吧。

皇后心想，不過是兩個可憐人。她環顧四周，只是，在這世上，誰又不可憐？

方嫣撫著肚子，只覺得不耐。

她一點兒不想為這個公公流眼淚，他這一個昏君，能做什麼？只知道為個寵妃不分是非，她恨透皇帝了。

方嫣咬了咬牙，拿起帕子假裝拭淚。

真不知道要站多久？她的兒啊，在肚子裡一定要好好的，不能因為這個混帳東西而有什麼閃失！

這時候，皇太后道：「請諸位大人聽好，鄭隨，你速速宣讀遺詔。」

鄭隨是新任的執筆太監，此時清清嗓子，打開一卷黃綾揭帖，喊道：「請皇太子趙佑樘接旨！」

趙佑樘從御榻旁站起，面向皇帝再次跪下來。

鄭隨不疾不徐地唸道：「遺詔，於皇太子。太子繼朕登基，要依眾位重臣輔導，進學修德，用賢使能，無事怠荒，保守帝業。」

鄭隨唸完，把卷軸遞到趙佑樘手裡，趙佑樘接旨後磕頭，站起來，回到皇太后身邊站好。

皇太后又叫鄭隨給幾位重臣唸遺詔。

這些遺詔都是皇上第一次病倒時，皇太后囑咐他寫下的，後來就一直放在皇太后身邊，寫給重臣的內容無非就是讓他們輔佐好年輕的新帝，鞏固皇圖。

幾位重臣聽完，也都應允。

皇上一直掙扎了許久，此刻終於在一片漆黑中，看到了一絲光明。

那光明越來越大，他看過去，胡貴妃就在前頭等著，她笑得那麼好看，皇上迫不及待地奔了過去。

眾人只見他在一陣強烈的抽搐之後，嘴角露出一抹笑，頭一歪，再沒了動靜。

朱太醫膝行上去一摸，面色沈痛地道：「皇上，駕崩了！」

眾人齊聲慟哭，哭聲一直飄到宮外。

成泰三十九年九月十一，文宗帝駕崩。

舉國縞素，絳雲閣內也是一樣。

鍾嬤嬤每天都叮囑幾個宮人黃門，不得露出一點鮮豔的顏色，就連趙承衍穿的也是一色白。

宮裡久不聞笑聲，馮憐容也不敢逗孩子了，就是這幾日心疼奶娘，每日要給孩子餵奶，還不得吃葷腥，不過她這裡算好的，太子妃那兒才難熬。

皇上一死，太子雖不至於要守孝三年，可半年總要的。

方嫣這會兒懷了孩子，六個月大了，哪日不要吃點葷菜？皇帝非得這時候死了，她恨得牙癢癢，卻也不能給人抓到把柄，只得偷偷吃一些。

幸好皇太后瞭解她的苦處，就算知道了，也是睜一隻眼閉一隻眼，不過要去乾清宮的梓宮哭靈，那是不能偷懶的。

文武百官，一連七日都要在會極門跪祭，更別說她這個兒媳婦了。

方嫣很煩躁，原本她很擔心肚子裡的孩兒，平時也不出門，可現在還得日日去見梓宮，加上她對皇帝本就厭惡，這心情就格外不好。

李嬤嬤苦心勸她忍耐，方嫣也沒法子，只得咬牙受著。

趙佑樘每日都去乾清宮，如今朝政大事就先交給幾位大臣來管，然而這日，皇太后過來與他商量，說全權交給大臣不太合適，怕有變故，她希望太子可以請懷王入京，與大臣協理國家大事。

皇太后道：「你三叔總是自己人，現在也在路上了，哀家原本希望他能看到皇上最後一面，結果……」

原來皇太后早已有主張，既然人都來了，還要他表什麼態？

趙佑樘點點頭。「父皇與三皇叔兄弟情深，如今未見到最後一面，實屬遺憾。」

他頓一頓，出人意料地說：「皇祖母，不如請二皇叔也入京吧，二皇叔在鞏昌府十多年，從未回京，他為景國出生入死，此次來皇祖母也該封賞他，正好與三叔一起，可以分擔些事務，這樣孫兒就更放心了。」

皇太后吃驚，想當初，這孫兒還跟她提削藩的事情呢，這回竟然轉變了態度！

皇太后自然高興。「只是你二叔有些遠，但也罷了，他們三兄弟十幾年未曾團聚，本是該……」

她說著長嘆一聲。作為母親，最希望一家和睦，永不分離，可偏偏身在皇家，弄得三個兒子天涯各一方，如今一個已離開人世。

現在叫肅王回京，梓宮在乾清宮停靈二十七日，興許還來得及送皇帝最後一程，也算是心懷安慰。

皇太后採納了太子的意見，派人去鞏昌府。

嚴正與黃益三也在殿內，這會兒是忍了又忍，差點憋出內傷。
一個懷王不說，還要加一個肅王，殿下這算是瘋了不成？萬一中間出事，那如何是好？
可他們兩個人，一個都不敢開口，只有趙佑樘自己清楚他在做什麼。既然皇祖母不忘懷王，想請他入京參與政事，他不如順水推舟，索性就叫肅王來，要熱鬧，一起熱鬧。
趙佑樘眼觀鼻，鼻觀心地繼續守靈。

——未完，待續，請看文創風363《憐香》2

2015年12月出版

憐香

文創風 362~364

作為侍妾，前世她無榮無寵、坐足冷板凳，
眼看自己既沒心計，又稱不上絕色，今生重來大概也無望，
哪知這侍寢、賞賜接二連三都降臨到她頭上，
難道自己真的要轉運了？

思君情切，誰憐花容／藍嵐

作為太子的眾多侍妾之一，馮憐容綜觀自身的條件，
即便今生重來一回，要與人爭寵大概也無望。
孰料，她只想做個自在的人，反倒投其所好了？
本以為太子僅是圖一時新鮮，可這恩寵隨著時日只增不減，
待新皇榮登大位，她還一躍成了貴妃，
縱使前世的勁敵藉著選秀女再度入宮，
她仍是集三千寵愛於一身。
豈料，宮裡傳出由她所出的皇長子乃天定儲君之謠言，
意欲以此毒計讓她不見容於世！
所幸在君王的全心信任下，
不僅真相水落石出，還引發廢后風波。
在因緣俱足之下，她也一步步成為後宮至高之人……

2015年12月出版

後妻

文創風 359～361

從江南閨秀到北方軍戶，
細數上門求親的人，簡直要踏破她家門檻；
可她卻相中了那個拖家帶口的新來軍戶，
唉，緣分這事可真真說不準啊～～

危難識真情 平淡見幸福／春月生

宋芸娘出生江南水鄉，是父母捧在掌心嬌寵的明珠，
怎知這種生活在她十五歲那年劃下了句點，
父親捲入貪墨案，遭到撤職不説，更落得全家被充軍北方的下場。
母親和弟弟又因挺不過充軍路途的艱苦，先後病逝，
她一下子像是從雲端跌到了地獄，再也不能翻身。
為了父親與幼弟，宋芸娘咬緊牙關，撐起了整個家，
他們沒有被殘酷的現實擊倒，在苦寒匱乏的北方軍堡開始新生活。
但那個新來的軍戶蕭靖北來了之後，一切好像有點不一樣了。
每回和他接觸，她的胸口總有異樣的悸動，
他對她的好，讓她即便是做後妻，也未曾覺得一絲委屈。
只是他的家人似乎沒有那麼歡迎她，三番兩次的小動作，
讓她在未過門前就吃了不少虧，多了不少煩心事。
此時韃靼來勢洶洶，大軍已然兵臨城下，張家堡岌岌可危，
再多的兒女情長，都得暫時擱在腦後……

風 文創
362

憐香 1

國家圖書館出版品預行編目資料

憐香 / 藍嵐著. -- 初版. -- 臺北市 : 狗屋, 2015.12 冊 ; 公分. --（文創風） ISBN 978-986-328-531-1（第1冊：平裝）. -- 857.7　　　　　　　104021385

著作者　藍嵐
編輯　黃鈺菁
校對　林安祺　沈怡君
發行所　狗屋出版社有限公司
地址　台北市104中山區龍江路71巷15號1樓
電話　02-2776-5889～0
發行字號　局版台業字845號
法律顧問　蕭雄淋律師
總經銷　知遠文化事業有限公司
電話　02-2664-8800
初版　2015年12月
國際書碼　ISBN-13　978-986-328-531-1

原著書名　《重生宠妃》，由北京晉江原創網絡科技有限公司授權出版

定價250元
狗屋劃撥帳號：19001626
網址：love.doghouse.com.tw　E-mail：love@doghouse.com.tw